폭력과 매력의 글쓰기를 넘어

김언

1973년 부산에서 태어났다.

1998년 『시와 사상』을 통해 시인으로 등단했다.

시집 『숨쉬는 무덤』 『거인』 『소설을 쓰자』 『모두가 움직인다』 『한 문장』 『너의 알다가도 모를 마음』 『백지에게』, 시론집 『시는 이별에 대해서 말하지 않는다』, 평론집 『폭력과 매력의 글쓰기를 넘어』, 비평연구서 『끝없이 투명해지는 언어―오규원의 현재성과 현대성』(공저), 산문집 『누구나 가슴에 문장이 있다』 등을 썼다.

미당문학상, 박인환문학상, 김현문학패, 대산문학상 등을 받았다.

현재 추계예술대학교 문예창작과 교수로 재직 중이다.

ARCADE 0018 CRITICISM 폭력과 매력의 글쓰기를 넘어

1판 1쇄 펴낸날 2023년 2월 28일
지은이 김언
디자인 최선영
인쇄인 (주)두경 정지오
펴낸이 채상우
펴낸곳 (주)함께하는출판그룹파란
등록번호 제2015-000068호
등록일자 2015년 9월 15일
주소 (10387) 경기도 고양시 일산서구 중앙로 1455 대우시티프라자 B1 202-1호
전화 031-919-4288
팩스 031-919-4287
모바일팩스 0504-441-3439
이메일 bookparan2015@hanmail.net

ⓒ김언, 2023, printed in Seoul, Korea

ISBN 979-11-91897-50-0 03810

값 27,000원

*본 저서는 2022학년도 추계예술대학교 특별연구비 지원에 따른 것입니다.

폭력과 매력의 글쓰기를 넘어

김언

만 25년간 시인으로 활동하면서 처음으로 평론집을 낸다. 공식적으로 평론가라는 타이틀을 내세워 본 적이 없는 처지에 평론집이라는 말은 여전히 낯설게 다가온다. 평론가라면 마땅히 갖춰야 할 자의식이 희박한 상태로 평론집을 낸다는 것이 조심스럽기도 하다. 다만 한 가지는 힘주어 말할 수 있겠다. 주어진 텍스트에 대해 독창적인 시각은 갖추지 못했을지라도 성실하게 읽으려는 노력은 게을리하지 않았다고. 그래서 작품에 대해 손쉬운 평가의 잣대를 들이대기보다 그 작품이 들려주는 얘기를 열심히 듣는 일부터 수행했다고. 어쩌면 이것이 평론이라는 글쓰기로 시를 읽어 나가고 세계를 읽어 나가는 자로서 갖춰야 할 최소한의 도리가 아닐까, 이런 생각에 기대어 글을 썼고 책을 내는 지경에 이르렀다고 고백한다.

여기 실린 글은 모두 2010년대 이후에 작성되었다. 그중 3분의 2가량이 2020년 이후에 작성된 글이다. 작성된 시기만 놓고 보면 우리 시단이 엄청난 격랑의 시기를 통과한 후에 나온 글이 대부분인 셈이다. 격랑의 시기는 폭력과 혐오로 점철된 과거의 문학사에 격렬하게 안녕을 고하던 시기와 맞물린다. 시단을 둘러싸고 온갖 추문이 터져 나오던 그 시기를 지나면서 맨 먼저 축출된 것이 매력과 폭력을 한 몸에 장착한 어떤 문학들이었다. 매력적인 스타일이 폭력적인 (줄도 모르고 유전되어 온) 감수성과 한 뿌리를 이루면서 터져 나오는 어떤 시들이었다.

아름다움에 대한 인식이 비대하여 윤리적인 감수성을 짓누르고 나온 시편들이 추방되고 남은 자리엔 당연히 그와 정반대의 감수성을 강조하는 시편들이 들어찼다. 아름다움만큼이나 중하게 여겨야 하는 것이 윤리적으로 옳은 것과 좋은 것이었다. 진선미(眞善美) 중에서 미(美)에 대한 인식만큼이나 선(善)에 대한 인식이 중요해진 시기가 2010년대 후반기였으며, 이러한 흐름은 2020년대 초반에 들어선 현재까지도 유효하게 이어진다. 책의 제목으로 '폭력과 매력의 글쓰기를 넘어'를 채택하게 된 이유도 시단의 흐름과 무관할 수 없었던 한 사람의 고민에서 찾아진다. 그것이 무엇이든 '너머'의 것은 손쉽게 발견되지 않는다는 점에서, 폭력과 매력의 글쓰기 너머에 대한 고민은 이 책의 출간과 상관없이 현재진행형이라는 점도 함께 밝혀 둔다.

부 단위로 간략하게 설명을 붙이자면, 먼저 제1부에서는 2020년대에 접어든 시점에서 지나온 2010년대를 진단하는 글과 다가올 근미래를 예감하는 글로 채웠다. '빛' 혹은 '좋은 곳'을 열쇠어로 삼아 2010년대 젊은 시인들의 시 세계를 살펴보는 글, 최근 들어 부쩍 늘어난 비등단 시인들의 시집 발간이 갖는 의의를 짚어 보는 글, SNS 환경과 결합한 시의 양식을 논의하는 글이 우리 시의 지난 면면을 들여다본 사례라면, 포에트리 슬램과 시, 인공지능과 문학을 엮어서 논의한 글은 가까운 시기에 당면할 문제를 앞당겨서 고민해 본 사례에 해당한다. 이어지는 제2부에서는 한 편을 제외하고 모두 2010년대 이후로 첫 시집을 낸 시인들의 시 세계를 다루고 있으며, 마지막으로 제3부에서는 2010년대 이후에도 지속적으로 시적 성취를 이루어 온 시인들의 시 세계를 다루고 있다.

 2010년대 이후에 작성된 원고에서만 추리다 보니 자연히 그전에 쓴 비평 형식의 글은 책에서 모두 빠졌다. 차후에 기회가 된다면 다른 틀에 담아서 묶어 내고 싶은 바람이 있음을 붙이면서, 우선은 이 책으로 그동안 읽어 왔던 시와 시인에 대한 애정을 표하고 싶다. 더 밝은 눈으로 그분들의 시를 읽어 내지 못한 아쉬움이 없지 않으나 '시'라는 업을 공유하며 동시대를 건너가고 있는 분들을 향한 애정은 누구 못지않게 진하다는 말을 전하고 싶다. 시라는 정체는 곱씹을수록 모르겠는 무엇이지만, 그걸 둘러싼 현장의 목소리는 아직도 생생하고 앞으로도 창창하기를 바라는 마음으로 첫 평론집을 세상에 내보낸다.

2023년 2월
김언

차례

일러두기

인용문 가운데 일부는 읽기의 편의를 위해 현행 맞춤법 규정에 따라 띄어쓰기를 수정했습니다.

제1부

왜 다시 빛인가? 빛이어야 했는가?
―빛의 걸음걸음과 지난 십 년의 시

지난 십여 년간 우리 시단에 새롭게 등장한 시인들의 시를 돌아보면서 문득 이런 의문이 들었다. 편편의 시에 왜 이렇게 많은 '빛'이 등장하는 걸까? 왜 이렇게 많은 '빛'이 등장하여 젊은 시인들의 시를 채우고 있는 걸까? 이런 질문이 성립하려면 젊은 시인들의 시에서 '빛'이 발견되는 사례가 많아야 함은 물론이다. 개별적인 시로 사례를 들기 전에 편의상 시집 중심으로만 언급하자면, 『빛이 아닌 결론을 찢는』(안미린), 『빛의 자격을 얻어』(이혜미), 『햇빛』(박지혜), 『아흔아홉 개의 빛을 가진』(이병일), 『빛의 이방인』(김광섭) 등의 시집 제목이 얼른 떠오른다. 시집의 「자서(自序)」나 「시인의 말」에 '빛'이 언급된 사례로는 "관제탑에서 내려다보았다.//빛이 파괴되었다"(송승언, 『철과 오크』), "어떤 빛은 빛으로 돌아오기도 합니다"(박준, 『우리가 함께 장마를 볼 수도 있겠습니다』), "빛이라는 단어가/빛처럼 생겨서 좋다"(김연덕, 『재와 사랑의 미래』) 등이 떠오른다.

물론 개별 시편들로 넘어와서는 일일이 거론하기 힘들 정도로 많은 '빛'이 등장하는데, 이러한 '빛'을 두고서 논의를 진전시키려면 추가로 필요한 것이 있다. 바로 다른 시기나 다른 세대의 시에 등장하는 '빛'이다. 가령, 2010년대 중견 내지 중진에 해당하는 시인들의 시편에 등장하는 '빛'도 함께 고려되어야 이 시기 신진 시인들의 시에서 얼마나 많은 '빛'이 얼마나 특화된 성격을 지니며 등장하는지에 대한 논의가 가능해진다. 마찬가지로 2000년대나 1990년대에 등장한 젊은 시인들의 시편에서 발견되는 '빛'의 빈도와 양상을 함께 살펴야 2010년대 젊은 시인들의 시에서 발견되는 '빛'의 성격을 입체적으로 조명할 수 있을 것이다. 즉 대조군이 있어야 실험군에 해당하는 '빛'을 제대로 논할 수 있다는 얘기다.

뒤집어 말하면 광범위한 자료 조사가 뒷받침되어야 하는 저와 같은 작업을 위해서도 2010년대 젊은 시인들의 시에 등장하는 '빛'을 충실히 들여다봐야 할 것이다. 비록 대조군에 해당하는 '빛'의 사례를 살피지 못하더라도, 실험군에 해당하는 '빛'의 사례를 짚는 것만으로도 이 시기 젊은 시인들의 시 세계를 일정 부분 조명할 수 있지 않을까. 이런 기대를 품고서 먼저 살펴볼 것은 강성은과 이제니, 두 시인의 시에 담긴 '빛'이다. 각각 2000년대 중반과 후반에 데뷔하여 세대상으로는 2000년대의 젊은 시인에 속하지만, 시단 안팎에 걸쳐 자신의 시 세계를 선명하게 각인시킨 시기는 2010년대로 보아야 하는 이들의 시에서 '빛'은 꽤 비중 있는 역할을 담당한다. 동시에 2010년대 젊은 시인들의 시에서 발견되는 '빛'과는 여러모로 다른 성격을 보인다.

먼저 강성은 시의 '빛'. 지난 십여 년간 우리 시단에서 환상성을 담지한 계열의 시를 논할 때 빠짐없이 언급되는 강성은의 시에서 '빛'은, 「환상의 빛」이라는 연작시에서 어느 정도 짐작해 볼 수 있듯 환상으로 진입하기 위한 통로 역할을 맡는다. 혹은 강성은 시의 환상을 촉발하는 매개체 역할을 한다고 할 수 있다. 반면에 이제니의 시에서 '빛'은 그 자체로 시인의 시적 지향과 맞물린다. "빛보다 빠른 오늘의 너에게"라는 구절에서 음미되듯(『왜냐하면 우리는 우리를 모르고』 헌사), 이제니의 시에는 '빛'보다 빠른 대상을 수신자로 둔 시적 여정이 예정되어 있다. 아니면 '빛'보다 빠른 대상이 모종의 지향점으로 들어가서 이제니의 시를 추동한다고도 할 수 있다. 입자도 파동도 아닌 채로 오로지 속도만 남은 '빛'의 속성을 고려할 때, '빛'보다 빠른 대상의 설정은 언어에 필연적으로 따라붙는 온갖 거추장스러운 의미를 덜어 내고 오직 전진하는 리듬만으로 존재하려는 이제니 시 고유의 운동성과 부합한다. 그의 시는 '빛=리듬'이라는 불가능한 지향점을 향해 가는 가운데 떨어지는 '언어=의미'의 불가피한 부스러기이자 빛나는 부산물로서 탄생하는 무엇이라고 할 수 있다.

좋은 곳을 향한 순정한 믿음과 불편한 마음―황인찬과 송승언의 빛

2010년대에 빛을 발했으나 같은 시기에 새롭게 등장한 시의 '빛'들과는 사뭇 다른 위상을 지니는 강성은과 이제니 시의 '빛'을 지나서는 황인찬과 송승언 시의 '빛'이 기다리고 있다. 전자의 '빛'이 모종의 시적 지향(이제니)과 매개(강성은)를 이룬다면, 그래서 '빛=시'와 '빛→시'의 도식으로 정리할 수 있다면, 후자로 넘어와서 '빛'은 그 자체로 시적 대상이자 사유의 대상이 된다. 먼저 황인찬의 시를 보자.

조명도 없고, 울림도 없는
방이었다
이곳에 단 하나의 백자가 있다는 것을

비로소 나는 알았다
그것은 하얗고,
그것은 둥글다
빛나는 것처럼
아니 빛을 빨아들이는 것처럼 있었다

나는 단 하나의 질문을 쥐고
서 있었다
백자는 대답하지 않았다

수많은 여름이 지나갔는데
나는 그것들에 대고 백자라고 말했다
모든 것이 여전했다

조명도 없고, 울림도 없는
방에서 나는 단 하나의 여름을 발견한다
사라지면서
점층적으로 사라지게 되면서
믿을 수 없는 일은
여전히 백자로 남아 있는 그
마음

여름이 지나가면서
나는 사라졌다
빛나는 것처럼 빛을 빨아들이는 것처럼

십여 년 사이에 벌써 고전이 되어 버린 듯한 황인찬의 등단작 중 하나다. 등단 때부터 그의 시는 직전 시기의 젊은 시인들, 소위 미래파로 불리던 2000년대 시인들의 시와 여러모로 대비되는 특성을 보였다. 우선은 화법 자체가 달랐다. 직전 시기에 성행한 시들의 상당수가 공유했던 현란하고 재담 넘치는 화법 대신 담담하고 소박한 어조를 바닥에 깔고 있다. 당연히 정서 또한 뜨거운 열기로 넘치기보다 차분한 온기로 지탱하는 듯한 인상을 준다. 여기에 미래파 시에서 흔히 보이던 그로테스크한 특성 내지 하위문화적 속성과도 거리를 두면서 어떤 신성성(神聖性)의 기운마저 감지되는 언어를 선보인다.

인용한 시에 나오는 "단 하나의 백자" 역시 그러한 신성성이 감지되는 사물이다. "조명도 없고, 울림도 없는" 방에서 유일하게 "빛나는 것처럼 빛을 빨아들이는 것처럼" 존재하는 백자의 위상은 말 그대로 절대적이다. 절대적인 백자의 위상에서 '빛'이 차지하는 비중 역시 절대적이다. '빛'이 있기에 백자의 유일성과 절대성이 도드라진다면, 거기서 비롯되는 백자의 신성성 역시 '빛'과 떼어 놓고 생각할 수 없다. '빛'이 있기에 가능한 이 모든 신성성의 현현 앞에서 "단 하나의 질문"이 백자로 수렴되고 "단 하나의 여름"이 백자로 흡수되듯 화자이자 주체인 '나' 역시 '빛'에 묻혀서 사라지고 만다. 주체에 의한 대상의 동일화가 아니라 대상을 향한 주체의 무화(無化)가 환기되는 장면이면서, 주체(성)마저 잠식해 버리는 빛의 은근하면서도 무시무시한 권능이 확인되는 장면이다.

'빛'이 절대화되면서 필연적으로 각오해야 하는 이와 같은 주체의 망실은 달리 말해 '빛'에 대한 순정한 믿음을 전제할 때 가능하다. 신성성을 담지한 절대화된 '빛'은 현실에서 여전히 경험하기 힘들거나 불가능한 대상이고("이걸 빛이라고 불러도 좋을까 그건 먹어 본 적 없는 맛이다", 「X」), 진공과도 같은 상상의 공간에서나 목격할 법한 대상이지만("누군가 문을 두드렸기에 나는 문을 열었다/문밖에는 아무도 없었다/(중략) 뜨거운 빛이 열린 문을 통해 들어오고 있었다", 「개종」), 경험의 유무와 무관하게 그리고 그것의 실현 가능성과 무관하게 '빛'은 굳건한 믿음의 대상으로서 황인찬 시의 일단을 이룬다.

'빛'으로 집약되는 신성성에 대한 믿음은 현실 종교에서 제시하는 믿음의 차원을 넘어선다. 세속화된 종교가 인도하는 길에 대해서는 의구심을 품을지라도, 이러저러한 종교를 가능케 한 신성성 자체에 대한 믿음은 저버리지 않는 것이 황인찬 시의 화자다. 가령 「순례」라는 시에서, 화자는 길거리에서 포교 활동을 벌이는 이들의 접근을 외면하고 돌아서면서도 "나는 좋은 곳을 믿는다"라는 발화를 놓치지 않는다. 이때의 "좋은 곳"이 교회나 사원처럼 현실화된 공간을 일컫는 것이 아님은 물론이다. 현실에서의 실현 가능성과 별개로 신성성이 거하는 공간은 화자의 믿음 속에 여전히 존재하며, 그러한 믿음을 계속 유지하는 것 자체가 순탄치 않은 길을 예고하기에 "순례"라는 단어가 새삼 동원되었을 것이다.

"좋은 곳"을 향한 믿음이 "순례"라는 단어를 동반하는 순간, 믿음의 길은 곧 고행의 길이면서 자신을 버려야 하는 길이 된다. 보잘것없이 작아지는 주체를 통과하는 길이 곧 순례의 길이기 때문이다. 이처럼 "좋은 곳"에 대한 순정한 믿음은 역설적으로 믿음의 주체를 희생시키면서 굳건해진다. 「단 하나의 백자가 있는 방」에서 절대화된 '빛'이 시각 주체를 압도하는 방식으로 존재하는 것과 같은 이치다. '빛'의 절대적인 권능이 신성성과 만나면서 "좋은 곳"에 대한 믿음을 다지는 곳에 황인찬의 시가 있다면, '빛'의 절대성을 온전히 받아들일 수 없는 입장에서 저항하거나 의심하는 시도 있을 것이다. 송승언의 시가 그 사례에 해당한다.

그의 시는 "창이 없으면 그림도 없지 그림이 없으면 나도 없다"에서(「커브」) 엿보이듯 창으로 드나드는 '빛'의 전능함을 인정하면서도 "블라인드 틈으로 드는 빛이 어둠을 망친다"에서(「녹음된 천사」) 드러나듯 '빛'의 파괴적인 면모 또한 놓치지 않는다. 아래 시에 나오는 "빛 닿은 자리마다 얼룩이었다" 역시 신성의 '빛'이 지니는 이면의 폐해를 적시하는 사례라고 할 수 있다.

그러나, 매 순간 나를 관통하는 빛

창이 열리면 의자에 앉았다 빛 닿은 자리마다 얼룩이었다
담장 너머 이웃집은 근사한 요새 같았다

이웃집의 창은 커튼에 가려 보이지 않는다 이웃집의 내부는 환할까
알 수 없었다 내 방은 빛에 갇혀 깜깜하다

어제는 교회 가는 날 그것도 모르고 방에 있었지
오늘 교회에 가면 내일 좋은 곳으로 간다고 했다
좋은 곳은 이웃집보다 근사할까 알 수 없었고

좋은 곳에 가 본 적이 없었다 좋은 곳을 상상하지 못했다
빛의 문제가 나를 옭아매고 있었다

이웃집의 커튼이 공중으로 간다
의자에 앉으면 창이 열리고

열린 장으로 보이는 건 열린 창 너머의 열린 창 열린 창으로 보이는
이웃집의 이웃집
이웃집의 이웃집 앞에 일어선 담장이 이웃집 안으로 그늘을 구부린다

풍향계가 끊임없이 돌아가고
　　　　　　　　　　　　　—송승언, 「담장을 넘지 못하고」
　　　　　　　　　　　(『철과 오크』, 문학과지성사, 2015) 전문

"매 순간 나를 관통"할 만큼 절대적인 '빛'의 권능과 더불어 "내 방
은 빛에 갇혀 깜깜하다"에서 확인되듯 '빛'이 있으면 필연적으로 따
라붙는 어둠을 부각하는 시이다. '빛'이 주는 환함만큼이나 그 이면
의 깜깜함도 함께 고려될 수밖에 없음을 증명하는 시이기도 하다.
무엇보다 '빛'의 전능함을 전능함만으로 받아들일 수 없는 화자의 내
적 갈등을 "끊임없이 돌아가"는 풍향계처럼 방황하는 시선으로 담아
낸 시라고 할 수 있다.
　　흥미로운 것은 앞서 언급한 황인찬의 「순례」에도 등장하는 "좋은
곳"이 여기서는 믿음보다 회의의 대상이 되고 있다는 점이다. "좋은
곳에 가 본 적이 없었다 좋은 곳을 상상하지 못했다"라는 발화는 현
실에서의 실현 여부와 별개로 "좋은 곳"에 대한 믿음을 놓지 않는
자세와 여러모로 대비된다. 체험하지 못했기에 상상할 수 없고 상상
할 수 없기에 전적으로 믿음을 보낼 수 없는 곳에 "좋은 곳"이 놓인

다면, 그곳은 담장으로 둘러쳐지고 커튼으로 가려지고 그늘로 채워진 요새 같은 이웃집보다 더 알 수 없는 공간이 된다. 이처럼 불투명한 공간성은 시각 주체에게 전적인 신뢰감을 줄 수 없으며 오히려 심리적인 불편함을 야기한다. "나를 옭아매"는 듯한 그 불편함의 근원에는 다시 "빛의 문제"가 자리 잡고 있다.

'빛'으로 표상되는 '좋은 곳'이 알 수 없는 공간이자 믿을 수 없는 공간이라면, 그곳에 절대성을 부여하는 추앙의 태도 역시 회의적인 시선에서는 일종의 독단이나 독선으로 비칠 수 있다. 독단이나 독선이 주는 폐해는 추앙하는 대상의 반대편을 보지 않는다는 것, 반대편을 비추더라도 말살하는 방식으로 비춘다는 것. 마치 어둠을 망치는 '빛'처럼 반대편의 신비를 철저히 파괴하는 방식으로 들이닥치는 것을 불편해하는 기색이 송승언의 시에선 자주 목격된다. 가령 환자들의 상처나 아픔을 일종의 '신비'로 받아들이는 「법 앞에서」라는 시에서 '빛'은 "붕대를 풀자 벌어진 살점 속으로/빛이 섞여 들었다//흔적이 남을 겁니다 누가 파헤친 것처럼"과 같이 상처를 치유하기보다 헤집어 놓는 면모가 강하다. 벌어진 살점을 일부러 파헤친 것처럼 흔적을 남기는 '빛'에 대해 이 시의 화자는, 아니 환자들은 "화단에 삼삼오오 모여들며" 다시 "그늘을 만"드는 행위로 대응한다. '빛'이 신비의 광휘를 두른 무엇이라면("말이 되지 않으려는 저 빛들", 「위법」), 그늘이나 어둠 역시 그에 준하는 신비의 영역으로 남겨 두려는 시선이 거듭 읽히는 장면이다. 그늘이나 어둠 역시 '빛'이 있기에 존재하는 것이므로, 그늘과 어둠의 신비는 곧 '빛'의 신비만큼이나 조심스럽게 남겨 둘 영역이라는 걸 송승언의 시에서 새삼 확인하며 다음으로 넘어가자.

자아를 향한 반투명의 시각과 투명한 성찰—안미린과 임솔아의 빛

스무 살의 신(神)이 있다
거울을 차곡차곡 쌓아 놓은 결과물

갓난애 눈물을 굳혀 만든 양초를 잃어버렸어
꿈속의 나와 꿈 밖의 내가 동시에 울기로 한다
눕혀진 거울을 세우던 최초의 시간
한 번쯤 울어 보려고 퇴화하는 마지막 감정
나는 꿈 밖의 내게 이름 불렀지
나 자신을 전부 만져 봤던 감각을 기억해?
입에 넣어 봤던 꼬리의 길이를 가늠해?
투명의 반대말이 뭐게?

스무 살의 신(神)이 있어
빛으로 빛을 비추는 짓 한다
그림자가 가까운 인형에게 이름을 줬다 빼앗았을 때
눈물처럼 눈알이 떨어졌을 때
다음은 네 차례야
충분해진 촛불을 끄고
케이크에 얼굴을 푹 박아 줄 차례

—안미린, 「반투명」

(『빛이 아닌 결론을 찢는』, 민음사, 2016) 전문

안미린의 첫 시집에 들어 있는 이 시에서 먼저 눈에 띄는 것은

"스무 살의 신"이다. "스무 살의 신"이란 게 무얼까? 이걸 궁금해하기 전에 '신'에 대해서 간단히 언급하자. '신'은 2010년대 젊은 시인들의 시에서 '빛'에 버금갈 만큼 자주 눈에 띄는 시어다(유희경의 시집 『우리에게 잠시 신이었던』, 문보영의 시 「오리털파카신」 등이 얼른 떠오른다). 엄숙하고 권위적인 세계에서 탈피하고자 했던 직전 시기의 미래파 시인들이 다루기엔 적잖이 부담스러웠을 이 시어가 2010년대 젊은 시인들의 시에 재소환되는 현상도 살펴볼 구석이 많을 것이다. '빛'이라는 시어에 함의된 절대성 내지 신성성을 공유하는 '신' 역시 '빛'과 마찬가지로 시인들마다 시편들마다 조금씩 다른 맥락을 지니며 쓰였을 것으로 짐작한다.

인용 시 「반투명」으로 넘어와서, '신'은 "스무 살의 신"으로 한정되면서 절대성이나 신성성보다는 알 수 없는 영역, 즉 미지의 대상을 일컫는 시어로 읽힌다. 미(비)성년과 성년이 교차하는 스무 살의 시기는 성년이 되기 전의 기억이 차곡차곡 거울처럼 쌓여 있는 시기이자("거울을 차곡차곡 쌓아 놓은 결과물") 성년 이후의 기억이 다시 거울처럼 쌓이기 시작하는 시기다. 여기서 거울은 자아가 투영·반영되는 사물이면서 한편으로 『이상한 나라의 앨리스』에 나오는 거울처럼 낯설고 신비한 세계로 인도하는 통로의 역할을 겸한다. 이제까지의 자신의 모습이 가장 익숙하면서도 낯설게 형상화되는 공간인 것이다. 너무나 익숙하기에 투명하고 너무나 낯설기에 불투명한(물론 투명과 불투명의 자리는 뒤바뀔 수 있다), 그래서 '반투명'이라는 말로 되받아지는 이 시의 '스무 살'은 그 자체로 신비의 영역에 가깝다. 그런 점에서 "스무 살의 신"은 사실상 '스무 살=신'과 다르지 않다.

특이한 것은 반투명에 놓인 이 '스무 살=신'에 대해 시의 화자 역시 반투명의 시각으로 접근한다는 점이다. 마치 "빛으로 빛을 비추는 짓"을 하듯이 반투명의 세계에 대해 반투명의 시선으로 접근하는 화법이 유창할 리 없다. 아이들의 두서없는 발화처럼 더듬더듬 내뱉는 말은 그대로 안미린 시 특유의 분절되는 화법을 이룬다. '스무 살'이라는 반투명의 세계이자 자아를 반투명의 시각으로 더듬는 위의 시에서 '스무 살'의 자리에 어느 시기가 들어가더라도 자아는 변함없이 반투명의 세계를 유지할 것으로 예상된다. 어느 시기 어느 환경을 만나더라도 작동하는 반투명의 시각이 안미린 시의 핵심을 이룬다면, 어떤 시인에게는 반투명이 아니라 투명(성)이 사유의 핵심이자 시의 작동 원리가 될 수 있다. 똑같이 "빛으로 빛을 비추는" 작업을 하면서도 안미린과는 다르게 안과 밖이 그리고 이쪽과 저쪽이 훤히 되비치는 놀이가 되는 걸 보여 주는 시인으로 임솔아를 꼽을 수 있다.

창문은 창밖에 서 있는 나를 보게 한다. 내 허벅지 위로 도로가 나 있고 내 허리 속으로 막차가 도착한다. 사람들이 쏟아져 내리고 내 가슴 속 빌딩으로 걸어 들어간다. 가슴에 손을 넣어 창문을 연다. 한 여자가 화분을 분갈이하고 있다. 그 아래 창문을 열면 쪼개어진 석류가 식탁에 있다. 그 아래 창문을 열면 하얗다. 갓난아이가 눈을 움켜쥔 채 설원 위를 기어간다. 그 아래 창문을 열면 내 눈썹에서 가로등이 켜진다. 내 이마에서 비행기가 지나간다. 몸속에 있던 도시가 몸 밖으로 배어 나온다. 마지막 창문을 열면 창 안에 서서 창문을 세어 보는 나를 볼 수 있다. 알알이 유리가 빛나고 있다. 불을 끄면 창밖에 서 있는 나와 창 안에 서 있는 내가 함께 사라질 수 있다.

—임솔아, 「석류」
(『괴괴한 날씨와 착한 사람들』, 문학과지성사, 2017) 전문

임솔아의 첫 시집에 들어 있는 첫 시이다. "창문은 창밖에 서 있는 나를 보게 한다"라는 첫 문장에서 제시된 대로, 시는 불 켜진 실내에서 창밖을 바라볼 때 바깥의 풍경과 실내의 풍경이, 특히 실내에 있는 '나'의 모습이 겹쳐 보이는 것을 기본적인 구도로 삼고 있다. 덕분에 창 바깥의 일이 '나'의 신체에서 벌어지는 일처럼 보이고 "몸 속에 있던 도시가 몸 밖으로 배어 나"오는 것 같은 착시가 가능해진다. 착시는 착시로 그치지 않는다. 창의 이쪽과 저쪽, 내부와 외부에서 연상되는 자아와 세계가 서로를 충실히 반영하면서 세계를 향한 통찰과 자아를 향한 성찰이 한 몸으로 이어진 관계라는 인식으로 확장된다. 작시이면서 식시이기도 한 이러한 투시(透視)의 사유를 위해서도 투명한 창과 '빛'이 필수적이다. 창밖의 풍경에 나의 몸과 마음이 되비치기 위해서도 투명한 창으로 드나드는 '빛'이 필수적으로 요청되는 것이다. 혹은 '빛'이 통과하는 창의 투명성이 전제될 때, 자아와 세계를 동시에 비추는 시선이 가능하다는 말도 되겠다.

이처럼 자아와 세계가 서로 불투명이나 반투명의 막으로 가로막히는 상태가 아니라 투명하게 서로를 되비추는 관계에 놓이는 것은 임솔아의 다른 시에서도 자주 목격되는 장면이다. 가령, 「살의를 느꼈나요?」에서 배고픈 동생들로 인해 아무런 죄의식 없이 살인을 저지르는 필리핀의 열두 살짜리 킬러를 인터뷰하는 장면과 가게 안으로 숨어든 쥐를 때려잡기 위해 난리를 피울 수밖에 없는 점원('나')의 불가피한 입장이 병치되면서 세계에 만연한 폭력과 개인('나')의 부득이한 폭력이 서로 반향하는 관계에 놓이는 사례는 다른 시 「아홉 살」, 「티브이」 등에서도 비슷한 구도를 보이며 되풀이된다. 세계의 폭력성을 고발하기 위해 자기 내면의 폭력성을 되짚는 임솔아의 시에서 세계를 비판적으로 바라보는 시선과 자아를 반성적으로 되돌아보는 시선은 언제나 같은 눈에서 나온다. 혹은 같은 창을 공유하면서 서로를 되비춘다. 이때의 창은 당연히 투명한 창이어야 하며, 무엇보다 창의 안쪽에서 주체의 내면을 밝히는 '빛'이 꺼지지 않고 있어야 한다. 그 '빛'이 꺼지는 순간 "창밖에 서 있는 나와 창 안에 서 있는 내가 함께 사라"지듯이, 내면의 '빛'이 꺼지면 세계를 밝히는 '빛'도 함께 사라질 것이다. 임솔아 시의 현장에서 자아와 세계를 동시에 비추는 '빛'이 간헐적이지만 지속적으로 등장하는 이유도 여기서 찾을 수 있다.

다시, 색색의 귀환과 파편의 아름다움—김선오와 이제재의 빛

지금까지 살펴본 황인찬, 송승언, 안미린, 임솔아의 시에 담긴 '빛'은 개개인의 시 세계와도 일정 부분 맞물려 있는 특징을 보인다. 이들 외에도 낭만성을 경유한 '빛'의 시를 선보인 이혜미, 이병일, 양안다, 김광섭 등과 함께 김현, 박지혜, 안태운, 강혜빈, 김연덕 등이 '빛'과 관련해서 논의를 더 이어 갈 수 있는 2010년대의 시인으로 언급될 수 있다. 이들 시의 '빛'에 대해선 기회가 닿는 대로 더 살펴보기로 하고, 잠시 시간을 건너뛰어 2020년대 초입에 등장한 시인들의 시에서 '빛'을 찾아보자. 두 명의 시인이 떠오른다. 김선오와 이제재. 이들 두 시인의 시에서 '빛'이 등장하는 사례 역시 눈여겨볼 대목이 있다. 먼저 김선오의 시.

나는 저 인공의 빛들이 너무 아름다워

비행기 창가에 앉은 네가 말했다

새벽의 비행은 적요하고 모두 잠들어 있어

우리 어디로 가는 걸까

이 여행을 왜 시작했을까

물어도 너는 여전히

창밖을 내려다보고 있다

이제 곧 차오르는 햇빛이 이 모든

인공의 빛들을 지울 거야

그러면 너는 울 거지?

너는 창밖의 땅에서 눈을 떼지 않고

출렁이는 비행기가 우리의 무게를 견디고 있다

별은 우리를 지우지 않는구나

햇빛처럼, 다른 빛을 지우지 않고도 빛으로 남아 있구나

그것이 너무 아름답다고, 네가 말한 것 같은데

밤하늘은 너와 나의 발밑에 가득 차 있고

이제 곧 동이 틀 거래

옆얼굴이 빛으로 붉게 물들어도

잊지 않을게

지상에 두고 왔다고 생각할게

너는 이미 빛이어서

동이 트면 사라지는 거지?

해에게 졌지?

그래도 괜찮다고 말해 줄게

승객들의 숨소리가 희미해질 때

왜 나는 네가 희미해진 것처럼 멈춰 있을까

목적지가 더 멀면 좋겠다고 생각했을까

충분히 긴 밤이었는데

아침이 오지 않길 기도했을까
　　　　—김선오, 「야간비행」(『나이트 사커』, 아침달, 2020) 전문

　왜 가는지 어디로 가는지 알 수 없는 고요한 밤 비행기에서 창가에 앉은 동반자('너')에 대해서 화자는 대화하는 것처럼 독백을 이어간다. 창밖을 내려다보던 동반자의 말은 맨 처음에만 등장한다. "나는 저 인공의 빛들이 너무 아름다워". "저 인공의 빛들"은 그러나 동이 트고 햇빛이 차오르면 곧바로 지워질 빛들이다. 마찬가지로 "저 인공의 빛들"을 아름답다고 했던 동반자 역시 울면서 햇빛에 지워질 것처럼 그려진다("너는 이미 빛이어서//동이 트면 사라지는 거지?//해에게 졌지?"). 이 대목에서 동반자와 햇빛의 관계, 동반자와 "인공의 빛들"이 맺는 관계가 분명해지는데, "인공의 빛"을 아름답다고 한 동반자는 "인공의 빛"과 동격의 위치에서 해에 지는 관계이자 햇빛에 의해 지워지는 처지에 놓인다. 즉 '동반자=인공의 빛<햇빛'의 관계성이 성립하는 것이다. 햇빛에 지워질 운명이므로 동반자가, 아니 동반자를 바라보는 화자가 햇빛과 같은 종(種)이면서 햇빛보다 덜 무시무시한 위력을 지닌 별빛을 동경하는 이유도 충분히 납득이 간다. "다른 빛을 지우지 않고도 빛으로 남아 있"는 '빛', 그것이 별빛이면서 또한 동반자와 더불어 화자가 간절히 원하는 '빛'이다. 색색으로 물든 "인공의 빛"조차 어지간해서는 다른 빛을 지우는 빛이 아니므로 기꺼이 아름답다는 말이 가능했을 것이다.
　화자와 동반자가 탄 밤 비행기는 왜 가는지 어디로 가는지 모르는 상태로 가고 있지만, 숙명적으로 아침을 향하고 있는 것만은 분명하

다. 밤이 지나면 아침이고, 아침이 밝아오면 수많은 "인공의 빛들"과 함께 '너' 역시 희미해지다가 지워질 운명이다. 그런 운명에 처한 것을 알기에 충분히 긴 밤의 가운데서도 화자가 그토록 "아침이 오지 않길 기도했"는지 모른다. 화자와 동반자에게 공포의 대상일 수 있는 저 "햇빛"은 앞서 이야기했던 송승언의 시에서 어둠을 파괴하는 '빛'의 절대성을 연상시키는 동시에 또 다른 정서를 불러일으킨다. 송승언 시의 화자가 '빛'의 절대적인 권능을 불편해하는 동시에 의심하는 입장에 놓인다면, 김선오 시의 화자는 절대적인 '빛'의 권위에 끝내 지고 들어갈 수밖에 없는 운명을 짊어진 듯한 인상을 보인다. 그 지점에서 김선오 시 특유의 슬픔이 묻어나는 것은 물론이다.

결과적으로 질 수밖에 없는 운명이기에 햇빛으로 표상되는 '빛'의 절대성 앞에서 김선오 시의 화자는 자주 양가적인 감정을 보인다. 절대적인 '빛'을 멀리하며 끝없이 방황하려는 마음을 품는가 하면, 정반대로 절대적인 '빛'에 속절없이 귀의하고자 하는 마음도 적잖게 내비친다. 가령 「뎧」이라는 시에서, "너무 희어서 희다는 말"조차 "없는 집"을 못 견뎌서 떠났다가 온갖 "씻을 수 없는 색"으로 얼룩진 채 돌아온 화자는 두 가지 상반된 태도를 보인다. 흰 집의 문 앞에서 "물감이 장전된 총을 안고" 엄포를 놓는 모습과 엄포의 끝에서 "열어 주세요//열어 주세요"라고 두 번에 걸쳐 애원하는 모습은 언뜻 어울리지 않아 보이지만, '흰색(흰빛)'에 지긋지긋해진 마음과 그래서 일부러 그것을 훼손하고픈 마음과 그럼에도 자신이 나고 자란 곳의 빛깔을 잊지 못하는 마음이 범벅된 채 돌아온 탕아의 면모는 지극히 현실적이면서 설득력이 있다. 이 시에서 '흰색(흰빛)의 집'과 '색색의 얼룩'은 각각 앞선 인용 시의 "햇빛"과 "인공의 빛"에 호응하면서, 자신의 뿌리와도 같은 절대적이고 숙명적인 대상에 대해 더 심란하고 복잡해진 화자의 심리를 구현한다. 이와 같은 심리는 「디졸브」라는 시에서 "모르는 창에 우리의 가로등이 비치고 있다 저 안은 따뜻하겠지 우리가 담길 수 없는 곳이겠지 비가 쏟아지듯 문을 두드려도 열리지 않을 집 앞에 한참을 서 있었다"를 통해서도 거듭 확인된다.

다음으로 이제재의 시를 보자. 김선오의 시에서 종종 보이는 절대성 앞에서 훼손된 자아의 이미지는 이제재의 시로 넘어와서도 주요한 모티프로 작동한다. 아래는 그중 한 사례다.

거울을 찍으러 다녔어 10월의 거리를 오가면서 쓰레기장 앞 거울과 모조리 깨진 파편들 가게 앞 키 큰 거울과 풀숲 사이에 던져진 손거울 같은 것들 모조리 찍으러 다녔어 빛을 쬐면서 반사된 영상들을 모으러 다녔어 아무 일 없이도 살고 싶어서 아름다움을 믿고 싶었어 있잖아 바깥은 선할 수도 아름다울 수도 있더라 그런 것만 볼 수도 느낄 수도 있는 거더라 우리는 아름다움에 속지 않으려 했는데 우리를 더럽다고 부르는 사람들이 아름답다고 부르는 것에는 반응하지 않으려고 했는데 그런데도 아름다운 것이 있었어 그건 이상한 발견이었어 지금 내가 가진 영상이 너에게로 반사되고 우리 전부에게 퍼져 나가고 있다고 말할 수 있을까 영향력이란 것이 그런 것일 수 있을까 나는 내내 빛 속으로 걸어 다녔어 건강하자고 하루를 더 살자고 좋은 것을 더 많이 보자고 걸어 다녔어 파편들도 풍경을 담고 있었고 흘러가는 빛에 번쩍이고 있었어 사람들은 아름다울까 아름다울 수 있을까 사람들도 나도 흘러가는 배경이 되고 너는 그것을 있는 그대로 받아들일 수도 반사할 수도 있었어 다양한 각도로 거리가 흘러 다닐 때 다만 스쳐 지나가는 것들 10월엔 그런 이상한 산책을 하고 다녔어 하루에 한 번 이상 우리를 상상할 수 있었어

—이제재, 「글라스드 아이즈(Glassed eyes)—우리들에게」
(『글라스드 아이즈』, 아침달, 2021) 전문

시집의 표제작이기도 한 이 시에서 '나' 혹은 '우리'는 거리를 오가면서 거울을 찍으러 다니는 이상한 산책의 친구(들)이다. 때로 혼자인 것 같기도 하고 둘 이상인 것 같기도 한 화자(들)의 눈에 띄는 것 역시 모조리 거울이다. 거울인데 온전한 거울이 아니라 모조리 버려지거나 깨진 거울들. 파편으로 남았거나 파편으로 남을 거울들. 이러한 거울들을 영상으로 찍는 행위는 거울에 반사되는 풍경을 찍는 것과 다르지 않으며, 여기에는 거울에 담긴 '나' 혹은 '우리'의 모습을 찍는 일도 당연히 포함된다. '나·우리'를 포함하여 세계를 담아내는 거울이 파편화된 이미지라면, '나·우리'를 비롯한 세계의 자화상도 파편화될 수밖에 없다. 그것은 거울로 표상되는 '나·우리'의 정체성이 깨지고 금이 간 상태로 발견되는 일이기도 할 것이다. 이러한 '나·우리'를 두고서 "더럽다고 부르는 사람들이 아름답다고 부르는 것"에 경계심이 생기는 것은 당연지사다. 그들이 부르는 아름다움에 속지 않으려는 자세가 곧 '나·우리'의 정체성을 지키는 일일 텐데, 문제는 그럼에도 발견되는 아름다움이 있다는 사실이다. 그것이 어떤 아름다움인지는 명확하다. 파편화된 '나·우리'를 두고서 더럽다고 하는 사람들이 부르는 아름다움과 정반대에 있는 것. 적어도 한참이나 거리를 두고서 발견되는 그것은 당연히 파편화된 아름다움일 것이다. 파편 자체의 아름다움이라고 해도 틀리지 않을 저 아름다움이 있어 '나·우리'는 오늘도 파편을 좇듯이 거울을 찍으러 다니고 빛 속을 걸어 다닌다.

한 가지 흥미로운 점은 거울의 파편이자 '빛'의 파편을 찾아다니는 '나·우리'가 "건강하자고 하루를 더 살자고 좋은 것을 더 많이 보자고" 다짐하는 데 있다. 앞서 이야기한 황인찬의 시에서 "좋은 곳"이 '빛'의 절대성과 신성성이 거하는 공간으로 통하는 것과 달리, 이제재의 시에서는 파편화된 '빛' 자체가 "좋은 것"을 바라는 마음과 맞물려서 등장한다. 절대적이고 신성한 것이 아니라 현실의 눈으로 봐도 한참이나 모자라 보이는 파편 덩어리를 "좋은 것"과 대응시키는 시선은 '빛'의 걸음걸음을 따라서 지난 십여 년의 시를 읽어 온 독자에게 가벼운 놀라움을 선사한다. 더는 절대성으로 무장된 신성성의 담지물이 아니라, 파편화되면 파편화된 채로 흘러 다니는 풍경과 흘러가는 '나·우리'를 있는 그대로 담아내는 아름다운 반사체로서 거울이 존재하고 또 '빛'이 존재하는 광경을 이제재의 시에서 새삼 목격한다.

앞서 김선오의 시에서 짚었던 '색색의 귀환'에 이어 이제재의 시에서는 '파편의 아름다움'이 눈에 띈다고 할 때, 어쩐지 시단의 시계를 십수 년 전 미래파 시절로 되돌리는 듯한 저 수사(修辭)에서 불필요한 오해를 덜기 위해 한마디 덧붙일 것이 있다. 시대에 따라 미학적인 감각과 윤리적인 감각의 양극단을 시계추처럼 왔다 갔다 하는 것이 시의 역사라지만, 철 지난 과거의 시가 그저 세월이 지났다고 해서 그대로 되돌아오지는 않는다는 사실이다. 철 지난 과거가 철 지난 과거로 떠밀릴 수밖에 없었던 지점을 고통스럽게 통과하면서 미래의 시는 온다. 그런 점에서 새로운 미래의 시는 언제나 새로운 과거의 시다. 새로운 과거의 시는 단순히 과거를 복원하는 시가 아니라 뼈 아픈 성찰과 눈 밝은 통찰의 시간을 거듭 통과한 후에야 다시 만날 수 있는 미래의 시일 것이다.

지난 십여 년간 우리 시의 구석구석에서 빛났던 '빛'의 걸음걸음을 따라 읽으면서 마지막에 들었던 생각도 이와 무관치 않다. 2010년대 젊은 시인들의 시에서 왜 '빛'이 만연할 수밖에 없었는가는 (앞으로 꼼꼼히 살펴봐야 하는 작업이 남아 있지만) 직전 시기인 2000년대 젊은 시인들의 시에서 왜 '빛'이 덜 주목될 수밖에 없었는가와 맞물려 있는 질문이 아닐까. 그런 생각을 하면서 '빛'을 따라 걸었던 걸음도 잠시 멈춘다. '빛'에 대해서는 더 할 말이 있을 거라는 기약과 함께.

나는 왜 '좋은 곳'을 믿을 수 없었나?

일도 많았고 탈도 많았던 2010년대의 시단을 통과하면서, 곳곳에서 생채기가 났던 그 시기의 끝자락을 지나면서 우연히 읽은 시 한 편이 계속 마음에 남는다. 마음에 남아서 이렇게도 짚어 보고 저렇게도 더듬어 보는 생각거리를 남긴다. 어떤 생각거리를 남기는지 얘기하기 전에 시부터 밝히는 게 순서겠다. 임솔아 시인의 「역할」이라는 시이다. 때마침 읽은 시기도 2010년대가 저무는 어느 가을날이었다.

방파제를 따라 걸었다.
길은 그것밖에 없었다.
방파제 끝에 나의 작은 방이 있었다.

바닷바람에 유리창이 덜컹댔다.
곧 깨질 것 같은 소리였으나 아직 깨지지 않았단 걸 소리 때문에 알
수 있었다.

문을 열고 들어가자
선생님이 앉아 계셨다.

제 방에서 무얼 하고 계시냐고 나는 물었다.
누군가 이곳에서 기다리라 했다고
선생님은 답했다.

그 누군가는 좋은 존재라고 했다.
좋음 같은 건 포기한 지 오래라고 생각했는데 자기가 틀렸다고

그런 오류는 정말로 고맙기 때문에
기다려야 한다고 했다.

까만 유리창을 주시하며 선생님은
자기 손등에 붙어 있는 상처 딱지를 연신 뜯어내고 있었다.
빨간 피가 피부에 번지고 있는 것도 모르고 있었다.

간절하지 않고 싶다는 생각이
간절했던 나에게
선생님은 함께 기다려 달라고 부탁했다.

나도 믿는다.
그런 사람에게는 악의가 없다는 것. 악의조차 없어서 누군가가
대신 악의를 품고 살게 된다는 것.

방파제에서 뭐라도 보지 못했느냐고
선생님은 물었다.

폭죽을 터뜨리던 사람들과 돗자리에 모여 앉은 사람들과 강아지를
산책시키는 사람들에 대해
나는 이야기를 하게 되었다.

나는 선생님 옆에 앉아
계속 기다릴 수도 있을 것이다.

보았던 것들을 말해 가면서 나 역시 고마움을 느낄 수 있길 기대하
면서
깨질 것만 같은 유리창이 깨질 때까지 깨져 버린 이후로도

선생님과 나는 역할을 바꾸어 갔다. 코미디 콤비가 되어 갔다.

누군가 문을 열고 들어와
자기 방에서 무얼 하고 있는 거냐고 물었다.

감명 깊게 읽은 문학작품처럼
좋은 존재는 끝까지 오지 않을 것이다. 좋음은 등장인물들을 차례차
례 좌절케 할 것이다.
좌절 말고는 남은 것이 없는 상황에서도 좌절만은 남겨 두지 않으려는
내가 좋아하는 작품들처럼

좋은 존재를

함께 기다려 주는 사람은 좋은 존재가 될 수 있다고 선생님은 재차
부탁했다.

나는 좋은 사람이 아니었으므로
같이 나가자고 말했다.

—임솔아, 「역할」(『문학과 사회』, 2020.가을) 전문

방파제 끝에 있는 '나'의 방에서 '나'와 '선생님'이 서로 역할을 바꿔 가며 "좋은 존재"를 기다리는 상황을 우화적으로 그려 내고 있는 시이다. 우화적이므로 시인의 의도와 별개로 현실의 장면을 떠올리면서 읽게 만드는 효과가 다분한 시인데, 현실의 어떤 장면이 연상되는가는 읽는 이에 따라 조금씩 다를 것이다. 나는 한 시절을 떠올렸다. 지나간 2010년대 우리 시단의 몇몇 풍경을 떠올렸다. 콕 집어 말하자면 이 시에서 "좋은 존재"라고 일컫는 어떤 '좋음'에 대한 갈구와 목마름과 그로 인한 부침이 격렬했던 한 시기를 떠올렸다고 해야겠다.

'좋음'은 '좋아함'과는 성격이 다른 말이다. '좋아함'이 범박하게 말해 '내가 좋아함'의 줄임말이라면, '좋음'은 나의 좋아함과 별개로 존재하거나 나의 좋아함을 넘어서는 차원에 놓인다. 진선미(眞善美) 중에서도 선(善)에 해당하는 이 '좋음'의 상태는 개개인의 호불호를 넘어서는 위치에 놓인다는 점에서 윤리적으로 옳고 그름의 문제와 맞물린다. 따라서 '좋음'의 상태는 옳음의 상태와 다르지 않으며, 옳고 그름의 문제는 좋고 나쁘고의 문제를 넘어 때로 개개인의 미적 취향

에까지 영향을 미친다. 내가 어떤 작품을 좋아하고 싫어하는지와 같은 미학적인 판단에 영향을 미치기도 한다는 말이다. 멀리 갈 것 없이 편편의 시에 미학적인 판단뿐만 아니라 윤리적인 판단이 적극적으로 개입됐던, 개입될 수밖에 없었던 2010년대 우리 시단에서 그 사례를 찾을 수 있다.

어느 철학자의 말마따나 문학·미학·예술이 정치와 별개일 수 없고 시와 윤리 의식이 별개의 관계에 놓일 수 없다고 하더라도 시를 대하는 태도에서 윤리적인 판단이 과도해지는 사태에 대해 불편한 시선을 보내는 이도 있을 것이다. 그런가 하면 2010년대에 등장한 시인들이 미학적인 과업뿐만 아니라 윤리적인 책무까지 짊어질 수밖에 없었던 필연적인 이유에 공감하면서 당연한 역사의 흐름이자 결과물로 받아들이는 이도 있을 것이다. 시 안팎에 걸쳐, 아니 시단 안팎에 걸쳐 옳지 않다고 판단되는 이러저러한 사안에 대해 애써 방기하거나 회피해 왔던 것이 지난 시절이었다면, 옳은 것과 옳지 않은 것을 민감하게 분별하며 옳은 것의 추구를 적극적으로 개진하는 시기에 다다른 것이 2010년대의 시단일 것이다. 옳은 것이 좋은 것이고 좋지 않은 것은 아름답지도 않다는 인식이 큰 목소리로 자리잡은 곳에서 맨 먼저 축출된 것도 좋은 것과 아름다운 것을 별개로 두고서 밀고 나갔던 시였고 또 시인들이었다.

2000년대를 주름 잡았던 일군의 비성년 화자들이 썰물처럼 빠져나간 자리에는 이제 다른 소년들이 들어와서 자리를 잡았다. 직전 시대의 소년들이 시에서든 시가 아닌 자리에서든 옳은 것을 추구하고 좋은 것을 희구하는 것 자체를 촌스럽게 여긴 경우가 많았다면, 새롭게 들어선 소년들에게는 그러한 시각 자체가 틀린 것이고 나쁜 것이고 못된 것이었다. 당연히 시에서도 시 밖에서도 옳은 것과 좋은 것과 선한 것을 최일선에 둔 목소리가 주를 이루는데, 그렇다고 옳고 좋고 선한 것을 위해 나머지 모든 것을 희생해도 좋다는 식의 투박한 목소리는 아니었다. 이념을 위해 타자를 도구화하는 것 또한 그들의 시각에서는 윤리적으로 옳지 못한 방식이었다. 윤리는 곧 타자를 전제한 윤리였고, 당연히 타자를 대상화하지 않는 선에서 개인을 말하고 개인의 윤리를 말하고 나아가 공동체의 윤리까지 담보하고자 한 것이 2010년대의 시일 것이다.

"나는 좋은 곳을 믿는다"라는(황인찬, 「순례」) 문장이 집약적으로 보여 주듯이, '좋음'에 대한 순정한 믿음은 윤리적인 감각이 강조되던 2010년대 시의 중요한 축(어쩌면 가장 중요한 축)을 이룬다. "좋은 곳에 가 본 적이 없었다 좋은 곳을 상상하지 못했다"처럼(송승언, 「담장을 넘지 못하고」) 회의적인 시선도 없지는 않으나, '좋음'에 대한 믿음이 얼마나 굳건한가와 상관없이 '좋음'이 이 시기 시의 주요한 화두인 것만은 분명해 보인다. 그래서일까, '좋음'의 의미와 직·간접적으로 연결되는 '빛'의 이미지가 2010년대 시에서는 이상하게 많이 보인다. 일일이 거론하는 것이 버거울 정도로 많은 시에서 지배종처럼 등장했던 시어가 '빛'이었던 셈이다. 그런 점에서 '좋음'이 2010년대 시의 든든한 토양을 이룬다면, '빛'은 이 시기 시의 눈부신 아이콘이라고 해도 과언이 아니겠다.

위의 시 「역할」에서도 '빛'은 직접 등장하지 않지만 은근한 공간적 배경을 이룬다. "나의 방"이 위치한 방파제 끝은 통상 등대가 자리 잡는 곳이다. 캄캄한 밤바다를 향해 '빛'을 내뿜는 등대가 있어야 할 자리에 "나의 방"이 위치하면서 이 시 또한 '빛'을 전제로 생성된 시의 한 사례를 이룬다. '빛'은 물론 '좋음'과 짝을 이루는 이미지다. 당연히 이 시에서도 "좋은 존재"라는 '좋음'의 상관물이자 상징어가 등장하는데, 문제는 이 "좋은 존재"를 바라보는 '나'와 '선생님'의 입장이 묘하게 어긋난다는 데 있다. 이전 세대로 짐작되는 '선생님'은 "좋음 같은 건 포기한 지 오래라고 생각했는데 자기가 틀렸다"는 사실을 인정하면서 "좋은 존재"를 무작정 기다리는 태도를 취한다. 그렇다고 아무런 생각 없이 혹은 아무런 대가도 치르지 않고 기다리는 것은 아니다. "좋은 존재"를 포기했던 시절의 업보로 남은 듯한 "자기 손등에 붙어 있는 상처 딱지를 연신 뜯어내"면서 "빨간 피가 피부에 번지고 있는 것도 모르"는 채로 기다리는 일을 계속한다.

"좋은 존재"에 대해 화자인 '나'의 입장은 또 다르다. "간절하지 않고 싶다는 생각이/간절했던 나"는 "좋은 존재"에 대해서노, "좋은 존재"를 기다리는 일에 대해서도 그렇게 절실해 보이지가 않는다. 오히려 간절함이라는 감정에 꽤 피로감을 느끼는 듯하다. 한때는 "좋은 존재" 자체를 무시하듯이 포기했던 이가 상처에서 피가 나는 줄도 모르고 "좋은 존재"를 기다리는 일에 열중인 반면, '좋음'을 주요한 화두로 삼은 세대에 속한다고 할 수 있는 '나'는 오히려 "좋은 존재"에 대해 간절하지 않으려고 애를 쓴다. 간절하지 않으려는 마음은 간절함에서 비롯되는 일들이 또 얼마나 마음을 다치게 하는지를 몸소 겪었던 이의 방어 심리에서 비롯된 것일 수도 있다. 경위가 어떻든 "좋은 존재"에 대해서 '선생님'으로 대변되는 이전 세대와 '나'로 대변되는 지금 세대의 입장이 개인의 차원으로 넘어와서는 이렇게도 입장이 뒤바뀌거나 뒤섞일 수 있음을 이 시에서 새삼 목격한다. 무엇보다 "좋은 존재"에 대해서 이렇게도 다른 입장이 존재한다는 것 자체가 한 시기의 시를 지탱하는 동시에 지배했던 '좋음'에 대한 인식에서 모종의 균열이 발생하고 있음을 방증하는 게 아닐까. "좋은 존재"는 무한정 기다려야 하는 것이고 기다리다 보면 언젠가는 오리라는 믿음, 설령 오지 않더라도 "좋은 존재"를 함께 기다리는 것만으로도 "좋은 존재"가 될 수 있다는 믿음, 너무 순진해서 "악의조차 없어" 보이는 그러한 믿음에 모종의 균열을 가하는 시선이 내장된 시가 어쩌면 위의 시일 것이다.

한번 균열이 간 믿음은 "곧 깨질 것 같은 소리"를 내는 유리창과 다르지 않다. 그만큼 허술하고 위태롭다는 말인데, 이런 상황에서도 '선생님'과 방을 공유할 수밖에 없는 '나'는 "좋은 존재"를 기다리는 일을 차마 포기하지 못한다. 오히려 '선생님'과 역할을 바꿔서라도 기다리는 일을 지속하려 든다. "깨질 것만 같은 유리창이 깨질 때까지 깨져 버린 이후로도" 역할을 바꿔 가며 "좋은 존재"를 기다리는 모습은 마치 고도를 기다리듯 진지하게 역할 놀이를 수행하는 것 같지만 결말은 이미 정해져 있다. 제아무리 순정한 믿음을 간직하더라도 결국에는 파국을 향해 치달을 수밖에 없는 결말을 숙명처럼 받아들여야 한다.

진지하다 못해 숭고하기까지 한 두 사람의 역할 놀이가 한 편의 희극이자 소극으로 전락하는 상황에서 화자인 '나'의 입장은 양 갈래로 나뉜다. 하나는 냉정한 현실 직시다. 여전히 순진한 믿음을 견지하는 '선생님'에게 "나는 좋은 사람이 아니었으므로/같이 나가자고" 말할 수밖에 없는 상황을 직면하는 것이다. 다른 하나는 그럼에도 마지막까지 남겨 두려는 어떤 마음가짐에 있다. "좌절 말고는 남은 것이 없는 상황에서도 좌절만은 남겨 두지 않으려는" 마음이 그것이다. 끝내 저버릴 수 없는 '좋음'에 대한 믿음이기도 한 저 마음가짐을 어떻게 받아들여야 할까? 어떻게 받아들이든 이 시를 읽는 한 사람의 심경도 복잡하기는 마찬가지인데, 화자의 입장에서 이 우스꽝스러운 비극을 받아들이는 것과 별개로 '선생님'의 입장에서 이 상황을 다시 연출해 보고 싶은 생각도 함께 든다. 2010년대 시가 손절하다시피 거리를 두고자 했던 2000년대 시의 당사자로서 지니는 소회가 없지 않기 때문이다. 그렇다고 철 지난 시절을 반추하려고 저 시의 '선생님'을 다시 불러서 무대에 세우고 싶지는 않다. 시 장르의 특성상 화자 중심으로 얘기를 풀어놓을 수밖에 없는 한계에도 불구하고 굳이 '나'와 '선생님'의 역할을 바꿔 가며 얘기하고자 한 저 시의 간단치 않은 의중을 헤아린다면, 어느 한쪽이나 어느 한 시절만 연상되는 무대를 수고롭게 다시 세울 필요는 없어 보인다. 그런 무대는 이미 충분히 보았고 이미 충분히 역할을 했다.

그럼 남아 있는 역할은 무엇일까? 답변을 내놓자니 "좋은 존재"를 기다리는 일만큼이나 막막한 생각이 먼저 떠오른다. 다만 한 가지, 시가 저마다의 지극한 언어 놀음이면서 한편으로 타자를 향한 끝없는 역할 놀이일 수도 있다는 사실을, 시와 소설을 겸하면서 둔중한 메시지를 던지는 임솔아의 저 작품에서 새삼 확인했던 것 같다.

우리는 언제 시인이 되는 것일까?
―비등단 시인들의 시집 출간에 대한 몇 가지 생각

근래 들어 비등단 시인들의 시집 출간이 눈에 띄게 늘었다. 생각 나는 대로 꼽아 보자면 이호준, 조해주, 윤유나, 김선오, 서호준, 김 누누 등의 첫 시집이 떠오른다.[1] 2020년 말 비등단 시인 최초로 김 수영문학상을 받은 이기리의 첫 시집 『그 웃음을 나도 좋아해』도 여 기에 해당한다. 물론 등단을 하지 않은 채 시집을 출간하는 사례는 이들 말고도 많다. 이전에도 없었던 일은 아니다. 시인 자신이 출간 비용을 지불하고 시집을 내는, 이른바 '자비 출판'의 형태로 비등단 시인들이 시집을 출간하는 사례는 이전에도 있었고 지금도 많이 보 인다. 실제로 알라딘이나 예스24 같은 인터넷 서점에 올라와 있는 신간 목록에서 비등단 시인들의 자비 출판 시집은 적잖은 비중을 차

---

[1] 2021년 3월 기준으로 비등단 시인들의 첫 시집 출간 사례를 뽑아 보면, 이호준 시집 『책』(2018), 조해주 시집 『우리 다른 이야기 하자』(2019), 윤유나 시집 『하얀 나비 철 수』(2020), 김선오 시집 『나이트 사커』(2020)(이상 아침달 출간), 서호준 시집 『소규 모 팬클럽』(2020), 김누누 시집 『착각물』(2020)(이상 파란 출간) 등이 확인된다.

지하고 있다. 그래서 최근 이삼 년 사이에 비등단 시인들의 시집 출간이 눈에 띄게 늘었다는 말에는 조금 더 정치한 설명이 필요해 보인다. 덧붙이자면, 일정 수준의 공신력을 갖춘 출판사에서 자비 출판이 아닌 방식으로 시집을 내는 비등단 시인들이 늘었다고 해야 더 정확한 표현이 되겠다.

등단 절차를 거치지 않은 시인의 시집일지라도, 출간 결정 과정부터 출간을 위한 편집 과정에 이르기까지 엄정하고도 꼼꼼한 프로세스를 갖춘 출판사에서 자기 색깔을 분명히 보여 주면서 나온 시집이라면, 문단에서 주목받을 수 있는 여지도 많아진다. 실제로 위에서 나열한 시인들의 시집 중 상당수가 문단에서 크고 작은 반응을 이끌어 내면서 시단에 신선한 바람을 불어넣고 있는 것으로 평가된다. 이에 힘입어 비등단 시인들의 시집 출간이 앞으로 더 활발해질 수 있다는 점을 감안하면, 여러모로 들여다볼 구석이 많은 사안이라고 생각한다.

논의를 위해서 우선 '등단'이라는 단어를 음미한다. 『표준국어대사전』에서는 '등단'의 뜻을 이렇게 설명하고 있다. "등단: 어떤 사회적 분야에 처음으로 등장함. 주로 문단(文壇)에 처음으로 등장하는 것을 이른다." 우리가 익히 알고 있는 등단의 개념과 별다르지 않은 사전적인 뜻에서 눈여겨볼 곳은 "처음으로 등장함"이라는 대목이다. 그러니까 문단에 처음으로 자신의 이름과 작품을 알리는 것이 등단이라는 말인데, 여기에는 크게 두 가지 방식이 있다. 하나는 한 편이든 몇 편이든 개별 시 작품을 지면에 발표하는 방식이고, 다른 하나는 시집을 발간하는 방식이다.

개별 시 작품을 발표하는 방식 역시 두 가지로 나뉜다. 하나는 일간지 신춘문예를 통해서, 또 하나는 문예지 신인상이나 신인 추천을 통해서. 물론 처음 발표되는 지면이 중앙지냐 지방지냐 혹은 메이저 출판사에서 나오는 문예지냐 중소 규모의 문예지냐에 따라 이후에 신인으로서 활동할 수 있는 여건은 천차만별로 갈린다. 등단 이후에 유명 출판사에서 시집을 낼 수 있는 기회도 등단 지면에 따라 천양 지차로 나뉜다. 그래서 조금 더 유명하고 조금 더 유서 깊은, 그래서 조금 더 권위 있는 지면으로 데뷔하고자 하는 욕망이 생기는 것은 당연한 일이겠다. 신춘문예라면 명망 있는 시인과 작가가 많이 배출 된 일간지를 통해서, 문예지라면 소위 말하는 메이저 출판사에서 나 오는 문예지를 통해서 데뷔하고자 하는 이들이 많을 수밖에 없는 이 유도 충분히 이해가 간다.

지면마다 차이가 있겠으나 대체로 좁은 관문을 통과해야 하는 기 존의 등단 절차 말고 조금 더 자유로운 방식으로 자신의 작품을 선 보일 수 있는 창구도 있다. 2000년대 이전에는 동인지에 발표하는 방식이 있었다면, 근래에는(엄밀히 말하자면 2010년대 이후에는) 독립문예 지에 발표하는 방식이 새롭게 자리매김하고 있다. 즉 독립문예지에 작품을 발표하면서 시인으로서의 경력을 시작하는 경우가 근래 들 어서 많이 보이는데, 그 시발점에 해당하는 지면으로『더 멀리』가 손 꼽힌다. 필자의 등단 여부와 상관없이 시와 에세이 등을 게재하며 신선한 바람을 일으켰던『더 멀리』이후로『베개』,『영향력』,『비릿』, 『모티프』,『토이박스』등이 등장했고, 최근에는『던전』을 비롯한 온라 인 매체까지 등장하여 양적·질적으로 기성 문예지 못지않은 기획력 과 영향력을 보여 주고 있다. 또한『문학3』처럼 기존의 문예지 형태 를 띠면서 등단 여부와 상관없이 작품을 게재하는 지면도 보인다.

문제는 통상적인 등단 절차를 통과한 시인이든 거기서 벗어나는 방식으로 작품 활동을 시작한 시인이든 상관없이, 이들의 작품 세계가 결정적으로 공인받는 순간은 시집 출간과 맞물려 있다는 사실이다. 극소수의 예외를 제외하고는 대체로 시집을 통해서 한 시인의 시 세계가 온전히 드러나고, 그에 준하는 평가 또한 시집을 통해서 가능해진다. 즉 등단 경로와 상관없이 시집이 한 시인의 시 세계를 가늠할 수 있는 중요한 잣대가 된다는 말이다. 사정이 이러하다면, 굳이 개별 작품을 발표하는 과정을 거치지 않고 곧바로 시집을 출간하면서 시단에 진입하는 것을 노려 볼 수도 있겠다. 이는 등단 경로 중 하나에 시집 발간이 들어갈 수 있는 근거가 되면서, 한편으로 등단과 관련하여 또 다른 생각거리를 남긴다. 가령, 시인이 되는 것의 의미를 등단이라는 절차에만 묶어 둘 필요가 있을까? 등단의 의미와 시인이 되는 것의 의미가 꼭 일치해야만 할까? 일치하지 않을 수도 있다면 어떤 점에서 결정적으로 갈라지는 것일까? 질문의 연장선에서 같이 읽어 볼 자료가 있어 인용한다. 2019년 2월 아침달에서 첫 시집 『우리 다른 이야기 하자』를 출간하며 작품 활동을 시작한 조해주 시인과 나눈 대담의 일부다.

조해주: 시집 출간 후에 소감이 어떠냐는 질문을 종종 받았는데 사실 별 소감이랄 것이 없었어요. 원체 리액션이 빈약한 성격이라 그런 것도 있지만, 시집을 내면서 시단에 진입할 수 있을지에 대한 확신이 없었기 때문에요. 그러니까, 기쁨이나 허탈함이 오려면 먼저 '시인이 되었다'는 생각이 들어야 하는데 시집을 손에 쥐었을 때도 시인으로 데뷔했다는 생각은 들지 않았어요. 시집 낸 뒤에 아무것도 달라지지 않는 상황도 각오했고요. 큰 기대를 하지 않았는데 생각보다 좋은 일이 많이 생겨서 기뻐요. 여기저기서 응원과 축하를 많이 받았어요.
저 같은 경우, 신춘문예나 문예지 신인상 당선을 통한 등단 과정이

없었기 때문에 시인이 된 시기를 특정하기가 애매한데요. 언젠가 김소연 시인으로부터 '시인이 되는 시기를 스스로 결정할 수도 있는 것 아닐까?'라는 말을 들은 적이 있어요. 그 말이 주는 가능성이 힘이 되더라고요. 지금은 저를 시인이라고 불러 주는 사람들로 인해서 서서히 조금씩 시인이 되어 가고 있는 게 아닐까 하는 생각이 듭니다. (중략)

김언: 얘기를 듣고 보니 시인이 된다는 것이 무엇인지, 그리고 언제 시인이 되는 것인지를 새삼 생각하게 되네요. 신춘문예나 문예지로 데뷔하면서 시인이 되는 것과 시집을 내면서 시인이 되는 것에 대해서도 여러 생각이 듭니다. 지극히 한국적인 신인 배출 방식인 신춘문예나 문예지로 데뷔하는 것이 등단의 좁은 개념이라면, 시집을 내면서 데뷔하는 것은 조금 더 넓은 등단 개념으로 잡아 줘야 할 것 같은데요, 한편으로 이런 생각도 드네요. 시인이 되는 것을 놓고 보면 또 다르게 볼 수 있겠다는.

자기 시 세계를 분명하게 펼쳐 보이는 것을 시인이 되는 것의 중요한 기준으로 삼는다면, 신춘문예와 문예지 등단작으로 시 몇 편을 선보이는 방식보다는 한 권의 시집으로 등장하는 방식에 훨씬 더 신뢰가 갑니다. 전자는 앞으로 어떠어떠한 시 세계를 펼쳐 보일 가능성을 보고 뽑는 방식이고, 후자는 하나의 시 세계가 분명하게 드러나는가 드러나지 않는가가 곧바로 판단되는 방식이라서요. 그래서 시인이 되는 것의 의미만 놓고 보면, 신춘문예나 문예지로 데뷔하는 방식보다 시집으로 데뷔하는 방식이 훨씬 더 까다롭고 좁은 관문이라고 할 수 있겠네요. 당사자 입장에서 훨씬 더 부담스러운 관문이기도 하고요. 단순히 가능성만 보여 주는 차원이 아니라 결과물까지 감당해야 하는 입장이라서 그럴 겁니다. 그런 점에서 조해주 시인의 이번 시집 출간은 기존의 등단 절차보다 훨씬 더 힘들고 까다로운 과정을 통과하면서 시인의 길에 들어선 사례로 봐야 할 겁니다.
　　　―〈'이 계절의 첫' 조해주 시인 편〉(『포지션』, 2019.여름)

　　문예지나 신춘문예를 통해 등단하여 일정 기간 개별 시 작품을 발
표한 다음 한 권의 시집을 묶어 내는 것이 가장 일반적인 '시인-되
기'의 과정이라고 한다면(지극히 한국적인 '시인-되기'의 과정이기도 하다),
이런 일반화된 경로를 벗어나서 대뜸 시집부터 내놓고 시인이 되었
다고 확신할 수 있는 사람은 많지 않을 것이다. 조해주 시인의 말대
로, 시집을 내면서 곧바로 시단에 진입하(려)는 일은 "시집 낸 뒤에
아무것도 달라지지 않는 상황도 가오"해야 할 만큼 위험부담이 큰
도전이었을 것이다. 출간되자마자 대부분이 묻혀 버리는 자비 출판
시집들의 운명과 별다를 바 없는 수순을 각오하고서 시집 출간에 임
했다는 말도 되겠다. 다행스럽게도 첫 시집 출간 이후에 각종 지면
에서 신작 시 청탁이 잇따르고 대형 출판사에서 두 번째 시집 출판
계약을 맺으면서, 조해주라는 비등단 시인의 모험 가득한 시집 출간
은 결과적으로 신선하면서도 성공적인 시단 진입의 사례가 되었다.
어쩌면 조해주 시집을 계기로 비등단 시인들의 시집 발간이 더욱 탄
력을 받았다고 해도 과언이 아닐 것이다. 당연히 조해주 시인과 같
은 사례가 앞으로 더 많이 생겨날 것으로 예상된다.
　　상황이 이러하다면, 등단에 대해서도, 시인이 되는 것에 대해서도
다시 생각해 봐야 할 지점이 생긴다. 인용문에도 나오듯이, 한국 시
단에서 통상적으로 인정되어 왔던 등단의 의미와 별개로 시인이 되
는 것의 의미를 되짚어 볼 필요가 있다는 말이다. 등단은 사전적인
뜻 그대로 문단에 자신의 작품과 이름을 처음 알린다는 데서 의미
를 찾을 수 있으며, 여기에는 기존의 신춘문예나 문예지를 통한 방

식 말고도 온·오프라인에 걸친 독립문예지를 통한 방식, 시집 출간을 통한 방식 등 다양한 경로가 포함될 것이며, 앞으로 더 다양한 방법이 모색될 것으로 보인다. 그러나 등단 경로의 다양성과 별개로, 시인이 되는 것의 의미는 결정적으로 자신의 시 세계를 온전히 보여 줄 수 있는가 없는가에 걸려 있다. 자신의 시 세계는 편편의 시가 아니라, 시집 한 권의 무게감으로 승부할 때 더 확실한 판단의 근거를 마련해 줄 수 있다. 시집이 누적된 시인의 경우가 아니라면, 편편의 시에서 보여 줄 수 있는 세계는 조각조각의 가능성으로 확인되는 것이 대부분이며, 이러저러한 경로의 등단 과정에서 보여 주는 편편의 시 또한 가능성의 세계로 판단될 뿐이다.

그런 점에서 가능성을 넘어 결과물로서의 시 세계를 보여 주어야 하는 시집에 더 많은 하중이 실리는 것은 당연한 일이다. 읽는 입장에서도 더 많은 시간을 할애해야 하는 일이고, 쓰는 입장에서도 오랜 시간에 걸쳐 차근차근 시 세계를 다지는 작업이 필요한 일이다. 많은 이들이 부러워하는 지면으로 데뷔하고서도 시집을 묶는 데 짧게는 이삼 년씩 길게는 십 년 이상의 시간이 소요되는 이유를 곰곰이 따져 본다면, 등단하지 않은 상태로 시집을 묶어 내기 위해 가장 중요하게 여겨야 하는 과정이 무엇인지도 명확하게 보인다. 자신의 시 세계가 견고하게 구축될 수 있도록 습작의 방향을 잡고 밀고 나가는 것. 이것이 제대로 된 시집 원고를 묶을 수 있는 필수 요건이 되는데, 문제는 생각만큼 실천하기가 쉽지 않다는 데 있다. 비등단 상태에서 그러니까 신작 시 청탁이나 작품평 같은 외부적인 반응이 없는 상태에서 시집 한 권 묶는 것만 바라보며 작품을 써 나갈 수 있는 이가 얼마나 되겠는가. 어지간한 배짱이나 뚝심 없이는 거의 불가능한 일일 것이다. 더구나 공신력 있는 출판사를 통한 비등단 시인들의 시집 출간이 전무했던 시절에는 아예 상상조차 되지 않는 일이었을 것이다.

그래서일까, 이런저런 시 창작 교실에서 제법 잘 쓴다는 습작생들의 작품을 받아 보았을 때, 딱 열 편 내외로만 책임질 수 있는 완성도와 세계를 갖춘 원고를 만나는 일이 더는 낯설지가 않다. 이상하게 많다는 얘기다. 아마도 기존의 신춘문예나 문예지 공모 일정에 맞추어 습작을 하는 패턴에 익숙해지다 보니, 몇 년에 걸쳐 써 온 시 편들이 일관되게 밀고 나가는 어떤 세계를 가지기보다 제각기 따로 노는 세계로 채워진 데에 이유가 있을 것이다. 우수하더라도 제각기 따로 우수한 직품으로 채워진 원고는 말 그대로 등단용 원고이지 시집용 원고가 아니다. 공모전에 당선될 만한 몇 편의 대표작을 얻기 위한 습작 방식과 한 권의 시집으로 세계를 구축하기 위한 시작 방식은 다를 수밖에 없다. 따지고 보면 한 시인의 대표작이란 것도 대표작을 건지기 위해서 작성된 시라기보다 하나의 시 세계를 일구어 나가는 과정에서 자연스럽게 도출되는 부산물에 더 가깝다. 그렇다면 결론은 간단하다. 가까이는 몇 편 단위의 등단용 작품을 얻기 위해서도, 멀게는 한 권 분량의 두툼한 시 세계를 다지기 위해서도, 호흡을 길게 가지고 시집 단위로 작품을 써 나가는 시간이 필요하다는 사실. 그것이 어쩌면 기존의 등단 절차와 무관하게 시인이 되는 궁극적인 길이면서, 시인이 되는 시기를 역설적으로 앞당기는 길일 수도 있겠다는 생각을 조심스럽게 붙여 둔다. 아울러 기존의 등단 절차와 상관없이 시집 한 권의 세계를 바라보며 써 나가는 이들의 수요를 충족시킬 수 있는 출판사가 앞으로 더 많아졌으면 하는 바람도 덧붙여 둔다.

돌이켜 보면 시단에 새로운 호흡을 불어넣는 시는, 나아가 시단의 판도를 흔드는 시는 우리가 익히 알고 있는 곳에서 익히 아는 방식으로 등장하는 경우보다 예기치 않은 곳에서 예기치 않은 모양새로 튀어나오는 경우가 더 많았던 것 같다. 우리가 익숙하게 여겨 왔던 등단 절차를 뛰어넘어서 갑작스러운 시집의 형태로 등장하는 시인들 역시 그 자체 예기치 않은 사례에 해당한다. 그들 중 일부는 예기치 않은 화법으로 예기치 않은 얘기를 들려주면서 뜻밖의 시 세계를 보여 줄 수도 있다. 또 그들 중 일부는 미래의 시를 앞당기면서 현재의 시단을 바닥까지 뒤흔드는 당사자가 될 수도 있다. 꼭 그렇게 되리라는 보장이 없는 것과 마찬가지로 그렇게 되지 못하리라는 장담 역시 할 수 없는 곳에서 미래의 시인들은 계속 태어난다. 새로운 시인도 계속 태어난다. 새로운 시가 '시란 무엇인가?'라는 시적 정의를 새삼 문제 삼으며 등장한다면, 이 시대의 새로운 시인은 '시인이란 무엇인가?' 혹은 '시인이 된다는 것은 무엇인가?'라는 질문을 내장한 채 등장하는 시인이지 않을까. 아니면 '우리는 언제 시인이 되는가?'라는 질문을 내장한 시인일지도 모른다. 그도 아니면 이 모든 질문을 헛다리 짚는 꼴로 만들면서 등장할 수도 있다.

새로운 시인은 언제나 예상 가능한 범위를 벗어나서 등장한다. 우리가 그렇게도 바라던 것을 곧이곧대로 받아서 들려주는 시가 아니라, 전혀 예상치 못한 선물을 안기듯이 등장하는 시. 어쩌면 아래에 등장하는 "이것, 하나"와도 같은 시. 우리가 그렇게도 원했던 것은 역설적으로 우리가 원하고 있었는지조차 몰랐던 어떤 것일 수도 있다. 이걸 일깨우기 위해 우리에게 또 시가 있는지도 모르겠다.

이번 겨울에 스페인으로 일주일 정도 여행을 갈 거예요. 몇 마디라도 미리 배워 가는 게 좋을까요?

내가 말하자

그는 좋은 방법이 있다고 한다.

사진이나 그림을 휴대폰에 많이 저장해 두는 것이 좋다고 한다. 구구
절절 설명할 필요 없이 휴대폰을 꺼내어 손가락으로 가리키면 되니까

이것, 하나

라고 말하면 의사소통에 문제가 없다고 한다.

손잡이 달린 유리병이 스페인어로 뭔지 아니?

아뇨.

그는 손잡이 달린 유리병 사진을 보여 준다. 그것은 내가 생각했던
것보다 더 길쭉하다.

진짜 몰라요?

나 국문과 나왔어.

나는 그를 가리키며 웃고 그도 나를 가리키며 웃는다.

믿을 수 없는 이야기를 들으면 웃음이 나온다.

그러나

그가 뒷짐을 지고 서서 등 뒤로 유리병을 숨기고 있다면?

수많은 행인들이 오가는 길 한복판이라면?

구름보다 천천히 멀어지고 있다면?

나는 그저 손을 뻗고 있을 뿐

배꼽이라는 말이 내키지 않아서 단추를 말하고
유리병으로 이해하고

왜 알아채지 못했을까?

그와 내가 웃고 있는 여름으로부터 아주 멀리 있는
내가

이것, 하고 말하면
누군가 설탕에 절인 포도를 나에게 건넨다. 빈 유리병이 필요했는데

나는 그것을 받아들고 어리둥절한 표정을 지으며 말하겠지.

맞아요,
이것이 필요했어요.

　　　　　　—조해주, 「이것, 하나」(『우리 다른 이야기 하자』) 전문

낭독이든 슬램이든 일단은 들려야 한다

'포에트리 슬램'은 내게는 아직 익숙지 않은 용어다. 잘 모르는 말이라서가 아니라 아직은 흔하게 통용되는 말이 아니라서 그렇다. 시에 종사하는 사람들 사이에서 심심찮게 들을 수 있는 '낭독'이나 '낭독회'와 달리 '포에트리 슬램'은 여전히 드물게 들리는 말이다. 입에 붙지 않은 말이다 보니, 이 글에서 다뤄야 하는 '한국 시의 포에트리 슬램 현상'에 대해서도 많은 생각이 누적되어 있지는 않다. 다만 기존 시단의 안팎에서 시에 활력을 더하는 운동이자 징후로서 재고될 수 있으므로, 여기에 대해 몇 마디를 보태고자 한다.

먼저 포에트리 슬램의 뜻부터 짚어 보자. "시를 현장에서 낭독하는 퍼포먼스 및 경연 등을 총칭하는 단어"인 '슬램(slam)' 혹은 '포에트리 슬램(poetry slam)'은 말 그대로 "종이에 쓰인 글이 아니라 청중들 앞에 선 시인 본인의 목소리"에 기대어 발화하는 장르이다. "시의 내용도 중요하지만 시가 낭송될 때의 소리, 시를 듣는 청중의 호응, 시가 울리는 공간의 분위기" 등이 중요하므로, "참여자들은 대개 이야기를 풀어내듯 시를 낭독하며 즉흥적으로 만든 구절을 읊기도 한다."[1] 이처럼 현장성과 즉흥성이 강조되는 포에트리 슬램에서 무엇보다 중요한 것은 '들리는 말' 자체일 것이다. 어떤 내용을 담아 어떤 형식으로 구현하든 그것이 잘 들리지 않는다면 포에트리 슬램으로서의 가치와 의의와 매력은 뚝 떨어질 것이므로.

당연한 말이지만, 잘 들리는 시는 잘 들려주는 시를 전제로 한다. 마찬가지로 잘 들려주는 시가 되기 위해서도 잘 들리는 것에 대한 고민이 선행되어야 한다. 어떻게 하면 잘 들리는 시가 되는 것일까? 잘 들리는 시가 되기 위해서는 어떤 요건을 갖춰야 하는 것일까? 여기에 대한 답변 이전에 먼저 고민해 봐야 하는 것이 있다. 왜 잘 들리는 시여야 하는가? 지금 이 시점에서 잘 들리는 시가 새삼 요청되어야 하는 이유가 무엇일까? 필요성이 충족되어야 방법 역시 절실하게 찾아지므로 당연히 제기되는 질문이겠다. 이와 관련해서 몇 년 전 개진했던 의견을 다시 가져와 본다.

한편으로 밥 딜런 같은 가수이자 음유시인들은 여기서 한 걸음 더 나아가, 시를 들려주는 차원이 아니라 불러 주는 차원에서 다시 생각해 보게 합니다. 노래와 구분되지 않았던 시의 태생적인 뿌리를 세삼 확인시켜 주는 사례이기도 하지요. 특히나 현대와 같이 영상 매체의 힘이 막강한 시절일수록 시에서 오히려 더 강조되어야 하는 것은, 무언가를 보여 주는 능력보다 들려주는 능력일 겁니다. 왜냐하면 보여 주는 힘만 놓고 본다면, 만화든 영화든 영상 매체를 이길 수 있는 문학 장르가 없기 때문이지요. 한 문장에서 한 문장으로 오로지 말의 힘으

---

1 이상의 직접 인용은 조대한, 「시 바깥의 시」, 『현대시』, 2022.6, p.111.

로 밀고 나가야 하는 시도 마찬가지지요. 그런 점에서 지금은 이미지 중심으로 보여 주기만 하는 시를 넘어서 귀에 쏙쏙 박히게 들려주는 시에 대한 고민이 필요한 시대라고 생각합니다. 밥 딜런의 노벨문학상 선정은, 시가 보여 주는 것이 아니라 들려주는 것이며, 나아가 불러 주기와도 무관치 않다는 것을 웅변하는 사례일 겁니다. 그런데 보여 주는 능력에서 시가 여타의 영상 매체에 상대가 안 되는 것과 마찬가지로, 불러 주는 능력 역시 노래와 음악에 비길 바가 못 됩니다. 요컨대 시는 영상 매체에도 뒤지고 노래에도 뒤지는 보여 주기와 불러 주기 대신, 들려주기에 더 충실한 장르로 나아가야 하지 않을까 하는 의견을 내 봅니다.[2]

보여 주는 힘만 놓고 보자면 영상 매체에 열세일 수밖에 없고, 불러 주는 차원에서도 노래에 뒤질 수밖에 없는 시(를 비롯한 문학)에서 들려주는 능력이 새삼 강조되어야 한다는 의견이다. 듣기에 따라 반론이 뒤따를 수 있는 의견이고 그만큼 근거가 더 뒷받침되어야 하는 의견이라는 사실과 별개로, 시에서 들려주기를 강조하는 저와 같은 의견이 나올 수 있었던 배경에 낭독회의 경험이 적잖게 들어가 있다는 점을 붙여 두고 싶다. 실제로 낭독자나 청중으로 참석한 이러저러한 낭독회에서 귀에 쏙쏙 박히듯이 잘 들리는 시보다는 몇 문장만 진행되어도 무슨 말인지 알아듣기 힘든 시의 사례가 훨씬 더 많았던 것으로 기억한다. 무슨 말인지 알아듣지 못하다 보니 낭독되는 시보다 낭독되는 분위기가 기억에 남는 경우가 더 많았던 것 같다. 심지어 유인물이나 화면으로 시의 텍스트가 제공되는 경우에도 낭독

---

2 김언, 「한·일 시인들 종횡무진(縱橫無盡) 시화(詩話)」, 『문학청춘』, 2016.겨울.

낭독이든 슬램이든 일단은 들려야 한다 057

되는 시가 기억에 남는 경우는 의외로 드물었다. 왜 그럴까? 눈으로 읽어 나갈 때는 잘 들어 왔던 시가 귀로 들을 때는 도무지 알아듣기 힘든 시가 되는 이유가 무얼까?

이유는 어렵잖게 짐작할 수 있다. 시의 어느 대목에서건 눈길을 멈추고 찬찬히 음미할 시간이 없기 때문이다. 낭독자의 입에서 흘러 나오는 소리는 순간순간 휘발하듯이 흘러가 버린다. 한 문장을 찬찬히 음미하기도 전에 다른 문장이 소리가 되어 흘러나오는 낭독 현장에서 잘 들리는 시가 되려면 당연히 간명하고도 쉬운 언어로 된 문장이 요청된다. 어려운 비유나 관념적인 언어가 장황하게 들어간 시를 눈으로 음미할 시간 없이 귀로만 좇아가서 이해하기란 힘들다. 문장 간의 간극이 너무 크거나 문장마다 시적인 밀도가 지나치게 높은 시도 귀로 들어서는 감당하기가 힘들다. 대신에 일상적인 언어가 간명한 문장에 실려서 나오는 시는 문장마다 속속들이 이해하지는 못하더라도 대강의 의미 파악은 가능해진다. 의미 파악이 수월해질수록 낭독되는 시가 잘 들리는 시에 가까워짐은 물론이다.

여기에 더해서 모종의 반복 효과에 기댄 리듬감이 살아 있는 시도 우리 귀에는 잘 들리는 시처럼 다가온다. 단어든 구절이든 문장이든 혹은 음운이든 그것들이 반복되면서 발생하는 효과 중 하나가 리듬이며, 이러한 리듬이 살아 있는 시는 듣는 이의 몰입을 도우면서 끝까지 시를 놓을 수 없는 상태로 몰아간다. 심지어 처음부터 끝까지 무슨 말인지 모르겠는 시조차 반복구가 적극적으로 활용되면 이상하게 잘 들린다는 착각을 일으키는데, 이런 마법 같은 순간에 빠진 청중이라면 비록 시의 대의는 놓칠지라도 반복되는 언어의 위력이자 마력만큼은 분명하게 느낄 것이다.

간명하고 쉬운 언어의 사용과 반복구의 활용. 이 두 가지가 잘 들리는 시의 요건을 이룬다는 말은, 역으로 이 두 가지 요건을 충족하지 못해서 잘 들리지 않는 시가 된다는 말도 되겠다. 실제로 낭독 현장에서 잘 들리지 않는 시는 지나치게 장황하거나 어려운 언어가 동원되는 시이면서 반복의 효과는 거의 누리지 못하는 시가 대부분이다. 잘 들리는 시의 두 가지 요건 중 어느 하나도 만족하지 못하는 시가 대부분이라는 말이다.

이쯤에서 한 가지 불필요한 오해를 덜기 위해 짚어 둘 것이 있다. 지금 논의하는 것은 '잘 들리는 시'이지 '좋은 시'가 아니라는 점이다. 낭독 현장에서 잘 들리는 시라고 해서 무조건 좋은 시가 된다는 보장을 할 수 없듯이, 잘 들리지 않는 시라고 해서 좋은 시가 아니라고 할 수 있는 근거는 없다. 어떤 시는 일부러 잘 들리고 잘 읽히는 것을 거부하면서, 즉 자연스러운 의미의 흐름을 끊으면서 우리의 자동화된 사유에 타격을 가하는 방식으로 존재한다. 우리에게 익숙한 리듬과 사유가 한 몸으로 연결된 것을 거부하는 방식으로 다른 사유와 리듬을 환기하는 시 역시 우리에게는 여전히 유효하고 또 필요한 시이다. 잘 읽히고 잘 들리는 시가 아니더라도 좋은 시가 되는 경우는 얼마든지 발생할 수 있다는 걸 미리 확인해 둔다.

잘 들리는 시와 좋은 시에 대한 논의를 별도로 두어야 하는 것과 달리, 낭독회에서 잘 들리는 시와 포에트리 슬램에서 좋은 시에 대한 논의는 서로 무관할 수가 없다. 현장성이 강조되는 포에트리 슬램에서 좋은 시는 청중과 호흡을 같이하는 것처럼 열광적인 호응을 이끌어 내는 시여야 하며, 이를 위해서도 잘 들려야 한다는 전제 조건은 필수적이고 절대적이다. 그럼 포에트리 슬램에서 잘 들리는 시의 조건은 무엇일까? 이는 낭독회에서 잘 들리는 시의 조건을 따지는 일과 크게 다르지 않다.

실제로 "포에트리 슬램에서 가장 두드러지게 나타나는 언어 형식적 특성은 음악성 또는 리듬감"이며, 이때의 리듬감은 "청중에게 '들리는' 것"을 우선시하는 포에트리 슬램의 목적과도 부합한다. 그런 점에서 "단어들의 리듬감 있는 반복을 통한 언어유희"가 슬램에서 자주 목격되는 것은 자연스럽다. 여기에 "청중이 한 번의 공연을 보고 내용을 이해해야 하는" 포에트리 슬램의 특성상 "일상어를 사용해 청중과의 공감대를 형성하고, 일상에 대한 눈높이를 맞추"는 과정이 필히 뒤따른다.[3] 이처럼 포에트리 슬램에서 강조되는 형식적 요소인 단어들의 리듬감 있는 반복과 일상어의 사용은 그대로 낭독회에서 잘 들리는 시의 요건과 대동소이하게 연결된다. 다만 공연의 성격이 포함된 포에트리 슬램에서는 현장성과 즉흥성을 적극적으로 고려해야 하는 조건이 추가될 뿐이다.

낭독회에서 잘 들리는 시의 조건과 포에트리 슬램에서 좋은 시의 조건이 이처럼 유의미하게 연결된다면, 한 가지 흥미로운 추론이 가능해진다. 미국이나 영국, 독일 등에서 열광적인 반응을 얻고 있다는 포에트리 슬램이 우리나라에서는 별다른 위력을 발휘하지 못하는 이유도 근본적으로는 잘 들리는 시에 대한 인식의 문제에서 찾을 수 있지 않을까? 그동안 몇몇 창작지들이 의욕적으로 펼친 포에트리 슬램 운동이 결과적으로 큰 반향을 일으키지 못한 이유 역시 (그들의 의도와 다르게) 포에트리 슬램이라면 마땅히 갖춰야 하는 잘 들리는 시로서의 조건을 충분히 활용하지 못했던 것은 아닐까? 활

---

3 이상의 직접 인용은 이준기, 「매체 변환을 통한 시의 확장 가능성 연구—포에트리 슬램(poetry slam)을 중심으로」, 「예술문화융합연구」 7, 중앙대학교 예술문화연구원, 2017, pp.32-33.

자로 찍히는 '리튼 워드(written word)'가 아니라 실시간으로 발화되는 '스포큰 워드(spoken word)'로서 응당 갖춰야 할 조건, 사실상 잘 들리는 낭독 시로서 갖춰야 하는 조건과도 겹치는 그것을 섬세하게 헤아리지 못했던 것은 아닐까? 가령, 귀로 감당하기에 벅찬 비유와 관념어를 너무 무거운 주제와 함께 담아낸 것은 아닌지, 동시에 리듬을 살리는 반복의 효과도 최대치로 누리지 못한 것은 아닌지, 이런 합리적인 의심도 해 볼 수 있다.

같은 맥락에서 기존의 시단에서도 잘 들리는 시에 대한 인식이 희박하여, 그저 소리 내서 읽는 행위 정도로만 낭독회를 활용하고 포에트리 슬램을 이해하고 있었던 것은 아닌지 문제가 된다. 잘 들리는 시에 대한 고민이 적다 보니 낭독회에서도 잘 들리지 않는 시가 당연한 듯이 낭독되고, 나아가 포에트리 슬램에 대한 이해와 관심도 옅을 수밖에 없지 않았나 짐작해 본다. 마찬가지로 일부 비평에서 폭발적인 발화를 특징으로 삼는 시편들에 대해 '포에트리 슬램'이라는 용어로 접근하는 시각도 재고를 요한다. 어떤 시에 대해 '슬램적'이라는 수사를 붙이기 위해서는 폭발적인 발화 이전에 포에트리 슬램의 근간이라고 할 수 있는 반복구의 활용과 쉬운 언어의 사용이 얼마나 적극적으로 그리고 효과적으로 수행되고 있는지를 살피는 것이 우선이겠다.

결과적으로 잘 들리는 시에 대한 인식과 맞물려 있는 포에트리 슬램에 대한 논의에서 마지막에 제기되는 질문도 이런 것이다. 우리 시(단)의 풍토에서 잘 들리는 시에 대한 인식이 부족하다면 왜 부족한 것일까? 좋은 시가 되기 위한 조건은 까다로울지라도 잘 들리는 시가 되기 위한 조건은 의외로 단순하다는 것은 앞에서 이미 살폈다. 일상어와 같은 쉬운 언어로 반복의 효과를 높이는 발화만 수행된다면 잘 들리는 시의 조건을 어느 정도는 갖추는 것이 될 텐데, 왜 이토록 쉬운 방식이 시의 현장에서 종종 외면되는 것일까? 이것은 세대가 내려갈수록 잘 들리는 시가 드물어지는 현상과도 연결해서 살펴볼 문제이기도 하다. 그리고 이것은 시가 교육되는 현장과 맞물려 있는 문세이기도 할 것이다.

근래로 올수록 시 창작 교육이 제도화되면서, 그리하여 한 편의 시를 만들어 내고 한 명의 시인을 길러 내는 방식이 정예화되면서, 소위 합평 수업에서의 관심사 역시 온통 '어떻게 하면 시가 되는가'에 집중되고 있는 형편이다. 그것도 세부적인 문장 단위까지 내려가서 이것은 시에 들어가도 좋은 문장이고 저것은 빠져야 하는 문장이며, 또 저것은 배치를 바꿔야 하는 문장이라는 식으로 한 편의 시를 정밀하게 깎고 다듬는 과정 속에서 창작의 방법을 배우고 또 가르친다. 이는 한 편의 정교한 완성작을 위해서는 꼭 필요한 과정일 수 있으나, 시가 되고 안 되고를 떠나서 자기 고유의 기질과 호흡에 기댄 자유로운 발화의 생성에는 발목을 잡는 일이 될 수도 있다. 자연히 정교하게 구축된 시를 만들어 내는 솜씨는 뛰어나지만, 시가 되는 것과 상관없이 자기 고유의 목소리를 내지르는 일에는 소극적인 창작자가 양산되기 쉬운 곳에 현재의 시 창작 교육이 들어가 있는 셈이다.

자기 고유의 목소리는 시를 써 나가는 과정에서 발견해야 하는 과제이면서 한편으로 일상에서 쓰는 입말과 불가분의 관계에 놓인다. 자신의 고유한 기질이 무의식적으로 투영되는 곳이 입말이기 때문이다. 자신의 고유한 호흡 역시 입말을 쓰는 와중에 자연스럽게 묻어 나온다. 그렇다면 자기만의 기질과 호흡이 묻어나는 입말을 글쓰기에 반영하는 방식, 가령 즉흥 글쓰기(짧은 시간 안에 백지 한 바닥을 채우는 글쓰기)나 랩 가사 쓰기 같은 방식을 문예 창작 교육에서도 적극

활용할 수 있지 않을까. 정련되고 세련된 시 쓰기와는 언뜻 거리가 멀어 보이는 저와 같은 쓰기 방식이 실제 교육 현장에서 얼마나 환영받을지는 미지수다. 국내 시 창작 교육 현장에서 여전히 강조되는 것은 '리튼 워드'로서의 정교한 글쓰기이지 '스포큰 워드'로서의 자유로운 발화가 아니기 때문이다. 그러나 포에트리 슬램에서도 시 낭독의 현장에서도 잘 들리는 것에 대한 인식을 제고하는 차원에서 자기 고유의 기질과 호흡이 묻어나는 입말을 글쓰기에 적용하는 방안은 계속 고민될 필요가 있다.(참고로 자기 고유의 목소리를 발견하는 글쓰기는 멀리 보았을 때 새로운 시의 등장에도 기여하는 바가 크다. 새로운 시는 다른 누구와도 같을 수 없는 자기만의 기질과 호흡이 담긴 목소리의 발견에서 비롯되기 때문이다.)

만약 제도권 문학 교육이 앞으로도 계속 완고하게 지탱된다면 포에트리 슬램을 비롯한 새로운 시 운동은 제도권 문학의 내부가 아니라 외부에서 본격적으로 점화될 가능성이 높다. 기존의 시에 익숙한 기성 시인이나 정예화된 시 창작 교육에 익숙해진 이들보다, 제도권 바깥에서 '말하는 문학'과 '들리는 문학'에 투신하는 외부인에 의해 개척될 가능성이 더 커 보인다는 말이다. 비록 시작하는 지점은 시의 바깥일지라도 종내에는 그것이 시와 시 아닌 것의 경계를 파고들며 미래의 한국 시를 더욱 첨예하게 혹은 풍요롭게 하는 시간을 맞이하기 위해서도 시단 안쪽에서 노력해야 하는 지점이 생긴다. 바로 어떤 시가 더 잘 들리고 어떤 시가 잘 들리지 않는지, 그리하여 어떻게 하면 더 잘 들리는 시가 되는지에 대한 고민의 시간이 필요한 것이다.

포에트리 슬램에 대한 논의를 마치면서 한 가지 덧붙일 것이 있다. 잘 들리는 말을 전제로 하여 즉흥성과 현장성을 살리는 방식으로 진행되는 포에트리 슬램은, 그 자체 몸에서 나오는 목소리를 몸으로 들으면서 반응하는 과정을 동반한다. 낭독자(슬래머)와 청중이 같은 공간에서 실시간으로 교류하는 발화의 현장이자 반응의 현장이 곧 포에트리 슬램인 것이다. 활자화된 텍스트를 묵독하면서 조용히 감응하는 방식과는 차원이 다른 "직접적 상호작용의 체험"을 안겨 준다는 점에서, 포에트리 슬램은 "문학작품도 하나의 '사건'으로, 몸으로 제험할 수 있"다는 것을 새삼 증명한다. 이처럼 "'텍스트 읽기'라는 소극적 방식"을 벗어나 "몸으로 체험하"는 "능동적 행동"을 불러일으키는 시의 향유 방식은 요즘 성행하는 인공지능이 유일하게 범접할 수 없는 영역에 해당한다.[4]

인간의 창의적인 영역까지 잠식하면서 날로 발전해 가는 인공지능 기술을 감안할 때, 기성의 시에 준하는 혹은 기성의 시를 뛰어넘는 시 창작을 하는 인공지능이 탄생하지 말라는 법도 없을 것이다. 그러나 아무리 날고 기는 창작 기술을 장착한 인공지능이 나오더라도 거기서 유일하게 빠져 있는 것이 바로 몸이다. 시인의 몸이자 독자의 몸이며, 낭독자의 몸이자 청중의 몸이다. 이러한 몸과 몸이 만나 소리와 제스처와 땀과 웃음과 눈물로 공유되는 현장성은 아직까지 인간의 몸만이 감당할 수 있는 영역이다. 그렇다면 몸을 가진 존재로서 현장성에 기대어 발화하는 포에트리 슬램이 머잖은 미래에 정교하게 조직된 인공지능이 시 창작에 유일하게 맞설 수 있는 대안이 되지 말라는 법도 없을 것이다. 갈수록 탈육체화되고 비인간화되어 가는 과학기술의 정점에서 인간의 몸이 직접 나서서 시를 향유하는 일은 더없이 촌스러우면서 또 한없이 진귀한 일이지 않을까. 이런 생각을 하면서 흥얼거리는 말은 또 얼마나 잘 들리는 말일까 자

---

4 이상의 직접 인용은 유현주, 「수행성, 몸, 체험의 문화—포에트리 슬램을 중심으로」, 『뷔히너와 현대문학』 39, 한국뷔히너학회, 2012, p.254, p.261.

문하면서 글을 마친다.

'기술창작시대'의 문학과 인공지능

2022년 8월에 나온 시집 『시를 쓰는 이유』를 다시 펼쳐 본다. 잘 알려진 대로 『시를 쓰는 이유』는 시 쓰는 인공지능 '시아(SIA)'를 활용해 나온 시집이다. 미디어아트 그룹 슬릿스코프와 카카오브레인이 공동 개발한 시아는, 시집 소개 글에 따르면 "카카오브레인의 초거대 AI 언어 모델 KoGPT를 기반으로" 탄생했으며 "인터넷 백과사전, 뉴스 등을 읽으며 한국어를 공부하고, 약 1만 편의 시를 읽고서 작법을 배워 시를 쓸 수 있게 되었다"고 한다.

『시를 쓰는 이유』라는 결과물이 나오기까지의 세세한 과정, 그러니까 데이터로 입력되는 시편들에 대해 어떤 전처리 과정과 후처리 과정을 거쳤는지가 궁금하지만, 여기에 대한 논의는 잠시 보류해 두고 우선은 작품에 대해서 의견을 보태고자 한다. 아래는 시집에 실려 있는 시편들 중 무난하게 읽힐 만한 작품으로 꼽아 본 것이다.

    나는 오래된 집에 산다

생나무를 때던 아버지가 돌아가신 후
이렇게 튼튼한 나무들 사이에서
이제는 주인을 잃어버린 집

나는 나무의 나이테를 세어 보며
시간을 짐작한다
지붕은 비가 새지 않는지
도통 관심이 없다

아버지는 생전에
술을 좋아하셨다
할아버지는 평생
술을 담그셨고
아버지는 평생
술을 받으셨다

나는 아버지가 심어 둔 나무의 가지를
하나씩 흔들어 본다
시간을 알기 위해서는
가지를 아주 많이 펴야 한다

지붕의 이끼는 매년
풍화하는 것일지도 모른다
술을 마시며 아버지는 자주
바람 속에 나무의 나이테가 없다고

노래하셨다

내가 이 집에서 가장 좋아하는 계절은
겨울이다
겨울엔 누구나
집 안에 있기 때문이다

이 집에 살면서부터
나는 점점
집처럼 되어 간다

이 집에 살면서부터
나는 점점
집이 되어 간다

　　　　　　　　　　　　　　　　　—「오래된 집」 전문

　제목 그대로 "오래된 집"을 모티프이자 키워드로 삼아 작성된, 아
니 생성된 작품이다. 아버지를 여읜 화자가 아버지와의 추억이 녹아
있는 "오래된 집"을 중심으로 얘기를 풀어 나가고 있다. 문맥의 흐름
이 자연스럽고 군데군데 인상적인 표현("시간을 알기 위해서는/가지를 아
주 많이 펴야 한다//지붕의 이끼는 매년/풍화하는 것일지도 모른다")이 눈에 띠
는 것과 더불어 궁금증이 생기는 대목도 있다. 왜 이 집에서는 어머
니나 할머니에 대한 기억이 없는 것일까? 할아버지와 아버지와 그
들의 손자이자 아들로 짐작되는 화자, 이렇게 삼대에 걸친 기억에서
왜 어머니나 할머니 같은 여성 가족에 대한 기억은 빠져 있는 것일

까? 이 시의 특징적인 구도이기도 한 부계로만 이어지는 삼대가 조금 더 설득력 있게 제시되기 위해서도, 조금 더 풍성하게 시상이 확장되기 위해서도 어머니와 할머니의 존재가 지워질 수밖에 없었던 사정이 배경으로 깔릴 필요가 있는데, 이것이 당연한 듯이 생략된 점이 다소 의아하게 남는다.

그러나 이것은 인간이 쓴 시라고 전제할 때 생기는 의문일 수 있다. 인공지능이 생성한 시에 대해 과도한 기대를 접어 두고 다시 보면 의외로 놀랍다고 할 수 있는 지점이 많다. 특히 한 편의 완결된 작품으로서 일정한 짜임새를 갖추고 있는 점이 놀랍다. 실제로 이 시는 핵심어인 "오래된 집"을 중심으로 아버지에 대한 기억과 시간에 대한 사유가 점층적으로 확장되다가 결말에 가서는 "오래된 집"에 대한 화자의 동일화된 감정이 도드라지면서 마무리되는 짜임새를 보인다. 시적으로 대단한 성취를 보여 주는 작품은 아닐지라도, 핵심어를 중심으로 차근차근 시상을 전개해 간다는 점에서 기본에 충실한 보법을 보여 주는 시라고 할 수 있다

*

『시를 쓰는 이유』가 출간된 직후, 어느 강의 자리에서 위의 시를 보여 주었을 때 독자들이 보인 반응도 엇비슷했다. 이때는 인공지능에 의해서 생성된 시라는 사실을 밝히지 않고 작품부터 감상하는 시간을 가졌다. 저자와 관련된 정보를 모른 채 시를 읽은 분들의 의견을 모아 보면 대체로 다음과 같이 정리된다. 소박하지만 깔끔하게 나온 시 같다, 단정한 맛은 있지만 왠지 모르게 딱딱한 말투가 걸린다, 시의 정석에 충실한 것이 장점이자 단점으로 읽힌다……. 아쉬

운 점도 있지만 한 편의 창작품으로 인정하기에는 부족함이 없다는 의견이 지배적인 가운데, 누구에게서도 인간이 쓴 것 같지 않다거나 기계가 쓴 것 같다는 식의 발언은 나오지 않았다. 출간되기 전에 이미 여러 경로로 튜링 테스트에 해당하는 과정을 거쳤을 인공지능 시아의 신박한 능력이 처음 이 시를 접하는 독자들을 통해서도 새삼 확인된 셈이다.

한편, 위의 시가 인공지능에 의해 작성되었다는 사실을 알고 난 후에 독자들의 반응은 어땠을까? 일단은 여기저기서 가벼운 탄성이 나올 만큼 놀라워하는 표정이 많이 보였다. 막연히 기사로만 접하던 소식, 인공지능이 예술의 영역 그중에서도 문학의 영역까지 노리고 있다는 소식을 눈앞에서 목격하는 일이 벌어졌으니 어찌 보면 당연한 반응이다. 그런가 하면 예술 분야에서 마지막 보루로 남을 것 같던 시 창작의 영역에도 인공지능의 마수(?)가 뻗쳤다는 사실에 놀라움을 넘어 두려움과 불쾌함을 느낀 독자도 있을 것이다. 혹은 인간이 아닌 존재가 마치 인간인 것처럼 가족 간의 정과 그리움을 얘기하며 추억에 잠긴 듯한 포즈를 취하는 자세가 못마땅한 독자도 분명 있을 것이다. 인간도 아닌 것이 인간의 감정을 흉내 내는 쇼를 펼치고 있으니 거부감이 드는 것도 이상한 일은 아니다.

그러나 인공지능은 태생적으로 인간을 기만할 수 있는 존재가 못 된다. 적어도 현재의 인공지능은 인간이 설정해 놓은 조건 속에서 인간이 축적해 놓은 데이터를 바탕으로 구동되는 기계에 불과하다. 인공지능 시아의 시에서 인간이 화자로 등장하는 것도, 인간적인 감정을 반영해서 발화가 이루어지는 것도 그동안 인간이 써 온 시에서 인간이 화자로 등장하여 인간적인 감정에 호소한 경우가 많았기 때문에 생기는 현상이다. 간혹 비인간을 주어로 삼아 비인간의 정서를 담은 시가 인공지능에서 생성되는 것 역시 드물지만 비인간의 입장에서 비인간의 정서를 담아내고자 했던 인간의 시가 있었기 때문에 가능한 일이다. 그런 점에서 현재 인공지능 작업의 문학적 지평은 이제껏 인간이 누적해 온 문학 작업의 한계와 정확히 맞물린다. 다만 작업 속도가 훨씬 더 빠르고 광범위한 자료를 참고할 수 있는 능력이 장착되었다는 차이가 있을 뿐이다.

이처럼 인공지능을 통해 생성된 시가 결과적으로 인간이 그동안 이룩한 시적 성취의 한계선상에 놓이고, 생성 과정 또한 인간처럼 어떤 시적 영감이나 고행의 결과물이 아니라 음절 단위 혹은 형태소 단위에서 확률적으로 계산된 배열의 문제로 환원되는 것이라면, 심미적인 차원에서 감상할 수 있는 근거는 상당 부분 희석된다. 시적으로 아무리 뛰어난 표현일지라도 그것이 기계에 의한 연산 작용의 결과물이라는 걸 인지하고서는 더 깊이 있게 감상하고자 하는 욕구가 사그라들기 마련이다. 실제로 앞서 인용한 시「오래된 집」역시 인공지능을 통한 결과물이라는 것을 모르고 볼 때와 알고 볼 때의 감상은 큰 차이를 보인다. 모르고 볼 때는 다소 미흡하고 어색하더라도 이 시를 쓴 누군가의 내면 상태를 궁금해하며 심미적인 감상을 키워 갈 것이다.(가령, 기계처럼 딱딱한 어조를 쓰더라도 그것이 사람이 쓴 것이라고 가정하면, 왜 이 사람은 이렇게 기계적인 어투를 쓰는 것일까를 궁금해하며 감상을 이어 갈 수 있다.) 반대로 인공지능이 만든 작품이라는 걸 알고 난 뒤에 보면, 똑같은 작품이라도 심미적인 측면에서 더는 궁금해할 것도 놀랄 것도 없는 작품이 되고 만다. 놀라는 순간은 외형상 인간의 작품과 구별되지 않는 작품을 인공지능도 만들어 낼 수 있다는 사실을 목격할 때 이미 경험했다. 이후로는 그저 기계적으로 생성된 문장들의 조합을 구경하는 수준에서 감상이 이뤄질 것이다. 여기에 어떤 심미적인 체험이 끼어들 수 있을지는 회의적이다.

*

이쯤에서 한 가지 불순한 가정을 해 보자. 앞으로 더 월등한 인공
지능의 시가 나오더라도 심미적인 체험을 동반한 감상이 여전히 제
한적이라면, 그러한 감상을 방해하는 제일 큰 걸림돌을 제거하는 것
은 어떨까? 즉 인공지능에 의한 창작 사실을 밝히지 않는다면 어떤
일이 벌어질까? 인공지능의 개입 여부를 밝히지 않고 시가 발표된
다면, 저자의 정보를 가린 채「오래된 집」을 감상할 때와 마찬가지로
어떤 선입견도 없이 작품 자체를 두고서 감상하지 않을까? 처음 보
는 타인의 작품을 읽는 것처럼 호기심과 기대감을 품고서 작품에 다
가가지 않을까? 그러나 이와 같은 가정은 지금처럼 인공지능과 관
련된 프로젝트의 대부분이 거대 기업을 통해서 진행되는 상황에서
는 실현되기가 매우 힘들다. 이유는 한 가지다. 시 창작 인공지능의
개발이 경제적으로 이득을 남길 가능성이 거의 없기 때문이다. 돈도
안 되는 사업에 기업 윤리를 저버리면서까지 달려들 기업이 얼마나
되겠는가. 요즘처럼 정보 공개의 투명성이 철저히게 요구되는 시절
에 인공지능의 존재를 숨기고 사업을 감행할 기업이 있을 가능성은
거의 없다. 다만 자사에서 개발한 인공지능 기술을 홍보하는 차원에
서 시가 잠깐 동원될 수는 있겠다. 인공지능 시인 시아의 경우도 따
지고 보면 해당 기업의 기술력을 대외적으로 홍보하는 차원에서 개
발된 측면이 강하다.
　채산성 문제와 윤리적 문제가 걸려 있는 기업에서 시 창작 인공
지능의 개발에 소극적일 수밖에 없다면, 개인의 입장에서는 이 문

제를 어떻게 받아들일까? 문학과 인공지능 양쪽에 능통한 극소수의 인재를 제외하고는 여전히 관심 밖의 일이고 지금 당장 고민이 필요한 문제도 아닐 것이다. 그러나 인공지능을 개발하고 운영하는 기술이 거대 기업을 넘어 점점 더 개인이 자유롭게 접근할 수 있는 영역으로 보편화되면, 기업에 부담으로 남던 채산성과 윤리 문제가 개인에게는 손쉬운 선택의 문제로 둔갑할 수 있다. 예컨대 돈이 안 되는 일이면서 윤리적으로 문제가 있는 사안이라는 걸 알면서도 누군가는 굳이 시 창작 인공지능을 개발하거나 이용하려고 할 것이다. 그저 시에 관심이 많다는 이유로, 혹은 시인이 되고 싶은데 그 길이 너무 멀고 험할 것 같아서, 혹은 닮고 닮은 기존의 시(단)에 염증을 느끼고서, 혹은 아무 이유도 없이, 인공지능을 활용하여 시를 창작할 수 있는 것이다. 어디 창작뿐일까? 신춘문예나 문예지 신인상에 응모하여 당선까지 되지 말라는 법도 없을 것이다. 이런 일이 막연히 먼 미래의 일이 아니라 가까운 미래의 일이 되지 말라는 법 역시 없을 것이다. 마치 흔글 프로그램을 다루듯이 손쉽게 인공지능을 이용하여 기성의 작품에 준하는, 그러면서도 기존의 작품과 전혀 겹치지 않는 시편들을 무한정 찍어 내는 개인이 이와 같은 사실을 끝까지 함구한다면, 과연 시단에는 어떤 일이 벌어지게 될까?

상상도 하기 싫은 일이지만, 실제로 이런 사태가 한두 명의 개인에 그치는 것이 아니라 공공연한 비밀처럼 많은 이들이 연루되는 일로 번진다면, 누가 온전히 자기 힘으로 시를 쓰는지, 또 누가 인공지능의 힘을 빌려 시를 생성해 내는지 제대로 파악하는 것이 가능할까? 인공지능과 관련된 개개인의 모든 활동을 통제·감시하는 시스템이 갖춰지지 않고서는 불가능한 일이다. 오로지 개인의 선택의 문제, 양심의 문제로 귀결될 수밖에 없다면 이 대목에서 새삼 닮고 닮은 개념 하나가 떠오른다. 바로 '진정성'이다. 창작 과정에서 누가 인공지능을 이용했는지 하지 않았는지를 판별할 수 없다면 가장 먼저 의심받고 훼손되는 것이 시인의 진정성이며, 그만큼 더 중요하게 다뤄지는 개념으로 부상할 가능성이 높다.

한 세기 전 발터 벤야민이 「기술복제시대의 예술작품」에서 사진과 영화로 인해 회화를 비롯한 기존의 예술작품이 지니는 진품성과 원본성이 훼손되는 문제에 주목했다면, 인공지능에 의한 '기술창작시대'에 접어들어서는 작가의 진정성이 가장 심하게 훼손되는 지점이자 가장 중요하게 요구되는 덕목이 될 수 있다. 마찬가지로 기술복제시대에는 (벤야민의 의견대로라면) 누구나 작품을 감상할 수 있고 그만큼 작품에 대한 독자의 거리감이 사라지면서 작품의 아우라가 소멸할 위기에 처하게 되지만, 인공지능에 의한 기술창작시대에는 누구나 작품을 창작할 수 있다는 점에서 작품에 대한 작가의 거리감이 사라지는 동시에 작가의 아우라도 소멸하는 위험에 처하지 않을까. 이 모든 것이 가정에 불과한 언사이지만, 현 단계 인공지능의 발전 속도를 고려하면, 타 예술 분야에서 인간이 작업했는지 인공지능이 작업했는지 확증할 수 없는 사례가 이미 나오고 있는 상황을 감안하면, 그저 허황된 상상으로만 돌려세울 수 없다. 단순히 대필이나 가필의 차원을 넘어 창작자의 진정성과 작가의 위상이 심각한 타격을 받는 이러한 사태에 대비해, 문학 창작과 문학 교육이 어떻게 이뤄져야 하는지에 대한 논의가 점점 더 절실해지는 시절로 접어들고 있는 셈이다.

*

여러 논의 중에서 시급한 것을 먼저 거론하자면, 바로 인공지능에 의한 창작 과정이 투명하게 공개되는 방안을 찾는 일이다. 개인의 프라이버시를 침해하지 않는 한도 내에서 인공지능을 이용한 개개인의 창작 과정이 투명하게 공유될 수 있는 방안을 적극적으로 모색하는 시간이 필요한 것이다. 어렵더라도 그 방안이 강구되어야 인간이 창작했는지 인공지능이 생성했는지 판별할 길이 없는 혼탁한 상황을 넘어서 다음 스텝을 밟을 수 있기 때문이다. 기존의 시를 학습하는 동시에 답습하는 시, 미래의 시를 선취하는 것이 아니라 과거의 시를 재활용하는 시, 설령 진일보한 새로운 시가 나왔더라도 그것의 창작 과정을 의심할 수밖에 없는 시, 이런 시들이 난립히면서 시의 생태계가 파괴되는 것을 방지할 수 있는 대책이 마련될 때, 다음 단계의 창작 방식을 사유하는 길도 함께 열릴 것이다.

사실 인공지능의 존재를 감추면서 시든 소설이든 기존의 장르를 되풀이하는 창작품을 쏟아 내는 것은 인공지능의 역량을 생산적으로 활용한 경우라고 볼 수 없다. 인공지능의 엄청난 학습 능력이 기존의 문학을 재생산하는 데만 쓰인다는 것은 재능 낭비에 가깝다. 당연히 인공지능의 능력을 제대로 파악하는 눈이 갖춰질 때, 인공지능을 활용한 창작의 방식도 새롭게 고민될 수 있다. 가령, 시나 소설 같은 기존의 장르는 기존의 장르대로 두고서, 설령 그것이 골동품처럼 여겨지더라도 골동품이기에 오히려 인간의 자취가 고스란히 배어 있는 장르로서 시와 소설을 남겨 두는 대신에, 기존의 문학 장르를 벗어나는 새로운 글쓰기의 도구이자 인간과 함께하는 작업의 주체로서 인공지능이 자리매김할 수도 있다. 물론 이때도 전제되어야 하는 것은 작업 과정의 투명한 공개다. 인공지능을 어떻게 활용하는지가 투명하게 공개될 때, 인간이 얼마큼 개입해서 작업이 이뤄지는

지도 함께 확인할 수 있으며, 나아가 인공지능과 인간의 협업을 통한 새로운 장르로서의 글쓰기도 적극적으로 모색할 수 있는 토대가 마련될 것이다.

앞서 얘기한 대로 기존의 문학 장르를 재생산하는 글쓰기는, 그것이 인공지능에 의한 글쓰기로 밝혀지는 순간 심미적 감상의 가능성이 뚝 떨어진다. 반대로 인공지능에 의한 글쓰기라는 걸 끝까지 감추게 되면 결과적으로 창작자의 진정성이 의심받는 사태를 초래하면서 심미적인 감상의 근거도 사라진다. 이와 달리 인공지능과 인간의 협업 과정을 공개적으로 통과한 글쓰기는, 적어도 인간이 인공지능과의 글쓰기에서 어떤 역할을 담당하며 무엇을 고심하고 추구했는지에 대해 알 수 있다는 점에서 기존의 문학을 감상할 때와는 또 다른 심미적 감상의 가능성을 기대할 수 있다. 벤야민식으로 말해, 지금까지와는 또 다른 아우라의 창출이 가능해지는 것이다. 만약 인공지능과 인간의 협업으로서 새로운 장르의 글쓰기가 폭넓은 지지를 받으면서 다양한 변종을 만들어 낸다면, 이는 단순히 문학 내부에서 한 분파가 생겨나는 문제로 그칠 수 없다. 어쩌면 기존의 문학과는 태생부터 다르고 정의부터 달라져야 하는 글쓰기 장르가 생성되는 것으로 봐야 할 것이다.

인공지능과의 협업으로 생성되는 글쓰기는 태생적으로 저자의 자리에 인간만 위치시킬 수 없는 지점을 내포한다. 온전히 인간만 들어갈 수 없는 저자의 자리에 그렇다고 인공지능만이 오롯이 들어갈 수 있는 것도 아니다. 작업의 성격에 따라 인간과 인공지능이 차지하는 비중의 차이만 있을 뿐 결과적으로 양자가 결합된 방향으로 저자의 개념이 생성될 수밖에 없다면, 그 자체 문학의 정의가 달라지거나 기존의 문학과는 전혀 다른 글쓰기 장르가 탄생하는 것을 예고한다. 왜냐하면 문학을 비롯하여 예술의 정의를 이루는 여러 요건 중에서 창작자가 차지하는 비중이 의외로 크기 때문이다. 가장 크다고 해도 과언이 아니라는 사실은 아래의 글에서 새삼 유추된다.

미술(Art)이라는 것은 사실상 존재하지 않는다. 다만 미술가들이 있을 뿐이다. (중략) 우리들이 미술이라 부르는 말은 시대와 장소에 따라서 전혀 다른 것을 의미하기도 하였으며 고유명사의 미술이라는 것은 실제로 존재하는 것이 아니라는 점을 이해하는 한 이러한 모든 행위를 미술이라고 불러도 무방할 것이다.

　　　　　　　 E. H. 곰브리치, 『서양미술사』(배승길·이종승 역, 예경, 2003)

시대와 장소에 따라 전혀 다른 미술의 정의가 적용되는 가운데서도, 변치 않고 미술을 지탱하는 요소로서 미술가를 강조하는 인용문의 요지는 이렇게 변용될 수도 있다. 시대와 장소에 따라 다른 미술이 가능한 것은 시대와 장소에 따라 다른 미술가가 등장하기 때문이라고. 마찬가지로 시대와 장소에 따라 다른 문학이 탄생하는 것은 시대와 장소에 따라 성격을 달리하는 창작자가 매번 탄생하기 때문이라고. 그런데 지금까지의 창작자는 시대와 장소에 따라 전혀 다른 성격을 지닌다 할지라도 모두 인간이었다. 문학의 정의가 아무리 많이 바뀌어도 마지막까지 변치 않는 조건으로 남았던 것이 '창작자=인간'이라는 말이다. 따라서 '창작자≠인간' 혹은 '창작자=인간+인공지능'으로의 조건 변화는 그 자체 엄청난 파장을 예고한다. 문학장 안팎에 걸쳐 중대한 지각변동을 일으킬 것으로 예상되는 창작자 개념의 변화는, 기존의 창작자와 독자를 전혀 다른 문학, 어쩌면 문학이 아닐 수도 있는 문학을 각오해야 하는 지경으로 내몰 수 있다.

문학이 아닐지도 모를 새로운 창작 장르의 탄생을 어떻게 바라보고 어떻게 대처해야 하는지에 대해선 현재로선 마땅한 답변을 내놓기 힘들다. 아직 오지 않았으니까. 막연히 올 것으로만 짐작되는, 올 수도 있고 안 올 수도 있지만 온다면 의외로 가까운 미래에 들이닥칠 수도 있는 전인미답의 문학 환경은, 그동안 문학이라는 '오래된 집'에 거주해 온 이들의 생각을 어떻게 바꿔 놓을까? 앞서 읽은 인공지능의 시를 다시 가져와서 얘기하자면, 오래된 집은 그저 환경이 아니라 거기서 오래 삶을 영위해 온 사람과 한 몸의 관계를 이룬다. 따라서 오래된 집이 허물어지고 새로운 집이 들어선다는 것은 집과 운명을 같이해 온 이들의 삶이 바뀌는 것과 다르지 않다. 오래된 집에 살면서 "점점/집처럼 되어" 가다가 어느새 "집이 되어" 버린 저 유구한 역사의 작가들과 시인들은 곧 닥쳐올지도 모를 격변의 시기에 어느 집에 들어가서 살아야 할까? 다 허물어져 가더라도 여전히 오래된 집일까, 아니면 유사 이래 한 번도 겪어 보지 못한 새로운 집일까?

서울 시 감상기

　하상욱. 언젠가 이 시인이 쓴 시에 대해서 한번 얘기해 보고 싶었다. 혹자는 이 시인이 쓴 짧은 글귀에 대해 시라는 명칭을 붙여 가며 거론하는 것을 거북해할 수도 있겠다. 당연히 그의 이름 뒤에 시인이라는 호칭을 붙이는 것도 심히 못마땅한 분들이 있을 수도 있겠다. 그런 분들의 생각을 이해 못 하는 바 아니나, 일단은 시인이라는 호칭을 붙여서 얘기해 보고자 한다. 각종 매체에서 그를 시인으로 소개하고 있는 사실을 일단은 존중하겠다는 뜻이다.

　실상은 호칭이 중요한 것이 아닐지도 모른다. 하상욱 자신이 프로필에서 밝힌 '시팔이'라고 부르든 좀 더 정교하게 'SNS 시인'이라고 부르든 상관없이 눈여겨볼 대목은 그의 시에 있을 것이다. 짧은 글귀로 이루어진 그의 시는 단순히 재미있다, 흥미롭다, 기발하다는 차원을 넘어서 생각해 볼 여지가 충분히 있다. 크게는 두 가지 측면에서 살펴볼 수 있겠다. 하나는 새로운 매체를 활용하는 차원에서, 다른 하나는 여타의 베스트셀러 시집과 차별화되는 지점에서 살펴

보고자 한다. 얘기를 이어 나가기 전에 먼저 그의 시부터 읽어 보는
게 순서겠다. 혹시라도 아직 그의 시를 '구경' 못 한 분들을 위해서라
도 말이다.

끝이
어딜까

너의
잠재력
—하상욱 단편 시집 '다 쓴 치약' 中에서

고민
하게돼

우리
둘사이
—하상욱 단편 시집 '축의금' 中에서

왜
하필 이곳에

왜
하필 당신이
—하상욱 단편 시집 '같은 옷' 中에서[1]

2013년 출간된 『서울 시』(중앙북스)에 수록된 시들이다. 종이책으로 된 이 시집에 들어가기 전에는 무료로 다운받을 수 있는 전자책에 수록되었고, 그보다 이전에는 페이스북이나 트위터 같은 SNS상에서 널리 읽혔던 시편들이다. SNS에서 작성되고 공유되었던 시편들이 전자책을 거쳐 종이책으로까지 나오게 된 것이다. 참고로 전자책은 10만 건 이상의 다운로드를 기록했으며, 종이책 역시 본인이 밝힌 바에 의하면 2015년 말까지 18만 부가량이 나갔다고 한다(『서울 시』 1, 2권 합계). 시집으로서는 가히 폭발적인 판매 부수라고 할 수 있는 하상욱의 '서울 시' 시리즈가 이렇게 많은 이들에게 읽히고 팔릴 수 있었던 이유는 어렵잖게 짐작해 볼 수 있다. 인용된 시편들에서도 엿보이듯이, 우선은 쉽고도 간편하게 읽힌다는 점. 시라고 해서 골치 아프게 접근할 만한 내용이 아니라는 점. 공감하기 쉬운 내용을 몇 마디 안 되는 말로 콕 짚어 주고 있다는 점. 정곡을 찌르는 그 말이 재치와 위트를 동반하고 있다는 점. 대략 이런 이유를 들 수 있겠는데, 하나같이 대중과 통하기 쉬운 면면들로 채워지고 있는 그의 시에서 한 가지 찬찬히 뜯어볼 구석이 있다. 그의 시가 최초로 읽혔던 곳이 종이가 아니라 컴퓨터 혹은 스마트폰 화면이라는 점이다.

SNS 환경이 구현되는 컴퓨터 화면에서, 특히 스마트폰 화면에서 우리는 많은 분량의 글을 읽기가 힘들다. 당연히 쓰기도 곤란하다. 읽는 입장을 고려하지 않을 수 없기 때문이다. 읽는 입장이나 쓰는 입장이나 똑같이 피로감 내지 압박감을 느끼는 환경에서 자유로울 수 있는 글은 없다. 시도 마찬가지다. 가령, 화면 가득 **빽빽**한 글자들로만 채워진 산문시는 어지간해서 환영받기 힘들다. 심지어 열

---

1 이상의 시편들 모두 시 원문을 그대로 옮겨 놓은 것이다.

줄 내외의 짧은 행갈이 시도 스마트폰 화면에 들어가면 이상하게 답답한 덩어리처럼 보인다. A4 용지나 시집 판형에서는 운동장처럼 넓은 여백을 거느리던 시가 스마트폰 화면에서는 마치 좁은 방에 갇힌 거인 같은 신세가 되는 것이다. 이 거인을 어찌해야 할까? 종이책에서는 명색이 가장 짧은 글쓰기의 대변자였던 이 거인을 얼마큼 더 구겨 넣어야 저 좁은 방이 더 좁아 보이지 않을까? 스마트폰 화면을 만나면서 새삼 고민하게 되는 이 짧은 장르의 대변자가 거느리는 덩치를 누군가는 아주 손쉬운 방식으로 처리해 버린다. 하상욱의 시가 바로 그 사례다.

그의 시는 스마트폰 화면이라는 좁은 공간을 더는 좁은 방처럼 여기지 않는 데서 시작한다. 당연히 구겨 넣는다는 개념과는 거리가 먼 덩치의 말을 부려 놓는다. 원래부터 큰 덩치를 작은 화면에 끼워 맞추는 방식이 아니라, 작은 화면에 어울리는 말은 애초에 따로 있다는 생각으로 덩치를 키워 나가는 시. 기존의 시와는 태생부터 다른 덩치로 태어나는 그의 시는, 인식의 전환이 공간의 전환을 불러내고 그에 따라 시의 덩치도 함께 바뀐 사례라고 할 수 있다.(매체 환경이 바뀌면 그에 걸맞은 말의 양식도 바뀐다는 걸 증명하는 사례이기도 하다.)

혹자는 이런 따위 인식의 전환이 무어 그리 대단한 것이냐고 항변할지도 모른다. 물론 사소한 것일 수도 있다. 그래서 별것 아닐 수도 있는 그것을 별것 아닌 것처럼 처리하지 못하고 끙끙대던 사례를 나는 2008년인가 일군의 시인들이 참여했던 '80 Bytes'라는 기획전에서 본 적이 있다. 일명 '문자-시'라는 이름으로, 문자 메시지와 시의 결합을 시도한 그 기획에서 시인들에게 주어진 조건은 단 하나였다. 5행 8열로 된 40자 분량(80 bytes 용량)의 시, 그러니까 휴대폰의 문자 메시지 창을 가득 채운 분량의 시를 쓰는 것이었다. 시편들마다 타이포그래피 작업을 덧붙여야 해서 나온 조건인지 모르겠으나, 5행 8열의 형식에다가 40자 분량을 꼬박 채워야 한다는 제약은 애초의 의도와 달리 시인들에게 새로운 시 쓰기 혹은 글쓰기의 생성 조건이 되지 못했던 것 같다. 오히려 불필요한 구속처럼 느낀 시인이 더 많았을 것이다. 무슨 글자인지 알아보기 힘들 정도로 과도하게 비틀어 놓은 타이포그래피 작업도 거슬렸지만, 모처럼 신선한 기획을 만나서 틀에 박힌 조건을 맞닥뜨려야 했던 시인들의 고충도 그들의 시편에서 함께 읽혔기 때문이다. 실제로 5행 8열의 형태로 꽉꽉 채워 놓은 그 많은 시편들에서 어떤 충격이나 해방감을 주는 구절은 만나기 힘들었다. 아마도 쓰는 입장에서도 해방감과는 거리가 먼 상태에서 썼을 것이라 짐작한다. 사실상 시조의 형식으로 자유시를 쓰라는 주문과 다를 바 없는 저러한 조건 대신, 가령 '문자 메시지 창'이라는 배경 조건만 주고 시 쓰기를 주문했다면 어땠을까? 저 기획에서처럼 일정한 틀에 갇힐 수밖에 없는 시들과는 다른 형식의 시들이 분명히 더 많이 나왔을 것이다. 심지어 하상욱과 같은 방식으로 하상욱보다 더 문학성을 획득한 시들이 나오지 말라는 법도 없었을 것이다.

사소해 보이지만 인식의 전환을 보이는 지점은 하상욱의 시에서 하나가 더 보인다. 바로 제목과 본문의 도치. 제목이 본문 위에 서지 않고 본문 아래로 깔리는 이런 식의 도치는 흔히들 논문이나 평문에서 시를 인용할 때 볼 수 있는 광경이다. 하상욱의 시는 이처럼 인용문에서나 쓸 법한 형식을 원문의 꼴로 내세우면서 한 편의 시가 마치 짤막한 수수께끼처럼 읽히는 효과도 함께 연출한다. 이제까지 우리 시단에서 수수께끼 형식을 차용한 시가 전혀 없지는 않았으나(1992년 출간된 박시향의 『수수께끼 시』(주변인의길)라는 시집이 기억에 남아 있다), 제목과 본문을 도치하는 지경까지 나아간 사례는 아직 겪어 보지 못했다. 그만큼 드문 경험이라고 할 수 있는 제목과 본문의 도치는 한편으로 작은 화면에 어울리는 작은 덩치의 말이 진화한 한 사례이기도 할 것이다.

하상욱의 시에서 또 하나 눈여겨볼 지점은 정서적인 측면이다. 그의 시는 시중에서 통용되는 대부분의 베스트셀러 시집과 다르게 감성에 호소하는 방식을 취하지 않는다. 자신의 말대로 그의 시는 일개 '시팔이'가 쓴 시에 불과하더라도 여타의 '감성팔이' 시와는 분명한 거리를 두고 있다. 감성팔이 시에서 흔히 구사하는 값싼 눈물과 위로 대신에 그보다 더 가벼운 웃음과 비웃음을 가미한 정서는 대중적으로 통용되는 시 안에서도 충분히 자기 갱신의 가능성이 있다는 점을 환기한다. 대중에겐 눈물을 팔아먹는 시뿐만 아니라 가벼운 위트를 선사하는 시도 통할 수 있다는 걸 새삼 증명하는 것이다. 진지함과는 거리가 먼 지점에서 대상과 세상을 대하는 그의 정서는 비단 대중을 상대로 한 시에서만 참고할 사항이 아닐 것이다. 자신의 시든 타인의 시든 진지하다 못해 무거움에 찌들어 있는 시에 지친 이들이라면 한 번쯤 색다른 경험이자 신선한 환기구로써 그의 시를 음미해 볼 수도 있겠다. 어쩌면 대상과 언어를 부담 없이 처리하는 그 시선 덕분에 바늘처럼 콕 찌르는 위트와 더불어 엉뚱하게 비틀어 놓은 시의 형식도 가능하지 않았을까 짐작해 본다.

누군가에겐 신선한 자극제처럼 읽히고 또 누군가에겐 사소한 말장난 정도로 그칠 수 있는 하상욱의 시는, 다시 말하지만 그것이 시인가 아닌가 혹은 시단의 내부에 포함시킬 수 있는 것인가 아닌가의 문제와 별개로 참고할 만한 구석이 충분히 있다. 시는 기존의 시에서도 자양분을 얻지만 기존의 시가 아닌 지점에서도 (어쩌면 더 많은) 자양분을 얻는다. 하상욱이 시라는 이름으로 펼쳐 놓은 짧은 글귀 역시 시라는 장르의 편입 여부와 무관하게 시와 연관해서 생각해 볼 거리를 예사롭지 않게 던져 놓고 있다. 그걸 어떻게 잡느냐에 따라 읽는 사람 저마다, 그리고 시라는 걸 쓰고 있는 이들 저마다 다른 시의 가능성을 함께 고민하고 또 품게 될 것이다.

당연한 얘기지만, 시는 앞으로 변해 갈 것을 전제로 변하지 않는 상태를 유지한다. 변해 가는 것을 전제로 변하지 않는 무언가를 틀어쥐고 있는 시가 앞으로 또 무엇을 쥐고서 움직여 갈지는 아무도 모른다. 다만 자기 기질과 정서에 충실한 시를 써 대는 시인들이 있을 뿐이다. 어떤 기질은 운 좋게 미래의 시로 이어질 것이고 어떤 정서는 안타깝게도 과거의 시로 묻힐 것이다. 장차 어떤 운명을 맞이하든 시인이 할 수 있는 일은 사실상 한 가지다. 자기 기질과 정서를 극단으로 밀고 나가는 것. 극단으로 밀고 나가는 어떤 '쓰기'를 수행하는 것. 그렇다면 하상욱의 짧은 글쓰기는 자신의 기질과 정서에 충실하다는 점에서 일면 시의 자격을 갖춘다고 할 수 있다. 다만 그것이 극단으로까지 밀고 나가서 또 하나의 장르로서의 시가 되는지에 대해서는 판단을 보류한다. 극단은 그렇게 쉽게 오는 것이 아니기 때문이다. 극단은 반드시 무언가 희생을 치르면서 온다. 그것이 무얼까? 대중일까, 아니면 자기 자신일까?

제2부

전쟁터에서 놀이터로 이행하는 시의 아이들
―김승일 시집 『에듀케이션』(문학과지성사, 2012), 박성준 시집
『몰아 쓴 일기』(문학과지성사, 2012)

한국 시에서 미성년 화자의 등장은 새삼스러운 일이 아니다. 그러나 2000년대 중반 이후 등장한 미성년 화자의 면모는 충분히 문제적이며, 이는 이전의 미성년 화자와 분명히 다른 지점에서 한국 시의 새 지평을 연 것과 자연스럽게 맞물린다. 이전의 미성년 화자가 기존의 세계 질서에 어떤 식으로든 관계 맺기를 지향하는 쪽으로 상상력을 뻗어 갔다면, 2000년대 중반 이후의 그것은 그러한 관계 맺기에 지극히 무관심한 표정을 짓는다. 그들(이른바 미래파로 통칭되는 시에 등장하는 미성년 화자들)은 기성세대가 만들어 놓은 질서에 편입하려고도 일탈하려고도 하지 않는다. 그들은 시대에 기생하면서 미끄러지는 존재로서 만족하고 사는 존재들이며, 따라서 그들에게 세계를 판단하고 조망하는 의식은 불필요한 액세서리에 불과하다. 가히 '무뇌아적인 상상력'이라고 부를 수 있는 그들의 의식 세계에서 가장 부족한 것은 다름 아닌 '의식'이었다.

의식이 부재하거나 희박하기에 일견 협소한 세계관을 내장한 것

처럼 보이는 미래파 시는 아이러니하게도 '의식 박약'의 이 무뇌아적 상상력 덕분에 기존의 시들이 놓쳐 왔던 지점을 환기하면서 한국 시의 지평을 새롭게 넓힐 수 있었다. 자기 이외의 세계에 무관심한 이기적인 화자의 내면에 역사와 시대를 조망하는 의식이 들어설 자리는 매우 협소해졌지만, 반면에 역사와 시대 상황이 안겨 주는 중압감에서 자유로운 상상력과 발언이 가능할 수 있었던 것이다. 결과적으로 미래파 시의 공과(功過)가 함께 예견되어 있는 의식 박약의 상상력이 이전과 다른 미성년 화자의 목소리를 통해 터져 나왔다면, 의식 박약의 상상력을 더 극단으로 몰고 간 미성년 화자는 그럼 어떤 목소리일까? 어떤 목소리일 수 있을까?

보기에 따라서 아직은 가능성의 상태로, 아니면 이미 도래한 상태로 파악할 수 있는 미래파 이후 새로운 미성년 화자의 출현은 근래 첫 시집을 출간한 일군의 젊은 시인들에게서 어느 정도 답을 찾을 수 있다. 그중 박성준과 김승일의 시집은 미래파를 지나 2010년대에 이르러 의식 박약의 극단적 상상력이 무엇이 될 수 있는가를 제시하는 하나의 견본과도 같다. 두 시집의 시적 지향과 개성이 다름에도 불구하고 미성년 화자의 새로운 가능성을 더듬어 볼 수 있다는 점에서 한 궤에 놓이며, 거기에는 당대 시의 근간을 건드리는 어떤 극단적인 지점이 숨어 있다. 바로 시적 자의식의 소실 혹은 무화(無化)다.

직전 세대 미래파의 시가 의식 박약의 상상력을 선보이면서도 단 한 가지 포기할 수 없었던 지점이 시적 자의식이었다면, 김승일과 박성준을 포함한 2010년대 초반의 젊은 시인들은 시적 자의식마저 휘발된 공간에서 시를 쓴다. 아니 시를 논다. 미래파에겐 제도권 시단에 안착하기 이전에 소외의 역사가 존재했고, 따라서 시적으로 자기 영역을 확보하기 위한 의식적인 투쟁의 과정이 어쩔 수 없이 존재했다면, 2010년대의 젊은 시인들은 등단하자마자 제도권 시단으로부터 승인된 공간을 물려받는 과정을 거치면서 자연스럽게 시적 영역을 확보하기 위한 투쟁이 불필요해졌다. 덕분에 미래파의 시가 의식 박약의 상상력 가운데서도 시를 '살아 내기' 위한 고투의 과정에서 탄생했다면, 미래파 이후의 시는 그러한 고투의 과정을 거칠 필요 없이 이미 주어진 시적 공간을 잘 '놀아 내는' 데 치중한다. 또한 미래파의 시가 자기 영역을 확보하기 위한 전쟁에서 전선을 형성하는 데 집중했다면, 이후의 시는 이미 확보된 자기 세대의 시적 영역을 놀이터처럼 사용하는 데 열중한다. 결과적으로 한국 시의 전선을 넓힌 데서 미래파 시의 의의를 찾을 수 있다면, 이후의 시는 그러한 전쟁터를 놀이터로 탈바꿈시켰다는 데서 직전 세대와 변별되는 의의를 찾을 수 있다.

전쟁터에서 놀이터로 시의 현장이 변모하면서 직전 세대에서 전쟁의 무기로 사용했던 시적 기법들은 이제 놀이 도구의 하나가 되어 미성년 화자의 손에서 놀아난다. 놀이 도구이기에 거기에는 시적인 채무감도 부담감도 자리 잡을 이유가 없다. 이것은 전대에 누가 사용했던 무기이고 저것은 전대 어떤 무기의 파편이었는지를 의식할 필요가 없는 것이다. 이미 확보된 시적 영역에서 놀이터의 아이들에게 필요한 것은 직전 세대보다 훨씬 더 아이다운 시선이며, 여기서는 새삼 내 것 네 것을 따질 필요가 없어 보인다. 왜냐하면 시적으로 이미 많은 것이 주어진 채 공유되고 있기 때문이다.

많은 것이 공유되는 풍요는 한편으로 어디서도 내 것이 없는 빈곤과 떼어 놓고 생각하기 힘들다. 시적 영역을 확보하기 위한 자의식마저 놀이터의 일부로 화해 버린 세대의 아이들이 본격적으로 등장하면서 한 가지 눈에 띄는 점도 이와 관련이 깊다. 이들 미성년 화자를 창출한 시인들이 대체로 비슷한 문학적 체험을 공유하고 있다는 점이다. 본격적인 백일장 부활 세대인 데다가 대부분 대학에서 문예창작학을 전공한 탓에 시적 자양분이 되는 삶의 체험이 한정적이면서도 유사한 문학적 체험으로 대체되는 측면은 사소하게 넘길 대목이 아니다. 그들은 자신들이 영향받은 문학 이외의 세계를 체험할 기회가 사실상 없었다. 더구나 제도권 문학이 그들에게 시적으로나 시 외적으로나 충분히 외로워할 시간을 아껴 주는 동시에 박탈하면서(외롭게 소외되는 시간을 갖지 못한 것은 그들에게 복인 동시에 독이 아닐까), 결과적으로 그들 시의 현장이 상당 부분 문학적이거나 수사적인 체험으로만 채워지는 현상을 낳았다. 이는 박성준과 김승일의 시에서도 공히 반복되는 현상이다.

시를 열심히 쓰던 동기들은 모두 어머니가 아팠다. 암부터 관절염까지, 최근에 흰머리가 늘었다는 것도 쉽게 병으로 바뀌었다. 한 날 술자리에서
가장 아픈 엄마를 가진 동기가 더 좋은 시를 쓸 수 있다고 우리는 은연중에 동의했다. 우리는 좋은 시를 쓰고 싶었다. 서로가 서로의 불행을 부러워하면서, 읽고, 찢고, 마셨다.

—박성준, 「대학 문학상」 부분

우리의 유년 시절이 너무나 비슷했기에. 우리가 읽은 책. 우리가 들었던 노래. 우리가 했던 사랑. 이 모든 것이 마치 한 사람의 일처럼 비슷했는데……
(중략)
나는 부모한테 많이 맞았어. 거의 학대 수준이었지. 처음 듣는 학대

이야기에 불현듯 삼총사들의 눈이 초롱초롱 빛나기 시작하는 것이었다. 우리도, 우리도 맞았어. 우리도 학대를 당했다니까?

—김승일, 「같은 과 친구들」 부분

전자가 좋은 시를 쓰기 위해서 비슷한 체험을 과장해서 공유한다면, 후자는 허구를 완성하기 위해서 비슷한 삶의 체험을 과장해서 공유하고 있다. 좋은 시와 허구가 대구를 이룰 뿐, 둘 다 비슷한 시적 체험 속에서 시를 생산해 내는 세대의 자화상이 녹아 있기는 마찬가지다. 차이가 있다면 (둘 다 비록 과장일지라도) 박성준의 시적 화자기 '아픈 엄마'를 공유하는 세대의 대변자라면, 김승일의 그것은 '학대받은 유년'을 공유하는 세대의 마이크 역할을 담당하고 있다는 점이다. 그리고 이 대목에서 둘의 시적 방향은 결정적으로 갈라진다. 김승일의 시적 화자가 '학대받은 유년'이라는 비교적 최근에 자리 잡은 전통 속에서 비딱한 목소리를 생산하는 데 비해 박성준의 그것은 한국 시의 뿌리 깊은 전통인 '(아픈) 가족'을 얘기하는 화자라는 점에서 훨씬 더 복고적인 성향을 띤다. 둘 다 직전 세대 시의 전쟁터를 놀이터로 탈바꿈시키면서도 그것을 향유하는 방식은 이처럼 다른 색깔을 보여 준다. 미성년 화자를 공유하면서도 서로 다른 목소리의 놀이터를 선보이고 있는 것이다.

이제 각각의 놀이터에 대한 얘기가 남은 것 같다. 먼저 김승일 시의 놀이터. 이곳에서 펼쳐지는 개개의 시편들은 한 편의 연극무대와 같다. 시의 배경이 한 편의 연극무대처럼 꾸려지는 것은 그다지 새로울 게 없는 진행이지만, 무대에 등장하는 배우들이 하나같이 아역 배우들이라면 경우가 좀 달라진다. 실제로 김승일의 시적 무대에서 아이 역할은 물론이고 성인 역할까지 아이들이 연기하는 것처럼 보이는 사례는 드물지 않게 발견된다. 가령, 아래 시에 등장하는 불륜 커플조차 그들의 대사를 곰곰이 뜯어보면 불륜이 가능한 성인들의 대화라기보다 어른을 흉내 내는 아이들에 더 가까운 목소리로 들린다.

> 오리 보트 선착장에서 관리인 아저씨가 주의를 준다. 너무 멀리 가지 마세요. 돌아오기 힘드니까요.
> 아저씨, 우리에 대해서 뭘 안다고 사서 걱정을 하시는 거죠?
>
> —김승일, 「오리들이 사는 밤섬」 부분

아저씨라는 호칭도 호칭이지만, 무엇보다 말투에서 다 큰 성인이라기보다 어린 청소년의 모습이 먼저 떠오르는 이 장면은 마치 성인 배역을 맡은 아역들의 무대 같다. 실제로 김승일의 시에서 '아저씨'로 대변되는 어른들의 세계는 너무 먼 곳의 세계다. 오히려 어른들의 세계마저 아이들의 목소리로 포섭해 버린 세계. 말하자면 철저히 아역들로만 구성된 세계. 그곳이 김승일 시의 놀이터이고, 이 놀이터는 다시 미래파 시의 전장과 확연히 구별되는 세계다. 미래파 시는 싸우는 아이들의 세계에서 전선을 형성했고 그래서 '애어른'에 가까운 화자들의 세계였다면, 김승일 시의 놀이터는 처음부터 끝까지 아이들의 세계를 구현한다. 미성년의 세계를 반영하는 정도를 넘어서 '시=미성년 자체'를 지향하는 곳에서 김승일 시의 개성이 도드라지는데, 만약에 미성년 자체를 지향하는 시의 무대에서 조금이라도 어른의 흔적이 보인다면 자신의 이름을 걸고서라도 재수 없는 세계로 단정해 버린다.("채워진 종이 한 장을 반백발의 김승일이 흔들어 댔다. 그렇게 재수 없게 흔들지 말고", 「2011년 6월 23일」.) 아울러 그 무대는 영화 「파리대왕」에 등장하는 아이들의 제국처럼 소아적인 영웅주의가 득세하는 세상이며, 비록 아이들의 제국이라고 하나 그 또한 엄연히 제국이기에 아이들 스스로 허물어뜨릴 생각이 전혀 없는 세계다. 가령, 「멋진 사람」에서 자신이 태어나던 해의 일을 마치 영웅의 탄생 설화처럼 떠벌리는 아이는, 유치찬란하더라도 자신의 존재 근거에 해당하는 그 설화를 포기할 수 없다. 거기 담긴 세계가 이유 없이 서로의 손목이나 때리면서 노는 시답잖은 무대일지라도(「웃는 이유」) 그걸 포기한다면 세계 자체가 상실되기에 결코 포기할 수 없는 것이다.

다음으로 박성준 시의 놀이터. 그의 놀이터 역시 「俳優」 연작에서 짐작할 수 있듯 연극무대를 지향하는 듯 보이지만, 김승일의 무대가 하나같이 아여 배우의 목소리에 집중되는 데 비해 박성준의 경우엔 하나로 집약되지 않는, 오히려 여러 세대에 걸친 아이들의 목소리가 겹쳐서 들린다. 서로 다른 목소리의 경연장과도 같은 무대에서 시적 화자가 부르는 호칭은 그래서 몇 십 년의 시간을 건너뛰는 것처럼 가파르게 뒤바뀐다. "아빠"와 "아비" 그리고 "누나"와 "누이"라는 호칭이 한 권의 시집에서 공존하면서 어떤 집중된 화자를 선보이기보다 한국 시에서 미성년 화자가 경험할 수 있는 거의 모든 시간적 편차를 다 실현해 보이려는 듯하다. 하나로 집약되지 않는 광범위한 화자의 실험뿐만 아니라 각주를 이용한 실험, 세로쓰기를 이용한 형태상의 실험 등 전대의 시에서 도전했던 다양한 실험에 다시 도전하려는 의욕이 앞서지만, 그만큼 실험의 초점이 흐려지는 측면도 있다. 시집의 주제적인 측면에서는 일관된 방향을 보이면서도 단 하나 중심이 되는 실험이 도드라지지 않는 점, 그리고 무엇보다 시적 화자를 둘러싼 고통스러운 상황들이 모호한 비유에 기대고 있는 점이 아쉽다. 가령 이런 구절들.

정신과 영혼 사이, 가려움증이 도는 마을 중심으로, 우물 속으로
　한 번쯤 자살을 꿈꿔 봤을 청년이 아무 말도 못 들은 척, 눈동자를
찰랑거린다
　　　　　—박성준, 「데몬에게 말을 빼앗긴 취객들이 맹신하는
　　　　　　　　　　　　　　　기이한 사랑의 하염없음」 부분

　여기서 "정신과 영혼 사이"는 과연 어디를 지칭하는 것일까. 문장 전체를 곱씹어 봐도 쉬이 해명이 되지 않는 저 "정신과 영혼 사이"는 수사적 장식 이상으로 읽히지 않는다. 이처럼 시적으로 완전히 장악이 되지 않은 채 사실보다 비유가 승한 문장으로 시를 채워 간 흔적이 많다 보니 광범위한 실험 속에서도 공허한 느낌이 드는 것이 박성준 시의 놀이터에서 유독 아쉬운 점으로 남는다.
　한 가지 흥미로운 점을 덧붙이자면, 김승일과 마찬가지로(또 다른 1980년대생 시인인 이우성과 마찬가지로) 박성준의 놀이터에서도 '박성준' 이라는 실명이 그대로 등장하고 있는 점이다. 이 또한 전대의 미래 파 시에서 구경하기 힘든 과감한 지점이자 시적 자의식에서 그만큼 자유로워진 증거로 읽히는데, 이것이 시적 화자를 넘어 주체의 개념 까지 건드리는 담론에는 기여할지 모르겠지만, 단발성으로 그치지 않는 시의 매력에 일조하는 효과까지 창출할지는 미지수다. 아울러 박성준과 김승일을 비롯한 2010년대 초반 젊은 시인들이 미래파로 부터 이어받은 의식 박약의 상상력을 좀 더 극단으로 밀고 간 지점 에서 새로운 미성년 화자의 출현을 알린 것은 분명해 보이지만, 이 것이 담론의 차원에서 조명되는 것으로 그칠지 그들의 후대로 지속 적인 뿌리를 내리는 데까지 이어질지는 아직 확답을 내리기 힘들다. 어쩌면 그들의 후속 작업에서 그 성패가 더 분명하게 갈리지 않을

까. 아직은 놀이터의 세계이고 놀이터에선 놀이에 대해 누구도 책임을 지지 않는다. 그냥 잘 놀면 될 뿐이다. 지금은 그런 시절을 지나고 있는 것 같다.

'한 사람'의 시와 '아직'의 시간

—유희경 시집 『오늘 아침 단어』(문학과지성사, 2011)

「시인의 말」부터 시작하자. "수십 개의 단어와 한 사람을 동시에 떠올리는 일" 그리고 "나는 아직도 이런 일을 생각한다"는 말. "수십 개의 단어"는 물론 '수많은 단어'를 대신한 말이겠지만, 그 단어들을 "한 사람"과 "동시에 떠올리는 일"에 대해선 좀 더 숙고를 요한다. 아마도 "한 사람"에게서 비롯되었을, 그리하여 어느 순간이든 "한 사람"을 둘러싸고 떠올랐을 그 단어들의 목록은 당연하게도 "한 사람"을 중심으로 살펴볼 필요가 있다.

단어들의 목록을 살피기 전에 우선 필요한 질문은 "한 사람"이 '누구인가'보다는 '무엇인가'이며, '무엇인가' 이전에 '어떤 (성질의) 것인가'일 것이다. 시집 『오늘 아침 단어』에서 "한 사람"은 분명 사람을 지시하되, 사람으로만 국한해서 읽을 수 없는 중력을 거느린다. 중력을 거느리기에 '그것("한 사람")'은 동시에 '그곳'이며, '그곳'을 중심으로 생각의 모든 국면들이 빨려 들어가는 지점에 다시 '그것'이 놓인다. 구멍의 크기와 상관없이 나머지 모든 것을 빨아들이는 블랙홀처럼 놓여 있는 '그것' 혹은 '그곳'. 유희경 시에서 생각의 궁극이 되는 지점이자 대상은 그리하여 양각이 아니라 음각의 형태로 함몰되면서 표출된다. 가령 이런 구절들. "거기 내가 없는 시간, 시간만 남은 시간"(「속으로 내리는」), "어쩌다 그곳엔,/빈터가 놓이게 되었나"(「어떤 장면」), "그들의 뒷모습은 구멍으로 가득하다. 옛날 사람들의 뒷모습은 어둠"(「옛날 사람」), "문 뒤에는 또 문이 있고 문 뒤의 당신은 아직도 깜깜하다"(「부드러운 그늘」).

없거나 비어 있거나 캄캄한 어둠의 상태. 말하자면 검은 구멍의 상태로 놓여 있는 생각의 대상이자 지점에 대해 유희경의 시는 숙명의 상대를 대하듯 조심조심 접근한다. 일단은 머뭇거리며 맴을 돈다. 쉽게 단정하거나 함부로 선언하기 이전의 상태를 지나칠 정도로 재어 보고 저울질해 보고 마침내 쓰다듬듯 써 나가는 언어. 구멍을 관통하는 방식이 아닌 구멍 주위를 배회하고 선회하며 구멍을 부각시키는 방식의 발화. 그것이 첫 시집을 관통하는 유희경 시의 주된 어조이자 다른 1980년대생 시인들과 분명하게 구별되는 특징이라고 할 수 있다.

시집 곳곳에서 목격되는, 머뭇거리고("나는 머뭇거릴 때", 「우산의 과정」), 중얼거리고("내 것이 아닐 거라고 중얼거리는", 「들립니까」), 더듬거리고("손끝으로 당신을 둘러싼 것들만 더듬는다", 「내일, 내일」), 흔들리는("흔들리는 K는 K가 아닌 바로 그 K가", 「K」) 문장을 통해, 쉼 없이 썼다가 지우는 방식과("많은 문장으로 일기를 썼고 그보다 더 많은 문장을 지워 갔다", 「그해 겨울」) 망설이면서 버리는 방식을("망설이며 버린 말", 「버린 말」) 반복하는 시의 화법은 우리에게 한 가지 생각거리를 던져 준다. 바로 시적 대상을 대하는 화자의 태도 문제. "무언가가 떠올랐을 때 쓰기를 망설이는"(「驛」) 태도는 유희경의 경우 대상을 언어로 접근할 때, 그리고 그것을 시로 편입시킬 때 필연적으로 뒤따르는 과정이자 절차다. "한 사람"으로 표상되는 시적 대상은 사물과 사건과 장면 등을 포함하면서 언어로는 온전히 일치될 수 없는 "불가능한 거리"를(「내일, 내일」) 숙명적으로 껴안고 있다. 극단의 언어이면서 최적의 언어를 동원하여 그 거리를 좁히는 것이 시이기도 하지만, 그러한 삭업의 불가능성을 매번 확인시켜 주는 것이 또한 시의 언어이기에 언어와 대상, 나아가 주체와 대상 사이에는 언제나 수많은 단어가 동원되고 덧없이 버려진다. 한두 단어로는 낚아챌 수 없는 대상의 면면과 본질을 수많은 단어의 희생을 통해 확인해 가는 과정 속에서 탄생하는 시는 필연적으로 잰걸음의 보폭을 보여 줄 수밖에 없다.

그런 점에서 『오늘 아침 단어』는 시적 대상을 둘러싸고 명멸해 가는 수많은 단어들의 기록이자 보고서라고 할 수 있다. 보기에 따라서는 성큼성큼 활달한 보폭을 보여 주지 않는 과정을 답답해할 수도 있겠지만, 불가능에 가까운 대상과 언어 사이의 거리를 차근차근 더듬고 두드리고 회의하면서 시로 다져 가는 그 방식에 신뢰를 보내는 독자도 적지 않을 것이다. 나는 후자 편이다. 왜냐하면 주체와 대상과 언어를 포함하여 세계는 그렇게 단숨에 읽히는 것이 아니므로. 섣부른 선언이나 잠언으로 나아가기 전에 세계를 손끝과 혀끝으로 섬세하게 더듬는 방식으로 세계의 "신비 혹은 공포"를(시집 뒤표지 글) 한 겹씩 한 겹씩 들추고 쓰다듬는 과정의 시. 그것이 유희경 시의 현재 지점이며 다음 시를 담보하는 밑천이며 든든한 버팀목이라고 할 수 있다.

이제 "한 사람"으로 표상되는 시적 대상을 중심으로 탄생하는 단어들의 목록을 살펴볼 차례다. 시집을 통해서 수많은 단어들이 등장하고 명멸해 가는 과정을 보여 주는 가운데서도 유독 눈에 띄는 단어들. 가령, '나'와 '너(당신)', '말'과 '울음', 그리고 '시간'과 '기억' 같은 것들. 이들은 사실 "한 사람"을 중심으로 탄생한 단어들인 만큼 시집의 곳곳에서 한 줄로 꿰어지며 서로를 되비추는 구실을 하고 있다. "너인 시간, 네가 아닌 시간, 너를 생각하는 나도 아닌 시간, 그렇게 나를 버리는 시간"(「속으로 내리는」), "내가 내 말을 울고 있어요 모르게"(「들립니까」), "그 개가 오후의 개였는지 그보다는 좀 더 검은 개였는지 그것도 알 수 없다 지금은 그저 假定의 시간"(「낱장의 시간들」) 등이 그 예가 될 터인데, 여기서 특별히 주목할 만한 구절을 언급하자면 바로 "假定의 시간"이다. 다른 시 「폭설」에 등장하는 "아직의 시간"과 호응하는('아직'이기에 '가정'할 수밖에 없는) 이 아리송한 시간은, 시집에 들어 있는 '시간'을 분명하든 불분명하든 상당 부분 '기억'으로 도치한 유희경 시에서 여전히 미답지로 남아 있는 시간이다. 그것은 시인에게도 독자에게도 마찬가지로 남은 의문의 시간이자 미지의 시간이다. 아마도 "한 사람"을 중심으로 모여들고 방향을 잡아 온 단어들이 새롭게 재편될 여지를 남겨 둔 이 시간에 대한 고민을 마지막으로 시집을 덮는다.

과연 그 '시간'은 무엇일까? 과거를 가정하는 동시에 미래까지 기억하는 어떤 시간일까? 그래서 "앞은 뒤를 그리워하고 뒤는 앞을 참는 기묘한 데자뷔" 같은 시간일까?(「나와 당신의 이야기」) 아니면 마침내 "종막으로 기억될" 죽음의 순간을 대신하는 시간일까?(「어떤 장면」) 그도 아니면 우리가 미처 상상해 내지 못한, 그래서 여전히 숙제로 남아 있는 또 다른 성질의 시간일까? 그것이 무엇이든 "세계는 생각의 덩어리진 형태"라는(「한편」) 생각에서 뻗어 나갈 다음 생각의 시, 다음 기억의 시, 다음 시간의 시는 우리 앞에 어떤 식으로든 펼쳐질 것이다. 그러나 이왕이면 여태 누구도 발견하지 못한 시간의 시이기

를 기대하는 것은 지나친 욕심일까? "낱장의 시간들" 속에서 끈질기
게 시를 발견해 온 시인이라면 충분히 가져 봐야 할 욕심이 아닐까?

폭력과 매력의 글쓰기를 넘어
—임솔아 시집 『괴괴한 날씨와 착한 사람들』(문학과지성사, 2017)

　기회가 된다면 문학과 폭력의 관계에 대해서 고민하는 글을 써 보고 싶다. 결론은 이미 나와 있지만 그것이 구체적으로 어떤 근거와 사례를 거느리는지 살펴보는 시간을 가져 보고 싶다. 결론부터 얘기하자면, 당대의 문학 언어는 당대의 폭력이 되는 지점과 어떤 식으로든 관계를 맺고 있다는 것(폭력이라는 단어가 부담스럽다면 억압이라고 해도 좋다), 그리하여 당대의 폭력이 되는 지점에 둔감한 문학의 언어와 민감한 문학의 언어로 자연스럽게 대별된다는 것, 특히나 새로운 문학의 언어는 당대의 폭력이 되는 지점을 발견하고 환기하는 데서 시작한다는 것. 그러기 위해서라도 당대의 폭력이 되는 언어에 민감하게 반응하는 것이 새로운 문학이 갖추어야 할 필요조건이라는 사실. 이 사실을 시라고 하여 외면할 근거가 없음을 밝히는 일이 또한 남아 있을 것이다.

　당연한 말이지만, 새로운 시는 새로운 말이다. 그리고 그 말의 상당 부분은 당대의 폭력이 되는 지점을 짚으면서 올라온다. 새로운 시는 당대의 폭력에 대들거나 비웃는 언어이면서 동시에 그것에 빚지는 언어다. 당대의 폭력이 억압의 기제인 동시에 새로운 말을 가능케 하는 기폭제 역할을 하기 때문이다. 요컨대 새로운 언어는 새로운 폭력의 발견에서 비롯된다. 새로운 시도, 문학도, 예술도 모두 새로운 폭력의 발견을 전제로 한다. 새로운 폭력은 갑자기 생긴 폭력이 아니다. 이미 있어 왔으되 미처 인지하지 못했거나 애써 외면해 왔던 폭력을 새삼 발견하는 데서 새로운 폭력은 등기된다. 등기된 그곳에서 새로운 언어가 나올 채비를 비로소 마치는 것이다.

거칠지만 이런 생각을 이어 가는 도중에 읽은 시집이 있다. "젠더, 나이, 신체, 지위, 국적, 인종을 이유로 한 모든 차별과 폭력에 반대합니다"라는 뒤표지의 문장이 우선 눈에 띄는 시집. 그만큼 온갖 폭력에서 비롯되는 말이 어떤 식으로 튀어나와서 부려질지 궁금해지는 시집. 임솔아의 첫 시집 『괴괴한 날씨와 착한 사람들』은 그러나 이런 식의 호기심이나 기대를 살짝 비켜난 지점에서 목소리를 낸다. 어떤 목소리인가 묻기 전에 제목부터 다시 보자.

제목에 들어 있는 "괴괴한 날씨"와 "착한 사람들"은 언뜻 봐서는 정반대의 의미를 거느리는 것 같다. "괴괴한"과 "착한"이라는 어울리지 않는 두 수식어로 인해 대립하듯 붙어 있는 "날씨"와 "사람들"은, 저 제목이 본문의 일부로 들어가 있는 시 「예보」를 참고하면 양자의 관계가 달리 읽힌다. "이곳과 그곳의 날씨가 대체로 같고 대체로 다르"듯이 "착한 사람 같다는 말" 역시 "못된 사람이라는 말과 대체로 같고 대체로 다르다"는 점에서 양자를 단순히 대립하는 관계로만 읽을 수 없는 여지가 생긴다. 날씨만큼이나 어느 한쪽으로 확정할 수 없는 것이 사람의 됨됨이라면, 사물의 됨됨이도 사건의 됨됨이도 역시 날씨만큼이나 확신할 수 없는 대상이 되고 만다.

확정도 확신도 불가한 곳에서 가능한 말은 당연히 확정이나 확신과는 거리가 먼 방식을 따를 수밖에 없다. 그때그때 달라지는 사태를 근근이 짚어 가는 말. 혹은 간신히 더듬어 가는 말이 확정 불가의 세계에서 겨우 가능한 말이라면, 그러한 말을 시의 화법으로 삼고 있는 시인들 중 한 명으로 이제 임솔아를 기억해야 할 것 같다. 실제로 그의 시는 느릿느릿 진행되면서 띄엄띄엄 올라오는 말의 집합이라는 인상을 강하게 비친다. 그의 시에는 문장과 문장을 매끄럽게 이어 주는 역할을 하는 장치가 따로 마련되어 있지 않다. 별다른 수식어가 없는 단문과 단문이 별도의 연결 장치 없이 곧바로 이어 붙는 방식의 발화. 가령 "바람이 분다. 혼자 굴러가는 배드민턴공이 혼자서 굴러간다. 새를 기억하는 돌이 되어서" 같은 문장들(「악수」). 언뜻 기계적인 비유가 앞서는 것처럼 보이는 저 문장들의 이면에는 그러나 "괴괴한 날씨"만큼이나 간단치 않은 정서가 녹아 있다.

어떤 정서냐 하면, "할 말이 없어서 무섭고/할 말이 생길까 봐" 더 무서운 사람의 정서(「그래서 그랬다」). 또 어떤 정서냐 하면, "사람들을 따라갈수록" "거짓말이 되어 가"는 사태에 떠밀려 "물 밖으로 나온 쥐의 머리처럼" "헉헉"거리는 사람의 정서(「중계천」). 그리하여 "핏줄이 입술을 뚫고" 나오는 것처럼 간신히 올라오는 말을 꾹꾹 눌러 담는 사람의 정서(뒤표지 글). 이런 정서의 소유자가 선보이는 화법은 당연히 유려함이나 속도감과는 다른 지점에서 개성과 매력을 확보한다.

그의 시는 꼭 필요한 문장들만 꼭 필요한 곳에 남기면서 나머지는 모두 공란으로 둔다. 이른바 허사(虛辭)가 들어설 여지가 없는 문장이 되고 마는데, 이처럼 허사를 지우면서 남길 것만 남긴 그의 문장은 결코 과한 감정을 담아내지 않는다. 달리 말하면 과한 스타일을 지향하지 않는다. 그래서 울음도 물기 한 점 없는 울음처럼 들리고 비명도 온갖 악다구니를 지운 비명처럼 들린다. 아주 작게, 작게 들리는 그 울음과 비명이 담긴 문장 하나하나를 따라가다 보면 문득 이런 생각에 다다른다. 어쩌면 우리가 그렇게도 매력적으로 생각하는 작가들의 스타일 자체가 하나의 폭력이 될 수도 있겠다는 생각. 강력한 스타일일수록 강력한 매력과 폭력을 동시에 품고 있을 수 있 겠다는 생각. 왜냐하면 말이 강력할수록 강하게 드러나는 지점이 있는가 하면 강하게 배제되는 지점도 함께 생기기 때문이다. 따라서 과한 스타일을 지향하지 않는 문장은 그 자체 폭력의 현장이 되지 않으려는 문체로 되받을 수도 있겠다.

자칫 폭력의 현장이 될 수도 있는 문장의 규모를 최소화하는 방식의 말하기는 이 세계의 폭력을 고발하는 지점에서도 조심스러운 행보를 보인다. "괴괴한 날씨"와 "착한 사람"을 분명하게 대립시켜 놓지 않은 것과 마찬가지로, 폭력의 현장에서 한 발짝 떨어진 채로, 아니 한 발 더 다가선 채로 시선을 풀어놓는다. 가까이서 들여다보면 세계를 이루는 폭력은 '나'를 이루는 폭력이기도 하다. 폭력의 현장을 짚어 내는 '나'는 관찰자나 증언자로만 그치지 않는다. 한편으로 그러한 폭력의 내부를 이루는 일원일 수도 있다는 시선이 임솔아 시의 곳곳에 숨어 있다. 가령 「아홉 실」, 「티브이」, 「살의를 느꼈나요?」 등의 시에서 확인되는 세계의 폭력은 그대로 '나'의 폭력이 되는 현장이기도 하다. 세계에서 자유롭지 못한 '나'는 폭력에서도 자유롭지 못하다. '나'는 언제든 피해자일 수 있고 가해자일 수 있으며 증언자인 동시에 방관자가 될 수도 있다. 그리하여 '나'의 말은 어떤 식으로든 폭력에서 자유로울 수 없는 말이라는 사실을 새삼 환기하는 곳에 임솔아의 시가 있다.

한 가지 판단이 유보되는 지점도 있다. 과하게 말하지 않으려는 스타일이 지나쳐 탈색된 문체처럼 보이기도 하는 그의 화법이 시인 고유의 기질에서 비롯된 것임을 감안하더라도 과연 그것이 최선일까 싶은 의문이 남는다. 과하게 말하는 것도 스타일이고 과하게 말하지 않으려는 것도 결국엔 스타일로 귀결된다. 요컨대 스타일에서 비롯되는 매력과 폭력이 작가의 글쓰기가 필연적으로 감당해야 할 숙명이라면, 그걸 좀 더 적극적으로 돌파하는 글쓰기 방식은 어떤 것일까? 어떤 것이어야 할까? 여기에 대해서도 작가 저마다 시인 저마다 다른 기질에 기대어 다른 전략을 취하겠지만, 누군가는 폭력과 매력이 뒤엉켜 있는 글쓰기의 현장을 슬쩍 웃음으로 처리하는 묘미를 보여 주기도 한다. 이를테면, 쥐 한 마리 잡으려고 벌집 쑤시듯 가게를 헤집다가도 문득 손님이 들어오면 인테리어를 바꾸고 있었다고 농을 칠 수 있는 여유(「살의를 느꼈나요?」). 이런 여유의 순간이 시에서 위트를 만들어 낸다. 위트는 세계의 폭력과 손쉽게 화해한 자의 웃음이 아니다. 폭력의 세계를 지난하게 돌파하고 난 이후의 선물일 것이다. 이런 선물이 더 많이 보였으면 하는 바람을 사족으로 덧붙여 둔다.

부자연이 자연이 될 때까지
―한인준 시집 『아름다운 그런데』(창비, 2017)

오랜만에 잘 안 읽히는 시집을 읽었다. 너무 잘 읽혀서 오히려 거부감이 드는 시집들 사이에서 오랜만에 뚝뚝 막힘이 생기는 시집을 읽었다. 막힘이 없는 시집은 크게 둘 중 하나다. 우선은 유려하게 속도감을 주는 문체인 경우. 다음으로 문체라고 할 것도 없는 경우. 전자가 타고난 입담으로 첫 문장에서 마지막 문장까지 읽는 이를 단숨에 이동시키는 힘을 가진 경우라면, 후자는 어디 한 군데 잘나거나 못난 구석도 없이 무난하기게만 읽히는 경우다. 무난하니까 막힘도 없고 거슬림도 없고, 실패하는 지점도 딱히 도약하는 지점도 없이 한 편의 '웰메이드'된 작품 이상의 가치를 가지지 않는 시. 이런 시들에 지치고 지친 눈에는 오히려 잘 안 읽히는 시들이 더 반가울 수도 있다.

한인준의 시 역시 어떻게든 잘 읽히는 것이 대종을 이루는 시편들 사이에서 고집스럽게 잘 안 읽히는 세계를 추구한다. 실제로 그의 첫 시집 『아름다운 그런데』에는 의도적으로 걸어 놓았다고 할 수 있는 이물감을 주는 장치들이 끊임없이 등장한다. 거의 지뢰밭처럼 깔려 있다. 시집의 상당수 시편들(특히 「종언」 연작시)에서 보이는 이 '걸림'의 장치는 일차적으로 한국어의 표준 문법을 무시하고 파괴하고 교란한다. 가령 이런 식으로. "방파제로 운다/주문진과 바다 하지는 않았다. 아무도 몰래는 왜 자꾸와 함께 닫혀야 했나"(「종언: 없」). 첫 문장 "방파제로 운다"는 무리 없이 읽힌다. 마치 파도가 와서 부딪히는 방파제처럼 우는 장면을 연상시키는 저 문장 다음부터 슬슬 골치 아픈 단계로 넘어간다. "주문진과 바다 하지는 않았다"는 게 무슨 뜻일까? 어떤 장면에 기대어 읽어야 하는 것일까? 주문진은 항구니까 바다와 떼어 놓고 생각할 수 없는 지명이다. 그럼 저 지명과 함께 '바다 하지 않는다'는 표현은 대상 본연의 무언가를 외면하거나 대상 고유의 무언가와 연결되지 않는다는 의미로 읽어야 하는 것일까? 아무래도 확신할 수 없는 해석이다.

그다음은 더 문제다. "아무도 몰래는 왜 자꾸와 함께 닫혀야 했나". 표면상 주어 자리에 해당하는 "아무도 몰래"가 "자꾸"라는 대상과 함께 닫히는 이유를 묻고 있다. 혹은 "아무도 몰래"가 "왜 자꾸"라는 대상과 함께 부득불 닫혀야 했던 정황을 드러내고 있다. 문제는 둘 중 어떤 장면을 선택하더라도 그 이상의 진척을 보이는 해석을 하기가 힘들다는 점이다. 이유는 분명하다. 앞 문장의 의미가 불분명하기 때문이다. 앞 문장이 불분명하니 뒤 문장도 오리무중인 상태. 아니면 앞 문장의 불분명한 의미를 뒤 문장이 해소하는 것이 아니라 더 불분명한 쪽으로 몰아가는 사태. 한인준의 시가 쉽게 읽히지 않는 사례이자 근거이기도 한 저 문장들의 사태는 이후에 어떤 문장들이 더해지더라도 불분명함의 두께를 더하는 것으로 종언을 고할 수밖에 없음을 예고한다.

혹자는 이런 문장들의 난맥상을 지적하면서 「종언」 연작과 같은 일군의 '문장 실험'이 가해진 시들보다 상대적으로 무난해 보이는 다른 시편들에서 한인준 시의 매력을 발견할 수도 있겠다. 그러나 매력적인 지점과 별개로, 또 탄탄한 시적 성취와 별개로 『아름다운 그런데』의 개성을 이루는 축은 여전히 저 골치 아픈 '문장 실험'에 있을 것이다. 저 실험을 빼놓고 현재의 한인준 시를 얘기한다는 것은 말 그대로 '바다 하지 않는 주문진'과 함께하는 것과 같다.

숱하게 잘 읽히는 시편들 사이에서 간만에 잘 읽히지 않는 시가 나온 것을 반기는 입장에서 누군가는 이런 욕심을 덧붙이고 싶을지도 모른다. 시에서의 실험은 계산이 아니라 여전히 직관이어야 한다는 주문. 정교한 계산에 기대는 문장의 실험을 넘어 직관처럼 튀어나오는 문장이 될 때까지 실험을 계속해야 한다는 주문. 내면에서 올라오는 목소리를 그대로 받아쓰는 것처럼 자연스러운 실험이자 문장이 되어야 한다는 주문. 부자연이 자연이 될 때까지 더 고집스럽게 밀고 나가야 하는 저 고달픈 여정에서 일차적으로 부자연스러우나 궁극적으로 자연스럽게 읽히는 문장들이 멀리 있는 것만은 아니다. 여정이 깊어지면서 더 풍부하게 발견될 (부)자연스러운 문장들의 사례는 이번 시집에서도 심심찮게 확인된다. 가령 이런 문장들.

"대문 앞에서 나는 무릎과 무릎이라는 이미지로 쪼그려 앉는다. 이것은 나를 안아 줄 수도 있는//둥글다", "말없이를 올려다볼 것인가/저 푸르름은 정말과 같은 것일까", "왜 나는 과연에게로 끝까지 갈 수 없는가"(「종언: 할 말 잃어버리기」). 첫 번째 인용에서는 대문 앞에서 오지 않는 사람을 기다리며 무릎 사이에 고개를 파묻고 쪼그려 앉아 있는 장면이 자연스럽게 떠오른다. "이것은 나를 안아 줄 수도 있는//둥글다"는 괴상한 문장 역시 무릎처럼 동그랗게 말린 자세나 처지를 강하게 암시한다. 두 번째 인용에서도 말 없는 하늘(과 같은 존재)을 올려다보며 그것의 (존경할 만한) 기운을 회의하는 시선이 어렵잖게 그리고 분명하게 감지된다. 마지막 인용에서도 마찬가지다. '극단'은 예술에서 흔히 요구되는 덕목이지만, 한편으로 그것을 향한 여정은 언제나 "과연"으로 시작하는 회의를 껴안고 있을 수밖에 없음을, 나아가 예술의 극단은 확신의 극단이면서 회의의 극단이기도 하다는 사실을, 저 문장 하나로 온전히 함의하는 동시에 형상화하고 있다. 하나같이 표준 문법을 벗어난 이상한 문장들이 그 문장들로 지시할 수밖에 없는 정황을 만들어 내고 있는 사례들이다.

읽는 이에 따라 설령 오독이 되더라도 단번에 직관적으로 읽히는 문장은 그전에 먼저 쓰는 입장에서 직관적으로 튀어나온 문장이었을 가능성이 높다. 모든 시인에게 해당되는 사항은 아니겠지만, 어떤 시인에게는 부자연스러운 계산이 자연스러운 직관이 될 때까지 문장 실험에 투신하는 시간을 한정 없이 늘려 가야 할 필요가 있다. 시집 한 권으로는 만족할 수 없는 실험의 시간이 당연히 더 기다리고 있어야 한다는 뜻도 될 것이다. 너무도 부자연스러운 문장이 너무도 자연스러운 정황을 구현하는 사례가 이번 시집뿐만 아니라 앞으로 더 많은 시편들에서 발견되기를 바란다면, 그게 '과연' 욕심일까? 욕심이더라도 그 '과연'을 껴안고서, '과연'에게로 끝까지 가는 극단의 여정을 응원하는 것은 여전할 것 같다.

환멸의 페이크와 소실점의 마음

―장현 시집 『22: Chae Mi Hee』(문학과지성사, 2020), 양안다 시집 『숲의 소실점을 향해』(민음사, 2020)

환멸의 정서와 페이크의 미학

장현의 첫 시집 『22: Chae Mi Hee』는 제목부터 생경하다. 시인도 생소하기는 마찬가지인데, 1994년생으로 제1회 박상륭상을 수상한 이력 말고는 참고될 만한 사항이 거의 없다. 시집 뒤에 따라붙는 해설도 '친절하게' 없다. 사전 정보 없이 곧바로 들어가야 한다면, 시집의 주요 특징이기도 한 '인용'부터 먼저 해야 할 것 같다.

> "연구자의 조건은 연구자가 의식하든 안 하든 연구에 영향을 미친다. 연구 대상의 이야기에서 자신이 어떤 부분에 반응하는지 모르면 연구의 '객관성'은 확보되기 힘들다.
>
> 연구자가 자기 자신을 알 때 연구자는 연구 대상과 맺는 관계가 투사인지, 계몽인지, 의식화인지, 혹은 전이인지 유도 질문인지 구별할 수 있다."
>
> ―「선생님께」 부분

시집의 첫 시에서도 첫 대목을 인용으로 처리한 것도 예사롭지 않지만, 그것이 모두 문학적인 텍스트가 아니라는 점도 흥미롭다. 각주를 보니 정희진과 이승주의 글이다. 둘 다 여성학 내지는 사회학의 범주에 들어가는 논문이다. 원문에 담긴 함의와 별개로, 인용된 지면이 시집이라는 점을 고려하면, 문학 쪽으로, 시 쪽으로 조금 더 끌고 와서 생각해 볼 수 있겠다.

실제로 인용문에서 '연구자' 자리에 '시인'을, '연구' 자리에 '시'를 대입해서 다시 읽어 보면, 시와 관련해서 생각해 볼 여지가 제법 생긴다. 우선은 첫 문장. '시인의 조건은 시인이 의식하든 안 하든 시에 영향을 미친다.' 어찌 보면 당연한 말인데, 시인의 조건이 시에 영향을 미친다는 것은, 시인의 조건이 시의 성격에 영향을 미치며, 나아가 시인의 조건이 곧 시의 조건이 된다는 말로도 되받을 수 있다. 이 또한 당연한 말이겠지만, 적어도 이 시집을 읽어 나가고 이해하는 차원에서는 꽤 중요한 단서를 제공한다. 여기에 대한 논의는 잠시 뒤로 미뤄 두고, 인용문의 세 번째 문장으로 넘어가서 '시인'과 '시'를 마저 대입해 보자. '시인이 자기 자신을 알 때 시인은 시의 대상과 맺는 관계가 투사인지, 계몽인지, 의식화인지, 혹은 전이인지 유도 질문인지 구별할 수 있다.' 시의 자장 안에서도 충분히 적용 가능한 문장이 되는데, 이 시집과 관련해서는 곧바로 이런 질문을 제기할 수 있다. 과연 이 시집에서 시인은, 혹은 시적 주체는 시의 대상과 어떤 관계를 맺는 것일까? 투사인가, 계몽인가, 의식화인가, 아니면 전이인가, 유도 질문인가?

질문에 앞서서 시적 주체가 관계 맺는 대상(시집에서 주되게 다루는 대상)이 무엇인가에 대해 먼저 생각해야 한다면, 「시인의 말」을 참고할 필요가 있다. 특히, "여러분들은 성폭력을 모르는 것이 아니라/문학을 모르는 것입니다"라는 대목. 역시 타인(정희진)의 글을 인용한 것이다. "인간 활동의 모든 부분이 젠더화되었지만, 특히, 문학은 말할 것도 없이 그 시조이다. 시학은 젠더의 시작"이라는 원문의 내용을 참고하면, 성폭력과 문학을 별개의 사안으로 두는 시각을 비판하면서 문학 자체가 젠더의 산물이자 뿌리를 이룬다는 사실을 역설하는 도중에 나온 발언임을 알 수 있다. 그렇다면 이 시집의 주요한 시적 대상이자 관심 사항은, 우리 사회에 혹은 이 세계에 만연한 젠더 문제인가?

실제로 이 시집에선 페미니즘 담론을 경유한 듯한 흔적이 여러 곳에서 보인다. 앞서 언급한 「시인의 말」과 첫 시 외에도 가령 이런 사례들. "현대미술론/평생 남성 대가의 여성 누드를 보고 자란 학생들은/평생 마스터피스를 기억하고/평생 그것이 되기 위해/여성을 강간하는 남성을 오랫동안 생생하게 그린다"(「채미희」), "채미희는 사무실에 도착하면/선임자의 컴퓨터 전원을 켠다//아침에 아버지에게서/넌 말라서 예쁘다는 말을/들었다 갈비뼈가 드러나는 동물은/학대를 의심해 보아야 한다는 뉴스를/읽었는데 그는 갈수록 뉴스를 이해하지 못했다"(「채점표」). 여성의 성적 대상화를 풍자하고 있는 저 사례는, 앞서 나왔던 시적 주체와 대상이 맺는 여러 관계 중에서 어떤 것에 해당할까? 시집에 등장하는 화자가 대체로 시스젠더 헤테로 남성으로 귀결된다는 점을 고려하면, 투사도 계몽도 아닌, 전이도 유도 질문도 아닌, 의식화에 가장 부합하는 것으로 보인다.

여기서 두 가지 문제를 고민해 볼 수 있다. 하나는 당사자성을 건너뛴 의식화에 기댄 시 쓰기가 윤리적으로 온당한가 하는 문제. 또 하나는 의식화가 과연 시가 될 수 있는가 하는 문제. 전자도 진지하게 뜯어봐야 하는 문제겠지만, 적어도 이 시집에서는 후자가 더 근원적인 문제로 읽힌다. 시는 의식화의 산물일 수 있으나, 의식화만으로 시가 된다고는 할 수 없다. 의식화는 시에 필요한 여러 조건 중 하나이지, 시가 되기 위한 충분조건은 아니다. 그래서 의식화에 더해 여전히 무언가가 더 필요하다면(의식화+α), 그 무언가(α)는 과연 무엇일까? 무엇이어야 할까? 혹자는 혹독하게 당사자로서의 체험을 거쳐야 한다고 할 것이고, 혹자는 의식화 과정이 거의 무의식의 단계로까지 내려갔다 와야 한다고 할 것이다. 또 혹자는 인상적인 동시에 지속적인 정서의 감응이 동반되어야 한다고 할 것이다. 그 무언가(α)가 무엇이든, 그 무언가가 담보되는 시간, 그 무언가를 관통하는 시간, 그 무언가를 지배하는 동시에 그 무언가에 지배되는 시간을 지난하게 거치는 과정 중에, 마치 물 잔에서 물이 흘러넘치듯이 흘러나오는 한마디 한마디가 모여 시를 이루고 시집을 이루는 것이 아닐까? 시를 읽는 입장에서도 한 권의 시집에서 그에 해당하는 사례를 만나는 것이 유일하다면 유일한 즐거움일 텐데, 이 시집에서는 이상하게 그러한 사례를 만나는 일이 드물었다. 왜 그럴까?

페미니즘 담론 외에 시집에 담긴 다른 시적 사유의 대상으로 넘어와서도 사정은 크게 다르지 않다. 시집의 또 다른 특징이기도 한 영어의 과도한 사용, 지나치게 많은 타인의 텍스트 인용, '채미희(Chae Mi Hee)'라는 이름의 시적 대상이자 대화 상대의 빈번한 등장, 이런 특이점들이 시집의 표면을 얼른 눈에 띄게 하는 것과 별개로, 이면에 들어가서는 별다른 정서적인 충격을 안겨 주지 못했다. 당연히 적정한 수위의 의식화 전략을 넘어서는, 오랜 사유의 숙성을 거쳐서 나온 말을 기대하는 독자에게는 적잖이 실망을 안겨 줄 것이다. 어떤 독자는 이렇게 생각할지도 모른다. 시집의 특징을 이루는 저와 같은 요란한 장치들이 어쩌면 고도로 계산된, 혹은 전혀 의도치 않게 나온, 일종의 '페이크'가 아닐까? "장현아 말해 봐. 도대체 뭐가 멋있다는 거지? 잡지에 시가 실리는 거? 허락도 구하지 않고 타인의 사생활을 가져다가 미화해서 서사 처발라서 그럴듯하게 적어 놓은 거? 세금 떼인 원고료? 말로 글로 떠들기만 하는 거? Fake?"라고 할 때의 그 '페이크' 말이다(「index.」).

시인의 의도와 상관없이, 시집에 장착된 굵직한 시적 장치들이, 그리고 대상들이 모두 '페이크'로 읽힌다면, '페이크'화된 이 모든 발화의 연원을 캐묻지 않을 수 없다. 왜, 무엇 때문에, 이 시집은 이렇게도 많은 페이크가 필요했을까? 이렇게도 덩치 큰 페이크를 몇 개씩이나 시집에 들여놓은 이유가 과연 무엇일까? 현재로선 '환멸'에서 그 답을 찾아야 할 것 같다. 환멸의 정서가 지배하는 시집에서, 표면상 건설적으로 보이면서 이면에는 폐허밖에 없는 환멸의 행동 대원으로서 페이크가 동원된 것이 아닐까? 그렇다면 시집에 등장하는 낱낱의 페이크는 낱낱의 환멸을 옹위하기 위한 장치다.

나열하자면, 위계와 폭력으로 점철된 기성 사회에 대한 환멸에서 선택된 페이크는 페미니즘이며, 시를 모국어의 정수로 묶어 두는 것으로 대변되는 보수적인 시관(詩觀)에 대한 환멸에서 채택된 페이크는 영어다. 자위하듯이 자기 목소리에 갇혀 있는 기존의 문학장에 대한 환멸에서 비롯된 페이크는 문학과 비문학을 가리지 않는(실제로는 비문학에 경도된) 수많은 텍스트의 인용이며, '아버지'와 '선생님'으로 상징되는 문학 정전에 대한 환멸에서 탄생한 페이크는 일기와 다름없는 글쓰기다. 무엇보다 자기 자신에 대한 환멸과 비하의 정서를 보기 좋게 거들어 주는 페이크 장치로 동원된 인물이 바로 '채미희'다('채미희'는 페미니즘 담론과 짝을 이루는 페이크이기도 하다). 좁게는 문학에 대한 환멸, 넓게는 이 세계에 대한 환멸, 궁극적으로는 자기 자신에 대한 환멸에서 이토록 많은 페이크가 필요했다면, 그래서 '환멸'로 집약되는 시적 주체의 조건이 '페이크'의 방식으로 시에 영향을 미친 결과물이 이번 시집이라면, 앞으로 또 어떤 페이크가 시집 이후에 기다리고 있을까?

질문에 얹어서, 이처럼 소모적인 방식의 페이크는 지양하는 것이 좋지 않겠냐는 식의 첨언은 적절해 보이지 않는다. 오히려 깊어지는 환멸의 정서만큼이나 '페이크(화되는 현상)' 자체를 응시하는 시선이 더 필요해 보인다는 말을 덧붙이고 싶다. 내면의 환멸을 덮는 외면의 페이크를 제대로 활용하기 위해서도 페이크 자체에 대한 사유가 더 필요해 보인다는 말도 되겠다. 외면은 일견 껍데기다. 껍데기처럼 깊이가 없어 보이는 외면에서도 그러나 시는 자라날 수 있고 시학은 성장할 수 있다. '표면의 시학'(이수명)이라는 말이 이미 가능하다면, 외면의 시학도 껍데기의 시학도 심지어 페이크의 시학도 얼마든지 가능하지 않을까. 주변을 돌아보면 껍데기처럼 사는 삶, 껍데기만 남은 삶이 단지 허구가 아니듯이, 허구의 수사에만 머무는 것이 아니듯이, 환멸의 진심을 덮어 버리는 '페이크의 시'도 결코 가짜에 머물지 않는, 엉뚱하고도 진지한 "딴짓"의(「index.」) 미학이 될 자격이 충분히 있다.

마음의 소실점과 소실점 너머의 마음

앞서 얘기한 장현의 시가 상당 부분 비문학적인 텍스트에 경도된 시라고 한다면, 양안다의 시는 지극히 문학적인 공간으로 채워진 텍스트다. 그만큼 문학 바깥이 아니라 안쪽에서 충실히 자기 세계를 다져 온 결과물로 받아들여도 좋겠다. 문학의 바깥은 당연히 문학이 아닌 곳이고, 그만큼 문학이 없거나 희박한 공간이면서 새로운 문학이 솟아날 수 있는 가능성도 함께 품고 있는 공간이다. 반면에 문학의 안쪽은 언제나 지금까지의 문학으로 채워진 공간이다. 지금까지의 문학에는 당대까지 이어져 온 유구한 문학 전통뿐만 아니라, 작가 자신이 밟아 온 문학적 궤적과 이력과 성과도 함께 들어간다. 작가 자신이 구축해 온 문학 자체가 또 하나 견고한 문학의 내부를 이룰 때, 작가는 이 대목에서 새삼 선택의 기로에 서게 된다. 그동안 열심히 다져 온 자신의 문학 세계가 든든한 자산이면서 한편으로 청산해야 할 부채처럼 느껴질 때, 훈장이면서 족쇄이기도 한 기존의 문학적 성과를 뒤로하고 과연 어느 방향으로 문학은 뻗어 나가야 하는가 하는 고민이 뒤따를 수밖에 없다.

벌써 네 번째 시집에 다다른 양안다의 시 역시 엇비슷한 관점에서 들여다보고 얘기할 수 있겠다. "낭만적이면서도 유려하고, 세련되면서도 아늑하게 깊"은 문장으로 "느리게 휘감아오는 사랑"과 더불어 "슬픔과 공허"(박상수)의 정서를 안겨 주는 시, 그러면서도 현실과 유리된 채 막연하게 붕 떠 있는 세계가 아닌 시, 틈틈이 현실적인 맥락과 연계되면서 읽는 이의 내면을 서늘하게 적셔 오는 장면들이 시집을 덮고 나서도 잔상처럼 남게 되는 시. 양안다의 시에 따라붙는 이러한 평에 동의하든 동의하지 않든(나는 동의한다), 2010년대에 새롭게 등장한 시를 거론할 때 빼놓을 수 없는 자리에 양안다의 시가 놓이는 것만은 분명해 보인다.

근자에 나온 네 번째 시집 『숲의 소실점을 향해』에서도 위에서 언급한 미덕과 장점은 상당 부분 유효하게 읽힌다. 다만 한 가지, 이번 시집에서는 시에 등장하는 장면과 사건이 대체로 가상공간에서의 일처럼 보인다는 점을 덧붙이고 싶다. 양안다 시의 가상공간적 성격은 진작에 언급이 된 사항이나, 이번 시집에서는 그러한 성격이 유독 강해졌다는 의견도 덧붙인다. 이는 시에서 현실적인 맥락의 유무와 성격을 중요시하는 입장에서는 아쉬운 대목이라고 할 수 있다. 반면에 현실적인 맥락과 상관없이 시를 감상하는 입장, 혹은 현실적인 맥락의 의미를 전혀 다르게 받아들이는 입장(가령 가상공간적 성격의 강화를 그 자체 현실적인 맥락의 강화로 판단하는 독자도 있을 것이다)에서는, 이번 시집이 전작들의 연장이나 심화(深化), 또는 갱신으로 읽힐 수도 있다. 어떤 판단이 들어서든, 이번 시집에서 가상공간으로서의 성격이 강화된 것이 분명하다면, 남는 질문은 하나다. 왜 이렇게 가상공간적 성격이 강화된 걸까?

여기에 대해선 '마음'이라는 단어를 끌어와서 논의를 이어 갈 수 있겠다. 이번 시집에서 전에 없이 빈번하게 등장하는 시어이기도 한 '마음'은, 가상공간을 염두에 두고 시집에 접근할 때 요긴한 도움말이 되어 준다. '마음'은 우선 다음과 같은 질문을 앞세우고 등장한다. "마음은/어디에서 시작됩니까?"(「휘어진 칼, 그리고 매그놀리아」) '마음'의 연원이나 출처를 묻는 이 질문에 대해 손쉬운 답변이 기다리고 있지는 않을 것이다. 다만 이렇게도 생각해 보고 저렇게도 생각해 보는 와중에 더듬어지는 답변들이 있기는 있을 것이다. 시집의 곳곳을 할애하여 채워 놓은 답변들은 그리하여 어느 한 가지로 집약이 되지를 않는다.

요약 자체가 힘든 그 '마음'은, 이름을 지어 주고 싶은 것인가 하면("나는 나의 마음에 이름을 지어 주고 싶었는데", 「공포의 천 가지 형태」), 내 뜻대로 되지 않는 것이기도 하고("마음을 주고 싶었어요. 그게 잘 안 돼서 나는 나의 마음을 탓했어요.", 「폭우 속에서 망가진 우산을 쥐고」), 그래서 이러지도 저러지도 못하는 가운데("그 몸을 안아 주지도/외면하지도 못하는 것/그런 게 마음이라면", 「여름잠」), 한없이 오래 쌓여 온 것이기도 할 것이다("마음, 그것은 (중략) 머나먼 과거에서부터 축적되어 형성되는 것이라고", 「폭우 속에서 망가진 우산을 쥐고」). 어떻게 해도 규정하기 힘든 것이 '마음'이라면, 그것은 차라리 타인에게서 비롯되는 것이거나("나의 마음이 너에게서 시작하듯이", 「유리 새」), 외부에서 연원하는 것인지도 모른다("모든 마음은 외부에서 시작하잖아요", 「유리 새」).

만약 '마음'의 기원이 외부에 있다면, '마음'의 모습도 외부에 있을 수밖에 없다. '마음'은 형상이 없는 것이기 때문이다. '마음'은 대상이되, 언제나 형상화를 기다리는 대상이다. 시집에 등장하는 '감정', '슬픔', '공포', '불안' 같은 '마음'의 연관어들 역시 형상화를 기다리는 대상이다. "대체 공포감은 어디서 오는 걸까?"(「내일 세계가 무너진다면」), "이건 그냥 하나의 감정이야. 하나의 인간이 느끼는 하나의 감정이고, 어쩌면 하나의 세계" 같은 질문과 답변의 형식을 넘어서는 (「중력」), 어떤 구체적인 형상화를 기다리는 것이다. 이때 필요한 것이 다시, 외부의 사물이다.

온통 '마음'의 탐색에 몰두하고 있는 듯한 이 시집에서도 '마음'(과 연관어들)의 형상화를 돕는 외부의 사물은 등장한다. 멀리 갈 것 없이 시집의 제목에도 들어 있는 '숲'이 대표적이다. 그런데 이 '숲'이 온전히 외부적인 사물인가 했을 때 망설여지는 지점이 있다. 시집에서 숱하게 등장하는 '숲'이 실제의 숲이나 현실의 숲과는 거리가 먼 상징화된 숲이기 때문이다. 상징화된 사물은 시 속에서 모종의 시적인 분위기를 창출하는 데 이바지하는 반면, 시의 공간을 현실과 유리된 공간으로 만들어 내기 쉽다. '숲'도 마찬가지다. '숲'이 상징어로 쓰이는 순간, 현실의 숲은 탈색되기 쉬우며, 그만큼 무의식, 기억, 어둠 같은 기존의 상징적인 함의에 기댄 가상의 숲이 되기 쉽다. 또 그만큼 외부적 구성을 생략한 내면의 '숲'이나 '마음'의 '숲'이 되기 쉽다.

결과적으로 형상화의 조건이기도 한 외부가 삭제되면서 '마음'은 다시 '마음(의 공간)'으로 환원되는 수순을 밟는다. 그렇다면 '숲'은 '마음'을 외부화하는 조건이 아니라 '마음'의 내부를 더 공고히 하는 장치에 가깝다. '숲'과 더불어 시집에 등장하는 갇히거나 닫힌 성격의 공간들, 가령 '폐쇄병동', '폰의 세계', '방공호' 등도 마찬가지로 '마음'을 가상공간의 영역으로 굳히는 역할을 한다.

'마음'을 외부로부터 단절시키는 일은, 달리 보면 외부로부터 '마음'을 지켜 내는 일이기도 하다. 차단과 보호의 역할을 겸하는 것은 시집에 등장하는 여러 인물에게도 그대로 적용되는 사항이다. 단, '윤, 영, 원, 엘리, 몬데' 등으로 불리는 이 시집의 등장인물들은 그 자체 외부의 타인에게서 비롯된 인물이라기보다 주체 자신의 변형체에 더 가까워 보인다. 그만큼 가상의 성격이 짙다는 말도 되겠다. 사실상 타인이 아니라 주체와 다름없는 가상의 등장인물이 시의 면면을 채우다 보니, 타인이 보기에 불편하거나 불쾌한 발화가 될 수 있는 여지는 줄어들지만, 그래서 폭력적인 발화의 가능성을 차단하는 안전장치가 되어 주기도 하지만, 그에 비례해서 외부를 삭제한 시 공간이 되어 버리는 것도 사실이다. 저마다 특징을 가지며 다채롭게 등장하는 인물들 역시 결과적으로 가상의 공간이자 마음의 공간으로 시가 귀결되는 사태에 동참하고 있는 것이다.

'마음'에서 시작하여 외부적 경유를 최소화한 채 '마음'으로 귀착하는 이 시집은 그동안 양안다의 시가 "슬픔과 공허"의 정서에 기대어 줄기차게 개진해 온 내면 풍경의 한 극점이기도 하다. 극점이기에 더는 도달할 곳이 없는 상태까지 나아간 지경에서 떠오르는 마지막 풍경은 당연히 소실점이다. '숲'의 소실점이자 '마음'의 소실점으로서 이 시집의 극단적인 풍경을 논할 때, 거기에는 한 시인의 시적 궤적에서 정점과 저점을 같이 짚어 보는 논의도 필요할 것이고, 종점과 더불어 새로운 시작점을 더듬어 보는 논의도 필요할 것이다. 새로운 시작점에 대한 논의는 대체로 예단에 그치기에 조심스럽지만, 기왕에 소실점의 지경까지 다다른 시적 행보라면, 그러면서도 양안다 시 고유의 '마음'에 대한 탐색이 계속되어야 한다면, 새로운 마음의 시는 소실점 너머에 있을, 어떤 외부적인 조건에서 찾아져야 하지 않을까? 시에서도 나오듯이, '마음'은 기실 타인에게서 시작하는 것이고 외부에서 오는 것이니까.

그런 점에서 이 시집의 소실점은 한 점으로 소실(消失)되는 지점이면서, 이제까지의 내면 공간을 모조리 태워 버리는(燒失) 지점을 함께 내포한다. 시집의 끄트머리에서 미친 듯이 반복되는 "숲이 타오르고 있어./숲이 타오르고 있어./숲이 타오르고 있어./숲이 타오르고 있어"는(「다른 여름의 날들」), 그리하여 등장인물 한 사람의 헛소리가 아니라 그의 입을 빌린 시인의 결연한 의지로 읽힌다. 모두 태우고 난 다음에 남는 것, 한 줌의 재에서 다시 시작하는 것, 그것을 각오하는 마음이 또 시인의 마음일 테니까. 불탄 숲은 그 자체 죽음이면서 재생을 상징한다고 어느 책에선가 읽었던 기억이 희미하게 난다.

말할 수 없는 슬픔에서 말할 수밖에 없는 슬픔으로
―정현우 시집 『나는 천사에게 말을 배웠지』(창비, 2021)

　정현우의 시에는 유독 '슬픔'이라는 단어가 많이 나온다. '원통한 일을 겪거나 불쌍한 일을 보고 마음이 아프고 괴롭다'는 뜻을 담고 있는 '슬프다'가 명사화된 것이 '슬픔'이라면, 이런 사전적인 의미에 더해서 '슬픔'의 의미를 새롭게 다지거나 넓히는 일이 또한 시인의 몫일 것이다. 그렇다면 정현우의 시에 자주 등장하는 '슬픔'은 과연 어떤 슬픔일까? 어떤 다른 의미를 품고 있는 슬픔일까? 이런 질문을 동반하면서 '슬픔'이 등장하는 장면을 본다.

　간밤의 꿈을 모두 기억할 수 없듯이, 용서할 수 있는 것들도 다시 태어날 수 없듯이, 용서되지 않는 것은 나의 저편을 듣는 신입니까, 잘못을 들키면 잘못이 되고 슬픔을 들키면 슬픔이 아니듯이, 용서할 수 없는 것들로 나는 흘러갑니다. 검은 물속에서, 검은 나무들에서 검은 얼굴을 하고, 누가 더 슬픔을 오래도록 참을 수 있는지, 일몰로 차들이 달려가는 밤, 나는 흐릅니까. 누운 것들로 흘러야 합니까.

간밤의 꿈을 모두 기억할 수 없는 것과 마찬가지로 용서가 가능한 것도 용서가 불가한 것도 모두 현실 너머의 일로 여기는 시선이 우선 눈에 띈다. 용서가 가능한 것은 재생될 수 없는 것으로, 용서가 불가한 것은 신의 영역으로 넘겨 버리는 화자의 태도는 충분히 읽히는데, 이러한 태도를 불러일으키게 된 용서의 대상은 밝혀 놓지 않았다. 용서의 대상이 무엇인지는 인용한 부분뿐만 아니라 시의 전문을 통해서도 확인되지 않는다. 다만 용서를 둘러싼 화자의 부정적인 심리가 강물처럼 흘러가면서 불어나고 있는 것만 확인된다. 용서의 대상과 관련되는 것으로 짐작되는 '슬픔'도 실체가 불투명하기는 마찬가지다. "잘못을 들키면 잘못이 되고 슬픔을 들키면 슬픔이 아니듯이"라는 표현에서, 드러나는 순간 사라지거나 부정되는 '슬픔'의 존재 조건만 간신히 확인될 뿐이다.

저 말대로라면 '슬픔'은 드러날 수 없는 성질의 것이지만, 한편으로는 함부로 들켜서도 안 되고 표현되어서도 안 되는 무엇으로도 읽힌다. 들키지도 드러내지도 않아야 하는 것이 '슬픔'이라면, 그와 같은 성격의 '슬픔'은 내면으로 침전되는 방식으로 표출되는 양상을 보일 수밖에 없다. 말하자면 "검은 물속에서, 검은 나무들에서 검은 얼굴을 하고" 오래 참아야 하는 성질의 것. 그것이 위 시의 '슬픔'이자 정현우 시의 '슬픔'을 이루는 면면이라고 한다면, 질문은 다시 제기된다. 어떤 '슬픔'이기에 저토록 어둡고 컴컴한 내면으로 침전되는 말을 할 수밖에 없는 것일까? 안으로 침전되는 말이 침묵에 가까운 검은색을 띨수록 살펴보아야 하는 것은 '슬픔'의 얼굴이고 표정일 것이다. 침묵하는 와중에도 언뜻언뜻 드러나는 표정에서 '슬픔'의 연원과 색깔을 짚어 보는 방식으로 정현우의 첫 시집을 읽어 나가고자 한다. 먼저 '슬픔'의 내력을 짐작게 하는 시 한 편.

새 옷이라는 말이 낯설었다. 여름성경학교에서 구원받은 자가 입게 되는 말을 새 옷이라고 들은 것 같은데 옷 속에 들어갈 수 없는 사람과 들어간 사람이 나누어졌다. 엄마, 속옷 같은 걸 주워 입어도 돼? 죽은 사람의 것이라면, 아, 누군가의 알몸에 닿은 것이라면, 속옷을 매일 갈아입을 수 있는 것이라면, 구원받을 수 없는 사람은 알지. 시옷 모양의 옷과 시옷 모양의 사람과 시옷 모양의 새는 옷 속에 잘 들어가고, 엄마 산다는 게 뭐야? 살면 살아지는 거, 가지를 쳐내도 징그럽게 지리니는 거지, 소매에 넣으면 길어진 나의 팔은 쑥쑥 자라 입을 수 없는 옷들만 수북이 쌓였다. 가끔 묘묘가 가져다 놓은 생선 대가리를 빙빙 돌리면서 여기는 옷의 나라야, 까끌까끌한 장롱이 참 깨끗하던데요. 깨진 어항을 입으면 아플까. 피가 날까, 버려진 가방에 숨어 버릴까. 엄마와 나는 밤새 하늘을 날았다.

─「옷의 나라」 전문

'옷'이라는 단어의 모양새는 이상하게 사람의 형상을 닮았다. 그래서일까, 사람이 들어가는 옷도, 속의 옷이 들어가는 겉의 옷도 모두 시옷 모양이다. 인간의 시선으로 재단되는 새들도 순전히 시옷 모양에 가깝다는 이유로 옷 속에 들어갈 수 있는 자격을 얻는다. 만약 조금이라도 그 모양새가 어긋나면 새는 물론이고 옷도 사람도 들어갈 수 없는 옷. 이미 정해진 옷의 모양새는 그런 점에서 일종의 규범이고 기준이다. 인간이 인간일 수 있는, 인간이 아닌 것이 인간처럼 대우받을 수 있는 최소한의 조건으로 제시되는 이 옷에 대해 화자는 심히 불편한 상태에 놓여 있다. 시옷 모양으로 틀에 박힌 옷에 자신의 몸이 들어맞지 않기 때문이다. "징그럽게 자라나는" 가지처럼 쑥쑥 자라는 팔로 인해 "입을 수 없는 옷들만 수북이 쌓"이는 상태는 그대로 화자의 내면 공간을 되비춘다.

옷에 맞는 몸이 되고 마음이 되어야 구원받는 존재가 된다는 것쯤은 화자도 이미 알고 있다. 그러나 안다는 것과 산다는 것은 다르다. 아는 것과 별개로 사는 것은 불편의 연속이자 고통의 연속이다. '내'가 아는 방식과 사는 방식이 어긋날 때, 그러니까 '내'가 배우고 익혀야 하는 방식과 '내'가 '나'로서 존재할 수밖에 없는 방식이 어긋날 때 인간은 불행해지고, 불행한 그 내면과 어울리는 옷은 당연히 "옷의 나라"에서 정해 놓은 기준에서 한참이나 벗어난다. "깨진 어항"이나 "버려진 가방"처럼 도무지 옷이라고 인정받을 수 없는 옷을 상상하는 지경에서 밤새 하늘을 나는 환상으로 넘어가는 장면은 당연하고도 자연스럽다. 현실에서 상처가 되는 지점이 환상에서는 비상이 되는 지점으로 둔갑하는 것 역시 익숙하다면 익숙한 풍경이다. 문제는 환상이 아니라 현실이다. 환상의 풍경이 어떠하든 현실은 변치 않는 실존의 문제로 남아 있다. "낮을 사랑한 별자리"처럼(「적화(摘花)」), 잘못 튀어나온 못처럼, 제가 있을 곳에 제대로 있지 못하는 자는 계속 질문하는 자리에서 방황한다.

인간에게 허락되는 옷은 왜 한 가지 모양밖에 없는가? 아니면 인간에게 주어지는 자격은 기존의 옷에 들어갈 수 있는가 없는가와 같은 두 종류밖에 없는가? "인간이 가질 수 있는 색"이(「컬러풀」) 저마다 다르듯이 인간이 선택할 수 있는 옷도 저마다 다르다. 그뿐인가. 옷으로 표상되는 개성과 정체성도 저마다 다를 수밖에 없다. 저마다의 성격과 기질이 다를 수밖에 없음에도 개개인에게 적용되는 분류 체계는 늘 한정된 가짓수에 묶여 있다. 기준에 따라 둘 혹은 셋으로, 넷 아니면 다섯으로, 많게는 수십 가지로 갈라지는 분류 항목의 숫자는 중요하지 않다. 아무리 합리적이고 정교한 기준을 정하더라도 개개 인의 실존을 다 설명해 줄 수 있는 분류 체계는 불가능할뿐더러 불 필요하다. 분류 체계 자체가 일정한 기준에 따라 비슷한 성질의 것끼 리 묶고 다른 성질의 것끼리 나누는 작업을 전제로 하기 때문이다.

분류 체계상 '나'와 아무리 비슷한 성질로 묶이는 이들이라고 하 더라도 그들과 '나'는 엄연히 다른 존재다. 물론 그들끼리도 다른 존 재다. 다른 분류 체계를 들이대면 또 다르게 묶이고 갈라질 이들이 임시로 머물러 있는 곳에 '내'가 있고 타인이 있다. 우리는 이러저러 한 분류 체계가 주는 편의성 때문에, 혹은 소속감이나 안정감 때문 에 자진해서 분류되는 길을 택하는지도 모른다. 설령 자신이 속한 부류가 극소수의 희귀한 유형일지라도, 그것이 분류 체계에서 나온 결과물이라면 묘한 안도감을 느낀다. '내'가 어디어디에 속한다는 안 도감. 이것 때문에라도 절박하게 매달리는 것이 또한 온갖 분류 체 계일 것이다.

그러나 분류는 분류일 뿐 그 자체 '나'의 특성이나 고유성을 대변 해 주지는 못한다. 특정한 분류 체계를 넘어 이 세상에 존재하는 모 든 분류 체계를 동원하더라도 '나'라는 한 개인의 정체성을 특정하 는 결과물은 얻지 못할 것이다. '나'의 정체성이 모든 분류 체계의 합 을 넘어서서 존재하는 무엇이라면, 그 무엇을 설명할 수 있는 방법 은 무엇일까? 혹은 그 무엇에 근접하는 언어라는 것이 있을까? 있다 면 어떤 것일까? '나'의 정체성과 직결되는 언어가 어떤 것이라고 얘 기하기 전에, 적어도 그것이 기존의 분류 체계에서 나오는 언어와는 상당 부분 결별하는 언어여야 한다는 점은 분명해 보인다. 기존의 언어와 결별하는 지점에서 탄생하는 언어. 어쩌면 그것이 '나'의 정체성과 연동하는 언어이면서 한편으로 저마다의 기질과 성격에 충실한 시의 언어일 것이다. '나'의 언어는 기존의 언어와 달라야 한다는 생각에서 싹트는 문장 하나하나가 시로 넘어가는 과정에는 그러나 많은 용기와 각오가 필요하다. 그만큼 순탄치 않은 여정이 기다리고 있다는 말도 되겠다.

특히 분류 체계상 어디에도 속하기 애매하거나 극소수에 속하는 이들에게 들이대는 시선이 차이를 인정하는 시선이 아니라 차별이나 억압, 폭력을 내장한 시선이라면, 그러한 시선을 감내해야 하는 자의 내면은 결코 평온할 수가 없다. 더구나 성별이나 인종, 계급처럼 뿌리 깊은 고정관념에서 비롯된 차별과 냉대의 시선이라면, 거기서 자유로울 수 있는 영혼이 얼마나 될까? 이때부터 영혼은 몸부림치고 내면은 요동치는 것을 거듭한다. 기존의 체계와 언어와 시선에 갇혀서 질식하지 않기 위해서라도 발버둥 쳐야 하는 언어. 그것은 한편으로 '내'가 '나'로서 "살아 있으려는 색"을 품고 있는 언어다(「컬러풀」). 지난한 여정이 예고된 그 길에서 먼저 만나게 되는 풍경은 정현우의 시에서 가장 절실하게 맞닥뜨리는 실존의 풍경이기도 하다. 아래의 시를 보자.

오늘은 달팽이가 여자가 될 수 있을 것 같아서
내가 키운 물음표를
다 갉아 먹을 수 있도록 내버려 뒀다.

아빠가 말했지
너는 이상한 짐승을 기르는구나,

처음부터 이상한 인간은 없는데

너는 왜 그 모양이니,

생기다 만 도형에 가까워지는 것을
생각한다.

모가 난 것들은 미끄러지지 않는데
플라스틱으로 축조된 사육장

치설을 이만 개나 가진 달팽이가
사람을 갉으면 무슨 모양일까

남성과 여성을 지우고 나서야 나는
웅덩이 속,
나무를 베고 잠이 들었다.

　　　　　　　　　　　　　　　　　─「달팽이 사육장 1」 전문

　알다시피 달팽이는 암수한몸의 동물이다. 사전적인 뜻 그대로, 한 개체에 암수 두 생식기관을 다 갖춘 이 동물이 "왼쪽과 오른쪽 슬픔의 얼굴"이 다르고(「밥알을 넘기다 수저를 삼키면」) "오른손의 가지와 왼손의 가지가 다르게" 적히는(「손금」) 이의 내면을 단순히 비유적으로 받아 주는 장치로만 읽히지는 않는다. 남자면 남자고 여자면 여자라는 세간의 통념으로는 설명될 수 없는 한 사람의 정체성을 온몸으로 받고 있는 동물이 이 시의 달팽이다. 화자의, 혹은 시적 주체의 성

정체성을 정면으로 받고 있는 생명체라고 해도 좋겠다. 물론 화자·주체의 전신을 투사한 달팽이 앞에 손쉬운 이해의 길이 기다리고 있지는 않다. 가장 가까운 육친조차도 고개를 젓는 듯한 태도는 세상의 통념이 반영된 태도이면서 화자 자신에게도 내면화되는 태도일 것이다. "너는 왜 그 모양이니"라는 아버지의 발언은 화자의 내면에서도 "죽을힘을 다해/잘못 태어난 것"에 대해 고민하고 질문하게 만든다(「빙점」).

그러나 애초부터 답이 나올 수 없는 질문을 계속해 봤자 갉아 먹히는 것은 자기 자신이다. "치설을 이만 개나 가진 달팽이"는 화자의 대리물이기도 하지만, 한편으로 끊임없이 화자 자신을 갉아 먹는 존재이기도 하다. 결과적으로 "내가 키운 물음표를/다 갉아 먹을 수 있도록 내버려" 둘 수밖에 없는 달팽이는 한 사람의 고통스러운 자화상을 대신하면서 시집 곳곳을 정체성에 대한 질문과 고민을 동반하는 장면으로 바꿔 놓는다. 가령, "끝없이 바깥을 쌓아도/세워지지 않는 나의 성 안에서/얼굴 없는 여자가/또각또각 걸어나간다"(「여자가 되는 방 1」), "잠은 둘이 자는데/왜 두 가지 성을 가질 수 없을까.// 허용되지 않는 나의 태초"(「여자가 되는 방 2」), "여자인지, 바람인지,/사람인지//나의 변주는//불변성"과(「달팽이 사육장 2」) 같은 대목. "두 가지 성"이 한 몸에서 동거하는 자의 괴로운 응시는, 「Drag queen」에서처럼 또 다른 분류 체계에 자신을 의탁하는가 하면("그때엔 세 종류의 성이 있었대"), "여자와 남자를 구분하는 시간은/빛을 오리는 검은 가위질"처럼(「인면어」) "남성과 여성을 지우"면서 그 경계를 무화하는 방향으로 나아가기도 한다.

달팽이와 같은 암수한몸의 존재는 이때도 구원군처럼 등장한다. "지렁이를 잡아 올리는 일은 성(性)이 없는 것들을 만지는 일"(「진화」), "나는 앉아서 오줌을 누는 천사로 태어났으니,/성기를 모두 가진 은행나무", "할머니는 여자가 아니고, 사람도 아니고, 어느 쪽으로 기울어 있는지 궁금해, 작두날을 얼굴에 대고 연풍을 돈다"에(「강신무」) 등장하는 지렁이, 은행나무, 무당 등이 그 사례다. 빙의하듯이 투사하는 사물이 늘어나는 만큼 화자·주체 자신의 번민도 강도를 더해 간다. "사람이 죽으면 여자일까 남자일까"(「여자가 되는 방 1」), "성별이 없는 것들은/죽기 직전의 얼굴"에서(「항문이 없는 것들을 위하여」) 엿보이듯, 그 번민은 죽을 때까지 내려놓지 못할 짐에 가깝다. 이는 죽기 전까지 기존의 언어로 된 분류 체계를 벗어날 수 없다는 말이기도 하다. 벗어날 수도 없고 결별할 수도 없다면 남는 것은 마찰이다. 기존의 언어와 마찰하는 언어, 기존의 체계와 끊임없이 불화하는 언어.

세상의 논리를 받아들이되 순순히 받아들일 수는 없는 노릇을 정현우의 시에서는 상당 부분 '귀'가 담당한다. 그의 시에서 가장 예민하게 작동하는 감각기관이기도 한 '귀'는 일견 세상을 이해하려는 기관이면서("나의 바깥을 엿듣는 귀들이 생겨나/나는 나의 바깥을 떠돌았다", 「도깨비바늘」), "밤새 귀를 기울여도 무너지는 것들만 있어"에서(「소멸하는 밤」) 확인되듯, 손쉬운 이해를 거부하면서 내내 "멀미를 앓고" 있는 기관에 해당한다(「수묵」). "주어진 것들을 이해하기 위해"서라도 "더 많은 귀를 잘라야" 하는 것이 마땅하겠으나, 정현우 시의 화자는 그렇게 순순한 길을 보여 주지 않는다. 차라리 고양이 "묘묘"처럼 "귀들을 모조리 모아/개구멍에 가져다" 버리는 쪽을 선택한다(「묘묘」). 바깥을 향해서는 더 엿들을 것도 귀담아들을 것도 없는 상황이라면, 남아 있는 방향은 안쪽이다. "인간의 안으로만 자라는 귀"는 그렇게 탄생한다(「귀와 뿔」). 그리고 이 지점에서 정현우 시의 특징적인 이미지 하나가 발생하는데, 바로 소용돌이 이미지다.

　귀의 내부 모습과 묘하게도 닮은꼴인 소용돌이 이미지는 시집 구석구석을 파고들면서 흔적을 남긴다. "왜 한곳을 오래 보면 소라가 되는 걸까"(「소라 일기 1」), "어둠이 원 속으로 들어간다./빛이 가라앉는다"(「오르골」), "슬픔은 오른쪽이야,/기억을 나사처럼 돌려"(「소라 일기 2」), "돌아갈 마음이 없고 오른쪽으로 소용돌이치는 비"(「진화」), "깊숙이 어둠을 벗기면/빛의 시작은 양파의 생물성,/소용돌이를 그리다 멀지 않은 곳에 멈춘다"(「파랑의 질서」), "밑그림 없이 자라는 성체를/연필깎이 구멍 속에/집어넣는 생각"(「인면어」) 등에서 발견되는 소용돌이 이미지는, 답이 나오지 않는 질문 앞에서 혼자서 번민하는 자의 심리가 극적으로 형상화된 사례이기도 하다. 마치 백지 앞에서 아무것도 쓰지 못하다가 어지럽게 그려 대는 동그라미 낙서처럼 생긴 소용돌이. 구조적으로 귀를 쏙 빼닮은 이 소용돌이 이미지는 귀와 마찬가지로 안팎으로 두 가지 운동 방향성을 보인다.

　먼저 안쪽의 방향. "나를 당기는/붉은 실"이 "끝없이 이어져 있는"(「배꼽의 기능」) 배꼽을 파고들듯이 내부로 향하는 소용돌이의 언어는 분류 체계로 설명될 수 없는 '나'의 기원을 더듬는 방식을 취한다. 그것은 '나'의 탄생을 가능케 한 모계와 부계 양쪽의 뿌리를 다 더듬어 올라가는 일이기도 하다. "엄마는 언제부터 엄마였는지 엄마는 뭘 잡아먹고 엄마가 된 건지"(「주말의 명화」), "집에 갈 시간이야, 자작나무 숲에서 삐져나온 그림자는 물보라를 일으킨다, 엄마로 거슬러 가는 길이야"가(「인어가 우는 숲」) 모계를 더듬어 올라가는 길을 보여 준다면, "할아버지의 커다란 귀에/웅얼거리는 아버지를 보았다.//아버지의 귀에 대고/물어도 될까"는(「겨울 귀」) 부계를 헤집고 올라가는 사례에 해당한다. 부계든 모계든 그것의 뿌리에는 인간의 기원이 놓일 것이고, 두발짐승과 네발짐승의 기원이 놓일 것이고, 마침내 바다에서 시작한 생명체에까지 기원은 타고 올라갈 것이다. "물속에서 탯줄로 숨 쉬는 법을 배웠다지만, 배 속을 뒤집으면 은색 아가미가 떨어져 나오겠지, 아가미를 만지면 태초의 노래를 잃어버렸다는 생각"에(「사람은 물고기처럼 물속에서 숨 쉴 수 없나요」) 이르기까지 기원을 탐색해 들어간 끝에서 발견되는 것은 역설적이게도, 아니 당연하게도 아무(것)도 없는 상태다. "엄마를 벗긴다. 엄마는 없는데 양파들만 굴러 나온다. 엄마가 있어서 양파를 던지는 일요일. 양파는 속이 없다"에서(「주말의 명화」) 보이는 아무것도 없음의 상태는 달리 말하면 점의 상태다. 모든 색을 섞은 "거대한 검은색 미침표"로서의 점이면서(「여자가 되는 방 1」), "점으로 떠돌다 사람으로 점지되었을 때"를 미리 품고 있는 점의 상태(「점(占)」). 그러나 아무것도 없는 것과 마찬가지인 점의 상태가 곧바로 '나'의 정체성으로 환원되지는 않는다. '나'의 정체성은 기원을 향해 더듬어 올라갈수록 보편성을 얻는 대신 특수성을 잃는다. 고유성을 잃는다고 해도 좋겠다.

기실 '나'의 기원에는 '나'의 기원만이 존재하지는 않는다. '나'의 기원은 누구나의 기원이면서 모든 것의 기원이 되는 순간 '나'를 버린다. '나'의 현재를 버리고 '나'의 실존을 버리는 지경까지 올라간 기원은 사실상 '나'의 정체성과 무관한 기원이다. 너무 먼 기원은 오히려 '내'가 아니라는 점에서 소용돌이의 언어는 방향을 튼다. 남아 있는 소용돌이 언어의 두 번째 운동 방향은 이제 외부를 향한다.

눈 내린 숲을 걸었다.
쓰러진 천사 위로 새들이 몰려들었다.
나는 천사를 등에 업고

집으로 데려와 천사의 이마에

물수건을 올렸다.

날개에는 작은 귀가 빛나고 있었다.

나는 귀를 훔쳤다.

귀를 달빛에 비췄다.

다가온 천사에게

나는 말을 배웠다.

두 귀,

두 개의 깃.

인간의 귀는 언제부터 천사의 말을 잊었을까.

(중략)

목소리를 들으려 할 때

귓바퀴를 맴도는 날갯짓은

인간과 천사의 사이

끼어드는 빛의 귀.

불이 매달려 있다고 말하면

귓불을 뿔이라고 말하면

두 귀,

두 개의 뿔.

천사가 고개를 돌렸다.

남은 왼쪽 귓불을 건넸다.

―「귀와 뿔」 부분

귀로 표상되는 소용돌이의 내부가 기원을 향한다면, 소용돌이처럼 생긴 귀의 외부에는 천사가 있다. 그런데 눈 내린 숲에 쓰러진 천사를 데려와서 보니, 천사의 날개에도 작은 귀가 달려 있다. 날개와 귀가 연결되는 장면 다음에 나란히 등장하는 "두 귀"와 "두 개의 깃"은 의미상으로도 발음상으로도 자연스럽게 호응한다. 또한 '귓불'에서 '불'은 '뿔'로 발음되므로 "두 귀"와 "두 개의 뿔" 역시 자연스러운 대구를 보인다. 천사의 '날개=귀'에서 비롯된 '깃'과 '뿔'은 앞서 세상의 논리를 받아들이되 순순히 받아들일 수 없었던 화자의 귀가 유일하게 받아들이고 싶은 사물이기도 하다.

여기서 '깃'을 비상의 이미지로, '뿔'을 지향의 이미지로 다시 받는다면, 결과적으로 귀를 통해서 이 시에서 표출하고자 하는 욕망은 비상과 저항으로 집약된다. 세상의 언어를 일방적으로 수렴해야 하는 귀가, 혹은 세상의 논리에 일방적으로 순응해야 귀가 비상과 저항의 창구로 변신하는 이 대목에서, 현실에서 가장 억압받는 부분이 환상에서 가장 눈부시게 돌출되는 지점으로 화하는 광경을 재차 확인할 수 있다. 비상하면서 자유롭고 싶고 저항하면서 이탈하고 싶은 욕망을 바닥에 깔고 있는 정현우 시의 환상은 "모든 슬픔을 한꺼번에 울 수는 없나"라고(「아, 나는 죽은 사람」) 끊임없이 되묻는 자의 '슬픔'에 기반한다. 그것은 세상의 어떤 언어와 체계로도 설명될 길이 없는 자의 '슬픔'이기도 할 것이다.

설명될 수 없으므로 안으로는 자신의 기원을 묻고 밖으로는 자신의 천사를 찾는 자가 몸부림치듯 소용돌이를 일으키며 발생하는 언어. 보이지 않는 자신의 뿌리를 상상하는 언어이면서 들리지 않는 천사의 말을 기억하려는 언어의 소용돌이. 그것이 어쩌면 정현우 시의 지극한 현실이자 궁극적인 '슬픔'의 표정일 것이다. 말할 수 없는

'슬픔'에서 말할 수밖에 없는 '슬픔'으로, 말할 수 없으면 보여 줄 수밖에 없는 표정으로 묵묵히 '슬픔'을 새기고 있는 자의 얼굴. '슬픔'으로 괴로워하는 얼굴이면서 '슬픔'으로 견디고 있는 그 얼굴이, 시집을 덮으면서 마지막에 남는 인상이자 잔상이자 지울 수 없는 자화상이라는 말을 덧붙여 둔다.

하지 않은 상태로 하는 말의 심연
―최호일 시집『바나나의 웃음』(문예중앙, 2014)

언어는 그림자다. 어떤 대상에 대한 그림자. 혹은 어떤 실체에 대한 그림자. 그림자이기에 언어는 대상 자체가 될 수 없다. 끊임없이 대상 자체를 지시하지만, 그러면서 대상 자체를 대신하기도 하지만, 대상 자체는 아니다. 실체도 아니다. 실체에 다가갈수록 실체에서 미끄러지거나 멀어지는 노릇을 벗어날 수 없는 언어의 한계에 대해선 이미 귀가 닳도록 들어 왔다. 그 한계 때문에 발생하는 언어 특유의 권력에 대해서도. 가령, 언어는 언어를 벗어날 수 없다는 그 한계 때문에 언어와 한 번이라도 접촉한 나머지 모두를 언어로 환원해 버리는 무시무시한 자장도 함께 거느린다. 언어는 언어와 접촉되기 이전의 세계에 대해선 철저히 침묵하지만, 완벽하게 무지한 상태로 침묵하지만, 그 침묵은 털끝 하나라도 건드려지면 곧바로 입으로 변신한다. 잡아먹는 입이자 떠들어 대는 그 입 앞에서 언어가 되지 않고 버티어 낼 대상은 없다. 실체도 없다. 언어는 언어에 닿는 순간 나머지 모두를 언어로 만들어 버린다. 언어는 혼자 있으면서 나머지 모두를 포괄한다. 무소불위의 독불장군. 그러므로 언어가 되지 않는 나머지는 사실상 없다고 해야 할 것이다. 왜냐하면 그것이 무엇이든 언어가 아닌 것은 언어로 발견되는 순간부터 이미 언어이기 때문이다.

그리고 우리는 언어의 세계에 산다. 언어의 세계를 살고 언어의 세계를 떠들면서 살고 침묵하면서도 산다. 언어는 어떤 식으로든 언어로써 우리를 지배한다. 우리가 지배하는 방식으로 우리를 지배하는 언어의 세계에서 어떻게든 벗어나려고 애를 쓰는 자. 그 또한 언어 공화국의 충실한 시민으로서 범죄를 궁리하는 자일 뿐이다. 언어로 죄를 짓고 언어로 처벌받는 것을 기꺼이 감수해야 하는 자를 비웃는 자가 있다면 그 또한 언어로 비웃는 자일 것이다. 그러므로 우리에게는 우리가 전부인 것 이상으로 언어가 전부다. 그것을 벗어나는 자는 이미 죽은 자이거나 아직 태어나지 않은 자로서 다시 언어에 포섭된다. 언어에서 예외를 기대하기란 이토록 어렵고 사실상 불가능하다.

한낱 그림자 주제에 이토록 막강한 힘을 발휘하는 언어의 또 하나 공교로운 지점은 그것이 빈틈없이 우리를 에워싸고 있는데도 정작 우리가 붙잡을 수는 없다는 데 있다. 그것은 손에 잡히는 순간, 손에 잡혔다고 인지하고 말하는 순간 이미 달아나 있다. 우리 손에 있다고 말하는 순간 우리 손에 없는 그것은 그러므로 한없이 가까운 동시에 먼 존재다. 피부와 다름없이 붙어 있고 공기와 다름없이 우리의 순간순간을 지탱하는 존재이면서도 정작 그것을 붙들려 할 때는 백만 광년이나 떨어진 빛처럼 멀고 아득하고 가물가물해진다. 빛이라고 생각하는 순간 세상 어느 빛보다 어두컴컴해지는 빛. 어둠이라고 해도, 행여 그림자라고 해도 달리 할 말이 없는 그 빛이 언어다. 언어는 그림자로서 우리 곁에 머물면서 또 떠난다. 언제 그랬냐는 듯 달라붙는 동시에 곧 떠난다. 떠났다 싶으면 또 어느 사이엔가 곁에 와서 맴도는 언어. 머묾과 떠남이 시시각각 교차하는 언어는 그러므로 우리와 한 몸이 될 수 없다. 우리를 이루면서도 결코 우리가 될 수 없는 저것을 멀다고 해야 할까, 가깝다고 해야 할까. 단정할수 없는 상태로 우리는 언어를 본다. 언어가 우리를 본다.

한방을 쓰면서도 동거인이라고 말하기 곤란한 저 언어를, 남남이면서도 얼기설기 관계로 점철된 언어의 저 이상한 속성을, 뭐라고 규정하기 전에 그대로 받아들이는 방식으로 언어를 살고자 하는 이들이 있다. 뭐라고 단정(斷定)할수록 단정(端正)해지지 않고 오히려더 풀어져서 날뛰는 언어의 야생성을 그대로 받아들이면서 자기 것으로 취하는 이들. 비유컨대 개가 아니라 고양이를 길들이는 방식으로 언어와 동거하려는 그들이 어쩌면 시인 아닐까. 언어의 야생성을 야생성 그대로 받아들이면서 동거하는 방식을 찾는 이들의 언어가 어쩌면 시 아닐까. 우리가 누군가의 시를 읽으면서 생동감과 이물감을 함께 느끼는 이유도 어쩌면 시의 저 이중적인 야생성에서 찾아야할 것이다. 받아들임과 길들임이 동시에 진행된 야생성 덕분에 시의 언어는 여전히 신선함과 불편함이 함께 살아 있는 언어로 우리에게 온다. 역으로 말하자면 누군가의 시를 읽기 위해서 감수해야 하는 것도 저 두 가지다. 신선함과 더불어 불편함, 생동감과 더불어 이물감을 각오하지 않고서는 취할 수 없는 시 읽기의 현장에서 야생에 가까운 또 한 권의 시집이 도착했다는 소식을 들었다.

*

최호일 시인의 첫 시집 『바나나의 웃음』을 펼친다. 표제작이 된 첫 시부터 마지막 시 「마야」까지 읽고 난 다음의 첫인상 역시 두 가지였다. 생동감과 이물감, 신선함과 불편함이 동거하는 시집. "바나나의 웃음"이라는 제목에서 엿보이듯 한없이 미끄러지는 언어가 자유자재로 부려지면서 때로는 경쾌한 언어의 몸놀림을, 때로는 경쾌함이 지나쳐 미처 문맥을 좇아가기 힘든 보폭으로 건너뛰는 언어의 난경을 보여 주는 시집. 신선함과 불편함이 공존하는 저 세계를 어떻게 읽어야 하는가를 두고 고민한다. 자칫하면 투박한 손으로 유리처럼 얇은 언어의 집을 깨뜨려 버릴 수도 있고 또 자칫하면 그 손이 날카로운 언어의 발톱에 찢길 수도 있으므로. 아직 저 언어는 길들지 않은 야생의 언어다. 길들되 야생성을 잃지 않은 고양이와 같은 언어다.

다시 고양이를 대하는 자세로 시집을 펼친다. 그러고 보니 이 시집에는 유독 고양이가 많이 등장한다. 왜 고양이일까? 개도 아니고 돌고래도 아니고 하필이면 고양이가 많이 등장하는 걸까? 이유를 밝히기 전에 고양이가 등장하는 장면부터 살펴보는 게 순서겠다.

밤을 말하려다가
건반 위로 뛰어오르는 고양이를 이야기했다

고양이를 만나려면
고양이의 기분과 피아노가 필요하다
　　　　　　　　　　　　—「기분으로 된 세계」 부분

우선 주목할 것은 고양이가 밤 대신에 등장했다는 점이다. 밤은 어둡다. 밤은 검은색이다. 검은색 밤을 대신하여 고양이가 등장하는 장면은 사실 이 장면 하나로 그치지 않는다. 꼭 밤이 아니더라도 검은색을 대신하거나 검은색과 인접하여 등장하는 고양이는 시집 곳곳에서 발견된다. "고양이같이 까만 열두 시가 있고"(「열두 시에 다가오는 것」), "검은 고양이가 검은 바지를 입고 검은 우산을 쓰고 오는 것처럼"(「흩어진 말」), "밤이 끝난 뒤 (중략) 멀리 있는 고양이 울음이 냄비 속으로"(「슬픔의 유래」) 등이 그 사례다.

이제 고양이를 둘러싼 검은색에 대해 생각해 보자. 모든 색이 누적된 검은색은 한편으로 모든 색을 감추고 있는 색이다. 감추고 있으니 속을 알 수 없는 색이며 파헤칠수록 겹겹이 다른 색이 나오는 미지의 색이다. 말하자면 검은색은 타자의 색이다. 검은색을 둘러쓰고 등장하는 고양이 역시 이 시집에선 타자의 다른 말일 터, 영원히 다른 말과 다른 정체와 다른 세계 속에 속해 있다가 가까스로 건너오는 동물. 건너왔지만 여전히 검은색인 동물. 타자와 다름없는 이 동물을 만나기 위해서 혹은 이해하기 위해서 필요한 것이 앞서 인용한 시에서는 "고양이의 기분과 피아노"라고 했다. 이때 '기분'과 '피아노'는 동격의 말이다. 그때그때 달라지는 기분만큼이나 고양이 고유의 보법과 탄주법으로 연주되는 피아노 역시 일정한 법칙과는 무관할 것이므로. 다분히 즉흥적인 고양이의 기분과 피아노는 그럼에도 고양이를 만나기 위해서는 반드시 받아들여야 할 필요조건이다. 즉 타자를 이해하기 위해서는 타자의 저 알 수 없는 리듬을 익혀야 한다는 말일 텐데, 그것이 어디 그리 쉬운가. 타자의 리듬에 맞춘다는 것. 그것은 자신의 리듬을 새롭게 만드는 일만큼이나 지난한 일이며, 사실상 불가능한 일이다. 가능한 일이었으면 타자가 영원히 미지의 상태로 남았을 리도 없으니까. 타자는 영원히 미지인 동시에 흡수 불가능한 리듬으로 우리에게 온다. 그것을 어찌 붙잡을 것인가. 그것을 어찌 따라잡을 것이며 그것을 또 어찌 말할 수 있을까.

그것은 불가능 자체다.

*

불가능 자체인 타자에 대한 사유가 곤경과 난경으로 치달을 수밖에 없음을 보여 주는 대목은 시집의 초입부터 등장한다. 「시인의 말」에서 시인은 말한다. "깊이를 알 수 없는/어두운 구멍 속으로/손을 밀어 넣는다/손이/구멍처럼 어두워지고/두려워진다". 여기서 "깊이를 알 수 없는" "어두운 구멍"은 앞서 언급한 검은색의 다른 표현이면서 타자의 다른 말이다. 타자를 만지기 위해, 혹은 더듬기 위해, 혹은 붙잡기 위해 밀어 넣는 손이 결과적으로 타자와 다름없는 구멍이 되어 버리는 사태. 구멍에 묻혀서 구멍처럼 어두워지고 구멍처럼 두려워지는 사태는 시집 전반에 걸쳐 변주되어 나타난다. 구멍을 대신하여 때로는 어둠으로 때로는 그늘로 때로는 그림자로 변주되는 저 허방의 세계는 붙잡으려 할수록 헛손질만 남는 세계. 심지어 그러한 손을 분실한 채 되돌아 나와야 하는 세계. 실제로 「시인의 말」 말미에 붙어 있는 "손이 내 몸을 떠났다/그곳에 두고 온 것 같다"는 발언이 환기하는 비를 따라가면 이런 유추도 가능하리라. 우리는 어쩌면 타자를 더듬는 그 손을 영원히 분실한 채로 더듬고 있는지도 모른다. 아니면 이미 타자가 되어 버린 그 손으로 타자를 더듬고 있는지도.

타자를 더듬는 도구로서의 손 역시 타자가 되어 버리는 사태 앞에서 우리가 실망해야 할 사실은 또 있다. 다름 아닌 그 손의 주체인 '나' 역시도 타자라는 사실. '나' 역시도 여전히 미지이자 미궁이라고밖에 할 수 없는 타자의 세계라는 사실. 어쩌면 다른 무엇보다도 더 지독한 타자의 세계인지도 모른다는 사실. 가장 어둡고도 검은 세계로서의 '나', '나'라는 타자는 그리하여 "내 몸은 모르는 사람들이 더 많이 다녀간 곳"이자(「장지동 버스 종점」) "나는 나로부터 가장 먼 어제"로서의 '나'이며(「태어나는 벽」), "자신이 새인 줄 모르고 새처럼 날아가"는 존재인 것이다(「새가 되는 법」). 그러므로 혹시라도 '내'가 무언가의 기원이자 근원을 이루는 거처라면, 그곳을 찾아가려는 모든 시도는 좌절되는 숙명을 벗어날 수 없을 것이다. '나'를 찾아가는 모든 탐색의 결과 보고서는 그래서 다음 한 문장으로 충분하다. "나는 늘 없고, 내 옷을 입고 있는 것 같다"(「일 분 동안 우산」). '나'에게 맞는 옷이든 맞지 않는 옷이든 상관없이 옷은 '나'를 타자로 감싸 안는 동시에 확정하는 지시물이다. 이때 중요한 것은 그 옷 속에 '내'가 들어 있지 않다는 사실이다. '내' 옷을 입고 있다지만 그전에 '내'가 먼저 '늘' 없다는 사실. 그러므로 옷 속에 든 '나'를 만나기 위해 옷 속을 들추어보고 벗겨 본들 '나'는 이미 '늘' 없다. 없는 존재로서의 '나'를 지탱하는 것은 그나마 옷이다. 옷이 있어 '나'는 타자로서 존재하는 것이다. 타자로나마 존재하는 '나'를 확인하기 위해 옷을 없애면 '나'는 다시, 없는 존재가 된다. 옷과 함께 사라지는 존재이기에 '나'라는 허상을 새삼 본질처럼 여기고 접근하는 태도 역시 실패가 되거나 허구가 될 수밖에 없다.

이러한 결론은 옷의 자리에 그림자를 집어넣어도 마찬가지다. 앞서 미지의 공간이자 타자의 형상물로 언급된 구멍의 연장선에서 그림자 역시 그 자체 타자이면서 '나'를 영원히 타자로서 세워 두고 묶어 두는 역할에 충실한 사물이다. 그림자 때문에 '나'는 타자일 수밖에 없지만 한편으로 그림자 덕분에 '나'는 타자로라도 존재한다. 「정전」에 나오는 "그림자가 사라졌으므로 나는 유일하게 되고"라는 표현은 그런 점에서 조심스러운 판단을 요한다. 그림자 없이는 '나'도 없기 때문에, 그림자가 사라지면 '나'는 유일하게 '남는' 무엇이 되는 것이 아니라 유일하게 '없는' 무엇이 된다고 봐야 옳을 것이다. 그림자로 인해 유일하게 존재하는 무엇이자 유일하게 사라지는 그 무엇으로서의 '나'. '나'라는 타자는 그림자라는 타자를 등에 업고 산다. 타자로 해서 똑바로 서는 타자의 세계. 타자가 타자로 지탱되고 타자가 타자로 지시되는 세계는 '나'를 비롯하여 모든 기원이 되는 자리를 비워 놓는다. 모든 기원의 자리에 기원-없음의 기호만 남기는 것이다. "콜라를 그리워하며/콜라를 사러 아프리카로 가"고(「경제적인일」), "바나나//네가 있는 곳을 알려"(「바나나의 웃음」) 달라며 끝없이 바나나를 호명하지만, 돌아오는 것은 '콜라'라는 텅 빈 기호와 '바나나'라는 미끄러지는 이름밖에 없는 세계. 매일같이 만지지만 매일같이 손에서 빠져나가는 비누와도 같은 세계. 그것은 가깝고도 먼 '나=타자'의 세계이자 그대로 언어의 세계다. "너무 멀리 떨어져 있어서//내 입은 내 입속을 먹지 못한다"고(「내 입속은」) 할 때의 그 입과 입속의 관계는 마치 동전의 양면처럼 한 몸에 붙어 있지만 결코 만날 수 없는 기표와 기의, 기표와 기표, 기호와 기호의 운명을 한꺼번에 환기한다. 아울러 허방처럼 텅 비어 있는 세계이자 허공처럼 무엇이든 될 수 있는 세계를 함께 껴안는다.

　　　허공을 걸어 다닐 수 있다면
　　　모든 계단은 지워지고
　　　계단을 청소하는 사람들도 실직할 확률이 높다

　　　5번과 6번 계단 사이에 넘어진 저 여자도

나도
조만간 사라질 것이다

하늘을 날던 새가
어느 계단에 부딪쳐 울 것이다

우린 왜 아빠가 없어요?
어린 새가 물었다
하늘 모서리에 부딪쳐 죽었다
너도 허공을 조심해라

—「허공」 전문

　허방이 도달 불가능한 세계라면 허공은 무엇으로든 변신이 가능한 세계다. 여기서는 계단으로 변신했다. 물론 계단이 허공으로 변신했다고 해도 상관없다. 계단에서 허공으로, 허공에서 계단으로, 둘 중 어느 방향의 변신에 더 무게를 싣느냐에 따라 사람이 난데없이 공중에서 사라질 수도 있고 새가 날카로운 모서리에 부딪혀 죽을 수도 있다. 중요한 것은 변신의 방향이 아니다. 변신의 가능성과 잠재성이다. 이를 형상화하기 위해 동원된 것이 허공이며, 허공은 그 자체 아무런 실체도 없으면서 의미를 가지고, 음소 하나만 달라져도 의미가 바뀌는 언어 공간을 그대로 구현한다. 그곳은 허방과 다름없이 비어 있으면서 동시에 무엇이든 될 수 있는 공간이다.
　이처럼 언제든지 무엇으로든 변신이 가능한 언어 공간으로서의 허공은 한편으로 최호일 시에서 허다한 기표들이 미끄러지는 동시에 널뛰기하는 근거와 배경을 마련해 준다. 무엇이든 될 수 있다는 것은 무엇으로도 고정되지 않는다는 점에서 가능성과 잠재성의 세계는 곧 불확정과 미확정의 세계라고 할 수 있다. 허공과 언어가 공유하는 이러한 세계의 속성은 확정될 수 없기에 미끄러지고 미끄러지면서 어디에도 안착할 수 없는 불안한 이미지를 동반한다. "불안해지는 바나나"(「바나나의 웃음」), "불안을 머금은 유선사들"(「비누」), "나무가 불안해"처럼(「당신들의 취향」) '불안'이라는 단어가 직접 제시된 사례만 해도 여럿인데, 이때 눈여겨볼 지점은 불안이 표출되는 빈도수가 아니라 불안을 둘러싸고 있는 어떤 풍경일 것이다. 시인의 내면 풍경이라고 해도 좋을 그 풍경은 어떤 고정된 장면을 거부한다. 그것은 "나도 모르는 사이" 태어나고 "사라진 시간"에 어울리는 장소이며(「장지동 버스 종점」), "구름 뒤의 구름이 보이고" 곧바로 "구름 다음이 사라"지는 순간을 불편하지 않게 받아들여야 하는 공간이다 (「좋은 말」).

최호일 시의 언어 풍경이자 그 자체 세계의 풍경이기도 한 그것을 떠받치는 토대는 물론 불안의 정서와 불확실성의 세계관이다. 불안하고 불확실하기에 '너'는 물론이고 '나'도, '나'는 물론이고 언어까지도 온통 알 수 없는 타자가 되어 버리는 세계. 따지고 들면 타자 아닌 것이 없는 세계를 고스란히 이어받는 사물이자 이미지로 돌출되는 것이 그의 시에서는 구멍이다. 파고들수록 어두워지는 구멍. 아니면 붙잡을수록 미끄러지는 그림자. 바로 곁에 있어도 움켜쥘 수 없는 그것들을 향해 더듬더듬 나아가는 손의 행적이 곧 최호일 시의 행보이며, 그만의 첨예한 시적 인식이 돋보이는 지점도 바로 거기서 발견된다. 결과적으로 구멍에 함몰되는 손, 그림자에 묻히는 손이 될지라도 허방을 향해서 그리고 허공을 향해서 한 번 더 손을 뻗어 보는 데서 발생하는 그의 시를 조금 더 파고들어 보자.

*

　"손은 몸의 맨 처음 시작이며 그 맨 끝에 있다"는(「손에 관하여」) 발언에서 엿보이듯 최호일의 시에서 손에 대한 관심은 유별난 구석이 있다. 유별나다 못해 때로는 과도할 정도로 많이 등장하고 많이 사용되는 손이 향하는 지점은 그러나 대체로 부정적인 이미지로 모인다. 일단 손이 다가가면 무언가가 박살 난다. 아니면 무언가를 놓치기 쉽다. 그도 아니면 아예 손을 두고 오는 사태. 하나하나 사례를 짚어 보면, 우선 무언가가 박살 나는 사례: "토마토 같은 것이 붉게 터진다 마야의 손에서"(「마야」). 다음으로 무언가를 놓치는 사례: "구름을 지나 컵이 잠시 후 팔 층으로 떨어질 때/너무 잡기 어려워//아래의 컵을 놓치고/컵의 아래를 잡고 있을 때"(「컵」). 마지막으로 손 혹은 손가락을 두고 오는 사례: "하얀 손이 모르고 놓고 간 손가락같이/뇌는 아직 반죽이 덜 된 밀가루처럼 형체가 사라진다 시간의 손목이/물에 풀어져 제자리로 돌아갈 때까지"(「비누」). 셋 다 허다하게 손을 사용하면서도 제대로 된 손의 기능을 못 하고 있다. 가히 손의 실패담이라고 해도 과언이 아닌 저 사례들은 한편으로 무언가를 붙잡으려는 손 고유의 도구적 기능이 실패한 사례이기도 하다.

　이 대목에서 고민할 것은 실패의 이유다. 왜 실패하는 걸까? 최호일의 시에서 도구적 기능의 손은 왜 항상 실패할 수밖에 없는 걸까? 그것은 도구적 손의 문제라기보다 그 손이 붙잡으려는 대상의 문제일 것이다. 도구적 손은 잘못이 없다. 큰 문제도 없다. 다만 조금 서투를 뿐. 문제는 그 대상이 원천적으로 도구적 손으로는 쥘 수도 만질 수도 낚아챌 수도 없는 것이라는 데서 발생한다. 도구적 손으로 도무지 어찌할 수 없는 그 대상은 명백하다. 그것은 거의 실물감이 없는 허공이다. 아니면 허방이거나. 아니면 구멍으로 집약 가능한 그 대상을 토마토로 대신하든, 컵으로 대신하든, 뇌로 대신하든 그것은 잠시 잠깐의 모습일 뿐 궁극적으로는 구멍·허공·허방의 성격이 짙게 깔려 있다. 토마토가 아니라 "토마토 같은 것"에서 감지되는 명명의 불확실성도, "아래의 컵을 놓지고/컵의 아래를 삽고 있을 때"에서 짐작되는 (단순히 컵의 위치 이동이 아니라) 컵과 허공의 형질 변환도, 마지막 인용에서 '하얀 손(가락)=뇌=밀가루'가 한 덩어리처럼 물에 풀어지는 것을 가능케 한 근원 회귀의 상상력도 모두 허공을 기반으로 한 상상력이자 이미지이자 또 사태들이다.

사정이 이러하다면, 허공을 향해 나아가는 모든 도구적 손은 허공에 파묻히는 손이 될 수밖에 없다. 그것은 무언가를 붙잡으려는 손 고유의 목적이자 종착지에 도달하지 못하고 영원히 허공을 헤매는 상태에 놓인다. 자연히 도구적 손과 허공 사이는 좁혀 나가되 결코 좁혀질 수 없는 무한한 거리감으로 채워진다. 최호일의 시에서 종종 이곳과 저곳 사이의 거리가 도달 불가능한 이미지로 채워지는 것도 이와 무관치 않다.

단양을 다낭이라 발음하면 두 곳 사이의 거리는 캄캄하게 지워지지

입술 없는 여자의 얼굴이 점점 다가오는 것처럼
다시 아득해지지
　　　　　　　　　　　　　　　　　　　—「다낭, 단양 연가」 부분

야구 선수들은 정말 베이스를 지나 집으로 무사히 돌아가는 걸까

이런 질문을 던지면 그 구멍 사이로 밤이 온다 어둠을 빛의 오른쪽
얼굴로 이해한다

나로부터 한없이 늘어나는 것이 너는 밤보다 조금 더 길게 어두워지
고 있다 몸에 들어온 조용한 고무줄같이

—「민달팽이」 부분

「다낭, 단양 연가」에서 단양과 다낭은 우연히 혀 짧은 소리로 같은
발음(기표)이 되면서 둘 사이의 거리가 일시적으로 사라질 만큼 밀
착된다. 그러나 사라지는 그 기리를 채우는 색채는 캄캄하다. 깜깜
함은 아득함을 불러오고 아득함은 다시 멀고 먼 나라의 말로 다낭과
단양을 함께 밀어낸다. 다낭과 단양, 둘 사이는 어찌어찌 같은 기표
를 공유하더라도 어쩔 수 없는 심연이 가로놓인 공간인 것이다. "입
술 없는 여자의 얼굴"처럼 어쩌다 무언가가 다가오더라도 아득히 멀
어질 수밖에 없는 그 심연은 「민달팽이」에서도 반복해서 나타난다.
아무리 많은 베이스(기표)를 지난다 해도 결코 집(근원)으로 돌아가지
못하는 존재의 숙명을 되묻듯이 확인하는 문장 다음에 문득 등장하
는 구멍, 그 구멍 사이로 밤이 온다 한들 그 밤 역시 한없이 늘어나
고 한없이 어두워지는 이미지를 떠나지 못한다. 즉 밤(어둠)은 "빛의
오른쪽 얼굴"이라는 상대어로만 겨우 지시될 뿐 그 실체를 드러내지
않는다. 실체를 잡지 못한다면 그것은 손안에 없는 것과 같고 따라
서 한없이 다가오는 동시에 멀어지는 무언가일 뿐이다.

좁히려 하되 결코 좁혀지지 않는 이곳과 저곳, 이 손과 저 허공·
허방·구멍 사이의 거리에 대해 최호일의 시는 두 가지 상이한 태도
를 취한다. 둘 다 극복할 수 없는 거리감을 그대로 흡수하면서 극복

하는 방식이라고 할 수 있는데, 이는 저 앞에서 거론했던 언어의 야
생성을 그대로 받아들이면서 길들이는 방식과도 상통한다. 두 가지
태도 중 우선 하나는 손과 허공 사이에 놓인 심연과도 같은 그 거리
에 그대로 빠지는 방식이다. 빠지면서 심연 자체가 되는 방식.

커다란 손바닥을 치운 것처럼
당신과 내 눈 사이에는 코발트블루가 있다

가슴까지 벅차오르는
가슴까지만 차오르는
그곳에 오래 빠져 죽고 싶은 색깔이 산다

투명한 컵에 담아 던지면 넘치거나 깨지기 쉬운 색

(중략)

그러나 우리는 충분히 어두워져서 집으로 돌아간다

가장 먼 길을 돌아서
물방울을 닦고 한쪽 눈이 없는 색처럼

—「코발트블루」부분

'당신'과 '내' 눈 사이에 있는 '코발트블루'는 "그곳에 오래 빠져 죽
고 싶"을 만큼 한없이 투명한 색깔이지만, 그것은 정작 어딘가에 얌
전히 담겨 있을 성질이 못 된다. 자칫하면 "넘치거나 깨지기 쉬운"

그 색은 함부로 건드릴 수 없는 심연을 함축하며, 따라서 바로 아래서 어두운색과 먼 빛깔로 곧 대체된다. 그렇다면 이 시의 화자는 한없이 투명한 동시에 어두운 심연에 빠져 죽고 싶은 욕망으로 '코발트블루'를 호명한다고 할 수 있다. 이처럼 심연에 그대로 빠지면서 심연 자체가 되려는 욕망이 있다면 한편에는 그와 살짝 다른 방식으로 심연을 극복하고자 하는 손길이 있다. 그것은 심연의 저 너머에 있는, 사실상 실물감이 전혀 없는 어떤 대상을 놓치면서 붙잡는 묘한 방식을 취한다.

> 눈송이가 머리를 만지고 걸어 다닌다
>
> 주부들은 주부가 되기 위해 바쁘다 말없이 그릇을 깰 때도
> 그릇을 깨지 않을 때도
> 개와 주부 사이에 조용히 눈이 온다
> 소년들은 소녀의 예민한 손으로 빚어 만든 얼굴로 웃는다
>
> 잠시 너를 놓쳐야 할 텐데 만져야 할 텐데
> 내 소리를 받아 줘
> 개와 주부와 소년은 눈으로 뭉쳐 만든 시간인데
> 모두 옷을 입고 있을 뿐인데
>
> 손으로 약을 잡았으나 눈사람으로 만들어진 사람처럼
> 손이 나를 놓고 있는 것 같다
>
> ―「조용한 손」 부분

번잡하고 거친 시간을 보내는 개와 주부와 소년 사이에 조용히 눈이 내린다. 개와 주부와 소년 역시 "눈으로 뭉쳐 만든 시간"과 다를 바 없고, "모두 (그림자와 같은) 옷을 입고 있"다는 걸 조용히 암시하면서 내리는 눈. 흥미로운 점은 한낱 그림자와 다름없는 옷일 수 있는 그 눈송이가 "조용한 손"으로 지칭된다는 데 있다. "조용한 손"이 되면서 눈송이는 한없이 부드럽고 섬세한 손길로 변신한다. 그것은 누군가를 놓치는 행위와 만지는 행위를 동격에서 처리하는 손길이다("잠시 너를 놓쳐야 할 텐데 만져야 할 텐데"). 말하자면 놓치면서 만지고 만지면서 놓치는 행위를 동시에 수행하는 손길. 그것은 이제까지의 도구적 기능의 손으로는 결코 잡을 수도 건드릴 수도 없었던 심연의 세계를 어루만질 수 있는 유일한 손이다. 눈송이 같은, 섬세하고 부드러운 소녀 같은 그 손은, 시의 마지막에서 한 번 더 되풀이해서 암시되듯이, 무언가를 놓는 행위와 잡는 행위가 동시적으로 이루어지는 손이다. 좀 더 확장하자면, 무엇이든지 그것을 붙잡기 위해서라도 놓는 과정을 동반해야 한다는 역설적인 함의를 담고 있는 손. 그 손이 어쩌면 시의 언어가 아닐까. 붙잡는 힘만으로는 결코 붙잡을 수 없는 이 세계의 심연을 놓는 방식으로 붙잡아 내는, 혹은 놓는 힘으로 붙잡아 둘 수 있는 역설적인 힘을 간직한 언어. 이러한 언어를 가능케 하는 손은 당연히 도구적 기능의 손이 아니다. 그것은 심연 속에서 심연과 다름없이 기능하는, 아니 호흡하는 손일 것이다. 이른바 심연의 손이 되어서야 붙잡을 수 있는 언어의 사례는 이 시집에서 어렵지 않게 찾을 수 있다.

세상의 가장 안쪽을 보여 주려는 듯 미개한 부족의 언어처럼 보이지 않는 곳의 귀뚜라미가 울고 있다

모든 빛의 옷자락이 제 모습을 감추고 몸을 형광펜으로 칠한 사람들
이 그 소리를 소리 없이 듣고 있다
어둠을 한 번도 만져 본 적 없는 뼈처럼

약속을 하지 않았는데도 밤이 오고

평생을 죽고 있다가 들킨 사람의 표정으로
몸이 살 밖으로 빠져나온다

—「안쪽」 전문

심연을 대신하는 "세상의 가장 안쪽"을 더듬기 위해 손은 "미개한
부족의 언어처럼 보이지 않는 곳의 귀뚜라미" 소리를 "소리 없이"
들을 수 있어야 한다. 즉 빛이나 뼈처럼 도드라지는 언어가 아니라
어둠이나 살처럼 깊어지는 언어의 손으로 더듬어야 하는 소리. 사실
상 언어와 무관하게 오는 밤("약속을 하지 않았는데도 밤이 오고")과도 같
은 그 소리를 듣기 위해서라도 손은, 아니 언어는 "평생을 죽고 있"
는 것처럼 가라앉아 있어야 한다. 그것이 심연의 언어이자 시의 언
어고, 나아가 "찬란한 생성의 힘"을 간직한 언어가 아닐까(「스위치」).
그런 점에서 최호일의 시가 실패와 좌절을 거듭하며 뻗어 나간 손의
시학은 심연과 생성을 함께 거느린 틈새의 언어 그 언저리에서 가장
첨예한 줄기를 뻗고 있다고 할 수 있다.

*

글을 맺기 전에 덧붙일 말이 있다. 글의 모두에서 '언어는 그림자'라고 했던 말을 곱씹으면서 추가할 말이 있다. 사실상 그림자 말고는 더 보여 줄 것이 없는, 그것이 허공이든 허방이든 구멍이든 상관없이 도무지 알 길이 없는 타자로 집약되는 그림자의 세계에서, 지금보다 더 뻗어 나간 최호일'만'의 심연의 언어는 과연 어떤 형상일까? 물론 그것은 아직 체험해 보지 못해 모른다. 다만 심연의 언어를 머금고 있는 그 "입속은 하지 않은 말로 가득"한 상태라는 것만 확인해 두자(「내 입속은」). "하지 않은 말"은 아직 하지 못한 말이면서 앞으로 할 수도 있는 말이라는 뜻이 아니다. 그것은 하지 않은 상태로 끊임없이 하고 있는 어떤 말이다. 뒤집어 말해 그것은 이미 말했던 것을 끊임없이 하지 않은 말로 망각하면서 주워 담는 말이다. 언젠가 했는지도 모르게 흩어진 말을 가장 멀리서 수습하는 식으로 나오는 말. 하지 않은 말로 가득한 그 입속에는 그리하여 이미 했던 말과 이미 흩어진 말과 그래서 영영 사라진 말이 한꺼번에 담겨 있다. 온갖 역설로 가득한 그 입속에 담긴 말의 일부를 옮기는 것으로 글을 맺는다.

라일락 향기가 무작정 공중으로 흩어질 때 아니,
공중으로 흩어진다는 말이 흩어지지 않을 것처럼 좋았을 때
나는 그것을 봄과 혼동하기로 했다
우리 결혼해도 될까요 국문과 선배에게
문학적으로
어제 산 장난감처럼 꺼냈다 그 말은
한쪽 무릎이 잘린 채 골목길을 비관적으로 걸어갔다
흩어지고 내렸다

검은 고양이가 검은 바지를 입고 검은 우산을 쓰고 오는 것처럼

그 계절의 비가 왔다

젖은 옷과 젖은 옷 사이

흑백으로 된 라일락 냄새가 봄의 겨드랑이에서 풍겼다

혁명을 꿈꾸기도 했으나 불길한 색상 때문에

머리가 가려웠던 것으로 기억된다

그 말은 어디로 갔을까

오후 다섯 시에 약속이 있다는 그녀의 시간은

녹슬어서 좀처럼 열리지 않는 문같이

문득 활짝 열리는 그 말은

잃어버린 지갑을 또 잃어버린 것처럼

나는 그 말을 하지 않은 사람으로 살았다

가장 먼 곳에 두고 살았다

그 말이 몸에서 흩어지는 걸 본 최후의 사람처럼

—「흩어진 말」전문

'기린 없는 그림'은 어떻게 '기린 그린 그림'이 되었나?
— 송기영 시집 『.zip』(민음사, 2013)

어떤 이미지에 집착하는 시인이 있다. 어떤 이미지에 집착하고 몰두하고 그 언저리에서 계속 시를 생산해 내는 시인이 있다. 모든 시인에게 해당되는 것은 아니겠지만, 적어도 어떤 시인들에겐 그러한 이미지가 평생 따라붙으면서 시 근처를 맴돌며 떠나지 않는 경우가 있다. 시 근처를 맴돈다지만 실은 시를 지탱하는 가장 든든한 원천으로 남아 있는 그 이미지를 나는 특별히 '필생의 이미지'라고 부른다. 말 그대로 평생에 걸쳐 붙들고 가야 하는 이미지. 억지로 놓아 버리려 해도 놓아지지 않는 이미지. 평소에는 잘 보이지도 생각지도 않다가도 시에만 들어가면 어떤 식으로든 달라붙는 이미지. 조금씩 다르게 변형되더라도 결국엔 그것 하나로 귀결되는 이미지. 필생의 이미지는 시인들 저마다 다르게 간직하고 다르게 표출되지만, 한 시인의 원천이자 근원을 이룬다는 점에서는 동일한 무게감을 지닌다. 누군가는 빛에, 누군가는 물에, 또 누군가는 불이나 연기에 붙들린 채로 일생 동안 시를 써 나가는 동력이자 시를 지탱해 가는 대들

보처럼 여기는 이미지. 예컨대 빛의 이미지, 물의 이미지, 불이나 연기의 이미지, 아니면 나무의 이미지. 저마다 세계의 근원적인 속성을 담고 있는 듯한 이러한 이미지를 생략하고서는 누군가의 시가 설명될 수 없는 경우를 자주 목격한다. 설명 이전에 존재 자체가 성립할 수 없는 경우를 종종 목격한다. 말하자면 그 이미지 자체가 그의 시다. 필생의 이미지가 곧 한 사람의 시인 것이다.

나는 지금 누군가의 시를 읽으면서 애써 필생의 이미지를 찾으려고 하지 않는다. 그보다는 필생의 이미지가 혹자들의 시에서, 그리고 혹자들의 삶에서 얼마나 큰 그늘을 거느리고 있는지를 얘기하고 싶을 뿐이다. 그것 없이는 시가 존립하지 않듯이 그것 없이는 삶 자체가 지탱이 안 되는 이미지. 살아가더라도 그것 없이는 핏기 없는 삶이 되고 말 필생의 이미지를 한 편의 알레고리처럼 엮어 놓은 시가 있다. 필생의 이미지를 둘러싸고 벌어지는 한 편의 우화에 해당하는 그 시를 우선 옮겨 본다.

기린을 보면 그리고 싶어진다. 내가 그린 기린 그림이 그림으로 남을 수 있는 이유는 네가 그린 기린 그림보다의 보다 때문이다. 그림을 그리기 위해선 적어도 보다가 따라가야 한다. 오늘도 옆집 여자보다 더,

그림이 없다. 그림임을 의심하는 그림이 어디 있는가. 106동 여자가 15층에서 그림으로 흘러내린 것도 그녀의 그림인 것이다. 다만 그녀는 더 이상 기린을 망치지 않아도 된다.

너는 그린다. 그도 그린다. 각자의 그림을 들고 두 사람이 만나 함께

산다. 두 사람이 만나 십 년이고 이십 년이고 서로의 그림을 지우며 산
다. 간다.

　인생은 그림보다, 그림은 기린보다 짧다. 구도만 여전하다. 이번 판
에선 기린 없는 기린 그린 그림도, 기린 그린 그림이다. 그러면 당신
은, 누가 그린 기린 그림 속에서 나온 목 짧은 기린,

　꾸어 온 그림이신지

—「Escape from your reality」 전문

　기린-그림-인생으로 이어지는 이 시의 세 가지 키워드는 그것들
이 한데 모여 파편적인 동시에 한 줄로 꿰어지는 이야기를 만들어
내고 있다. 이야기가 지시하고 상징하는 바는 비교적 명확해 보이지
만, 낱낱이 파고들어서 따져 보면 그렇게 간단히 읽히는 시가 아니
다. 예술이 되기 힘든 삶에 대처하는 예술가의 고육지책 정도로 뭉
뚱그려 읽을 수 있는 이 시의 전언은 세부적으로 파고들수록 여러
생각거리를 파생시킨다.
　우선 "기린을 보면 그리고 싶어진다"는 첫 문장부터 들여다보자.
무릇 화가라면 무언가를 그리고 싶어지는 것은 당연지사겠지만, 화
가라고 해서 아무거나 그리고 싶어 하지는 않을 것이다. 보인다고 해
서 모두 그리려고 하지는 않는다는 말이다. 엄밀히 말해 화가는 그리
고 싶은 것만 그리고, 그리고 싶은 것만 사실상 본다. 그런 점에서 화
가의 시선은 보고 싶은 무언가가 보여지기 전에 이미 그것을 볼 채
비를 마친 시선이다. 마치 거미줄을 쳐놓고 먹잇감을 기다리는 거미
처럼 그가 원하는 대상이 포착될 때까지 기다리고 또 기다리는 시선.

기다리는 대상은 물론 화가마다 시선마다 다를 것이다. 앞에서 말했던 필생의 이미지가 저마다 다른 것처럼. 이 시에서는 '기린'이 등장해서 저마다 다른 그 대상을 통칭하고 있다. '기린'이라는 사물이 등장하여 각각의 '그림'으로 이어질 채비를 마치고 있는 것이다.

흥미로운 점은 이때의 '기린'이 단순히 그림 한 편이 되기 위한 낱낱의 소재로만 읽히지 않는다는 사실이다. 그것은 누군가의 그림 한 편을 감당하는 수준이 아니라 화가의 작품 세계와 그 너머 인생까지 아우르는 수준으로 격상된다. 시의 후반부에 등장하는 "인생은 그림보다, 그림은 기린보다 짧다"는 문장은 단지 시간적인 길이로만 각각의 위상을 비교한 말이 아닐 것이다. 인생보다는 그림에, 그림보다는 기린에 더 근원적인 가치를 두는 듯한 저 발언을 뒤집어 보면, 기린에서 그림이 나오고 그림에서 인생이 나오는 예술가의 삶을 그대로 응축한 것으로 읽힌다. 작품뿐만 아니라 인생까지 건드리고 또 지탱하는 '기린'은 그리하여 앞서 언급한 '필생의 이미지'를 충실히 이어받는 사물이라고 할 수 있다. 기린이 없으면 그림도 그릴 수 없으며 삶조차도 자신의 삶답게 영위할 수 없는 지경에서 훼손되는 것은, 기린이라는 필생의 이미지에만 한정되지 않는다. 그것의 부재를 떠안은 채 견뎌야 하는 예술가 자신의 작품과 인생까지 극한으로 몰리는 지경은 이 시의 2연과 3연에 등장하는 사례로도 어렵잖게 짐작할 수 있다. 자신의 정체성과도 이어지는 기린을 더 이상 망치지 않는 최후의 방식으로 선택한 그림은 더는 그려지기를 포기하는 그림, 즉 자살이다. 각자의 고유한 기린에 기대어 그림을 그리는 두 사람이 만나 결국엔 서로의 그림을 좀먹으며 "십 년이고 이십 년이고" 살아야 하는 것도 그럼 그림이라고 할 수 있을까. 물론 그렇다. 서로가 서로를 지워 가는 그림도 그림인 것이다. 이 시에서는 적어도 이 모든 것을 그림으로 받아들이고 있다. 그리하여 "기린 없는 기린 그린 그림"도, 그보다 더 구구하게 "목 짧은 기린"이 들어간 그림도 "기린 그린 그림"으로 체념하듯이 받아들이고 있는 구도. "Escape from your reality"라는 제목과 사실상 정반대에 놓이는 구도. 그러한 구도만 남은 그림을, 아니 시를 어떻게 받아들일 수 있을까. 그보다 먼저 어떻게 시를 발생시킬 수 있을까.

확답이 유보된 질문 앞에서 기묘하게 가능의 세계를 펼쳐 보이는 한 시인의 시가 있다. 송기영. 그의 시를 읽기 위해서는, 그리고 그의 시집을 독파하기 위해서는 준비물처럼 필요한 몇 개의 키워드가 있다. 그것들을 따라가다 보면 '기린 없는 그림'을 받아들이는 방식으로 '기린 그린 그림'을 생산해 내는 그의 기묘한 시적 전략을 조금이라도 더 짚어 낼 수 있지 않을까. 읽어 나가는 도중에 허방에 빠지지 않기 위해서라도 중무장하듯이 장착해야 하는 첫 번째 키워드는 '비교'다.

둘 이상의 것을 견주어 공통점이나 차이점을 살피는 '비교'의 사전적인 의미에서, 우선 차이점을 살피는 의미에 더 무게를 두고서 시를 읽어 보자. 멀리 갈 것 없이 앞서 인용한 시의 첫 연을 다시 본다. "내기 그린 기린 그림이 그림으로 남을 수 있는 이유는 네가 그린 기린 그림보다의 보다 때문이다." 이 말을 풀어 보면, "내가 그린 기린 그림"이 그림(예술)으로 남기 위해서는 "네가 그린 기린 그림"과 견주어 뭔가 다른 지점, 즉 차이 나는 점이 있어야 하는데, 이 문장에선 차이 나는 점이 어떤 것이어야 하는지에 대해선 생략하고 있다. 차이 나는 지점(내용이든 형식이든)이 무엇인가는 중요하지 않다. 차이 나는 그 자체가 중요하다는 차원에서 '보다' 다음을 과감히 생략하고 곧바로 '보다'에 방점을 찍는 문장으로 나아갔을 것이다. 여기서 '보다'는 물론 비교급의 '보다(than)'일 테지만, 바로 뒤의 문장인 "그림을 그리기 위해선 적어도 보다가 따라가야 한다"에 이르면, 묘하게도 무언가를 '보는(see)' 의미까지 내포한 단어로 확장된다. 그림을 포함하여 예술을 하기 위해선 반드시 무언가를 보는 시선이 필요하고, 동시에 그 시선은 남들과 다르게 보는 시선이어야 한다는 전언을 한꺼번에 담고 있는 저 문장을 요약하면, 결국 예술의 핵심은 '보다'에 있다는 사실. 좀 더 풀어쓰자면, '남보다 다르게 보다'에 예술의 궁극이 있다는 사실. 그러나 현실(reality)은 그러한 '보다'를 녹녹하게 허용하지 않는다. 오히려 남들과 다름없이 보는 시선을 끊임없이 교육하고 주입하며, 이는 사실상 무언가를 제대로 못 보게 하는 것과 같다. 예술의 핵심이자 궁극인 다르게 보는 시선을 발붙일 틈조차 주지 않는 현실에서 남는 것은 다시 '비교'다. 이때는 차이점보다 공통점을 살피는 쪽에 더 무게중심을 둔 비교다.

　네 건강은, 아침마다 새하얀 트레이닝복을 입고 운동을 나가는 옆집 여자와 비교할 수 있다. 너의 결혼 생활은 네 엄마와 이혼하지 않은 검은 토파즈의 아버지와 비교할 수 있다. 작년 실적은 중국에서 수입한 검은색 고춧가루와, 또 네 습관은 전봇대만 보면 그냥 지나치지 못하는 말티즈와 비교 가능하다. 가벼운 우울은 항아리에 오랫동안 담겨 자기를 삭히고 있는 된장과 공통점이 있지만, 이런 네가 이런 된장에 밥을 비빌 때만큼은 무엇과도 비교할 수 없을 만큼 권태롭다. (중략) 비유가 뭔지는 잘 모르지만, 다들 비교는 하고 산다. 적어도 비교해서

　　　　　　　　　　　　　　　　　　　　　─「옥션에서 사는 법」부분

　중략된 부분을 포함하여 처음부터 끝까지 비교로 점철된 이 시의

각 문장은 여느 시 같으면 비유로 처리되었을 문장들이다. 가령, 첫 문장은 '네 건강은 아침마다 새하얀 트레이닝복을 입고 운동을 나가는 옆집 여자처럼 어떠어떠하다'로, 두 번째 문장은 '너의 결혼 생활은 네 엄마와 이혼하지 않은 검은 토파즈의 아버지처럼 또 어떠어떠하다'는 식으로. 직유가 너무 빤해 보인다면 은유든 환유든 다른 비유를 동원했을 법한 문장들인데, 이 시에서는 일관되게 비교로 처리되고 있는 점이 특이하다. 왜 비유가 아니라 비교였을까. 비교를 동원해서 비교로 점철된 문장을 이끌어 가다가 마지막에는 "비유가 뭔지는 잘 모르지만, 다들 비교는 하고 산다"고 살짝 비꼬듯이 마무리를 했을까. 모든 면에서 비교되는 것에 익숙해진 현대인의 삶을 비판적으로 환기하기 위해서? 틀린 답은 아니겠지만, 빤해 보이는 답을 뒤로 물리면 새삼스럽게 비유와 비교에 대한 생각이 기다리고 있다.

　비유와 비교는 둘 다 서로 다른 대상의 공통점 혹은 유사점을 발견하는 과정을 필요로 한다. 서로 다른 두 대상 사이에 같은 점 혹은 닮은 점이 들어가서 다리 역할을 한다는 점에서 비유나 비교나 크게 다를 바가 없어 보이지만, 둘이 지향하는 바와 거기서 비롯되는 효과는 상당히 다르다. 비유는 (빼어난 비유일수록) 상이한 두 사물을 극적으로 연결시키면서 제3의 의미와 이미지를 불러일으킨다. 언뜻 봐서는 전혀 연결될 여지가 없는 두 사물의 숨은 속성을 절묘하게 이어 붙이면서 한편으로 두 사물이 따로 떨어져 있을 때는 보이지 않던 의미와 이미지를 함께 창출하는 것이다. 반면에 비교는 서로 다른 두 사물의 공통점을 발견하는 데 그치는 경우가 많다. 따라서 효과도 비유에 비해 큰 반향을 불러일으킬 정도가 못 된다. 문제는 상이한 두 사물의 공통점을 어떤 강제적인 기준을 들이대어 포착할 때 발생한다. 이때 두 사물은 극적으로 연결되는 것이 아니라 폭력적으로 결합된다. 가령, 성격도 재능도 장래 희망도 확연하게 다른 두 학생이 있다고 할 때, 단지 학생이라는 이유로 둘 사이에 '공부'라는 공통점만을 유일한 잣대처럼 들이밀고서 둘을 재단한다면 이는 분명 폭력에 가까운 비교가 될 것이다. 이처럼 폭력적으로 재단하기 위해 공통점을 강조하는 비교의 시선이 서로 다른 것을 억지로 같은 선상에 두고 보려는 태도에서 발생한다면, 비유는 결과적으로 제3의 의미를 창출하기 위해 두 사물의 속성을 기존과는 다르게 보려는 시각에서 발생한다. 요컨대 비교는 다른 것도 같게 보기 위해 동원되고, 비유는 같은 것도 다르게 보기 위해서 창출된다(이는 앞에서 예술의 핵심이 '남보다 다르게 보다'에 있다고 한 대목과도 상응한다). 따라서 비유가 예술(시)에 이바지하는 시선이라면, 비교는 현실의 논리를 공고히 하기 위해 재생산되는 시선이다. 그렇다면 비유가 아니라 비교의 방식으로 문장을 이끌어 나가는 저 시는 도무지 다르게 보는 것을 용납지 않는 현실 세계의 논리를 구조적으로 되풀이해서 보여 준다고 할 수 있다. 그와 동시에 비유가 들어갈 자리를 비교로 대체하면서 제3의 의미가 창출될 수 있는 자리를 온전히 공터로 남겨 놓는 효과도 함께 창출한다. 예컨대 "네 건강은, 아침마다 새하얀 트레이닝복을 입고 운동을 나가는 옆집 여자와 비교할 수 있다"는 문장은 표면적으로 비교를 앞세운 진술이지만, 이면에는 "네 건강"과 "옆집 여자" 사이에서 발견되고 창출될 수 있는 제3의 의미가 묘하게 생략된 비유의 방식을 취하고 있는 것이다. 비록 가시화되지는 않았지만, 결코 없다고도 할 수 없는 제3의 의미를 비워 놓는 방식으로 창출하는 이 이상한 비유는 송기영의 시가 획득한 개성적인 수사의 한 사례라고 할 수 있다.

문장의 이면에서 비유와 비교의 방식을 절묘하게 결합시킨 시의 표면에는 그러나 여전히 비교가 일상화된 현실의 삶이 달라붙어 있다. 현실에서는 (궁극적으로 남들과 다르게 보려는) 비유보다 (결과적으로 남들과 같게 보게 하려는) 비교가 여전히 비교 우위의 가치를 지닌다. 그런 점에서 시의 제목에 등장하는, 가격 비교가 중요시되는 공간인 '옥션'은 모는 것이 비교 대상이 되는 삶의 전시상을 축약한 공간이라고 할 수 있다. 여기서는 물건을 사고파는 것뿐만 아니라 삶 자체가 비교의 연속인 것을 체득해야 한다. 마치 '옥션'에서 물건을 사는 것처럼 비교에 기대어 살아가는 법을 익혀야 하는 것이다. 이처럼 비교의 논리가 강조된 세계에서는 개인의 고유성이나 정체성도 뒷전으로 밀리면서 무엇이든 사고팔 수 있는 환금 원리로 흡수된다. 그나마 개인의 고유성을 간신히 담보해 주는 이름도 더는 골치 아픈 탐구의 대상이 아니라 무엇이든 사고파는 원리가 작동하기 위한 알리바이로 전락한다. "달리 부를 수 없어서/너를 판다"는 (「이름이 불리기 위한 마지노선」) 단순히 존재를 호명하기 힘든 상황을 모면하기 위한 핑계로 읽히지 않는다. 현실 세계를 마지막으로 지탱하는 것이 결국엔 비교에 기댄 환금 원리라는 걸 확인시켜 주는 저 문장과 엇비슷한 사례는 시집의 곳곳에서 더 발견할 수 있다. 가령, "엄마는 기어코 토마토 하나하나에 이름을 붙여 불렀습니다./못마땅했지만 엄마와 장에 나가,//기수, 선규, 홍구, 계영, 소연, 재정, 춘희, 현구, 보경이, 영식이를 팔았습니다" 같은 구절(「토마토 하나의 이유」). 이처럼 이름으로 간신히 대변되는 존재의 고유성조차 거리낌 없이 사고파는 것이 가능한 세계에서, '비교'에 이어 두 번째로 주목해야 할 키워드가 있으니 바로 '수치(數値)'다.

몸의 70%는 언제나 사무실에 있다. 1%는 집에, 3%는 길 위에, 4%

는 어느 바닷가를 거닐고 있다. 점심을 제때 먹을 확률은 50%, 이중 국적의 갈비탕을 먹고 주인 여자에게나 욕할 확률은 80%이다. 수치가 높을수록 사람들은 나를 나라고 말하고, 낮으면 변했다고 한다. 대꾸할 확률은 날씨가 나쁘면 50%, 좋으면 5%. 저녁마다 비치적비치적 비만 왔다. 사무실을 나온 70%가 곧바로 집에 돌아갈 확률은 15%, 술집에 앉아 노닥거릴 확률은 80%, 나머지는 마른안주와 젖은 안주 사이에 낮게 깔려 있다. 어느 쪽이든 12시를 넘길 확률은 80%, 잔소리 들을 확률은 90%이다. 이때 내가 화를 낼 확률은 30%, 그랬을 경우 오래 살지 못할 확률은 95%라고 그녀는 말한다. 냉장고에서 2%를 꺼내든 채, 엉덩이를 30%쯤 까고 변기에 앉아 잠들었는데

다음 날 아침
일어날 확률은?

—「사건 A」 전문

비교의 논리로 점철되는 삶은 한편으로 삶의 모든 양상이 수치로 환원되는 현상과 무관하지 않다. 이것과 저것, 이이와 저이의 정확한 비교를 위해서 동원되는 숫자는 낱낱의 존재를 보다 정밀히 추적하고 설명하기 위해서도 반드시 필요하기 때문이다. 혹여 정수처럼 딱딱 들어맞는 규정이 불가능한 사안에 대해서는, 확률이라는 든든한 카드가 또 기다리고 있다. 모든 것이 불확실한 시대를 우아하고 근사하게 감당해 주는 도구로 확률만큼 확실한 카드도 없을 것이다. 여기서 한 가지 놓치지 말아야 할 점은, 비록 확실한 값은 보장해 주지 못하더라도 가장 근사한 값(근사치)은 선사해 주는 확률 또한 엄연히 수치화된 세계의 산물이라는 사실이다. 그리하여 우리를 감당

하는 동시에 지배하는 것은 다시 숫자다. 비교 과잉의 시대에 우리의 삶은 숫자로 환원되고 숫자로 설명되는 삶이며, 따라서 저마다의 불확실한 행보도 무한히 열린 가능성도 모두 숫자로 판독과 예측이 가능하다. 그것이 또한 가장 큰 공신력을 얻는다. 확률로 점철된 일과를 보내고 있는 위 시의 화자에게서 우리가 재차 확인하는 것도 결국엔 수치로 증명될 수밖에 없는 우리 삶의 불확실성이면서 동시에 너무도 빤한 일상성이다. 확률상의 "수치가 높을수록 사람들은 나를 나라고 말하고, 낮으면 변했다고" 말하는 데서 누군가의 본성과 무언가의 본질이 결정되는 현실을 비루하다고 진단하기도 전에, 수치화되고 계량화된 세계는 우리에게 이미 일상사가 되어 버렸다. 마치 숨 쉬는 공기처럼 둘러싸고 있는 수치화된 세계의 일상성은 앞서 언급한 환금 원리와 결합하면서 자본(주의)의 논리로 진화하고 또 강화된다. 아래는 자본의 논리에 포섭된 세계의 또 다른 현장이다.

> 그의 왼팔은 러쉬앤대쉬의 것이다. 오른팔은 레드코프, 다리 하나는 논스탑크레디트의 것이며 다른 하나는 무허가 캐피탈에 등록되었다. 그의 사지는 매해 39% 이상씩 자란다. 목은 어디에 걸어 뒀는지 모른다. 때때로 한 팔과 한 다리는 50% 그리고 목은 60%의 참! 놀라운 생장이라 해야 할지 증식이라 해야 할지.
>
> ―「거위의 꿈」 부분

우리를 공기처럼 둘러싸고 있는 자본의 논리는 한 발 더 나아가 우리 몸의 일부처럼 작동하면서 점점 더 몸집을 불려 간다. 그것을 생장이라고 부르든 증식이라고 부르든 상관없이 무한 확장되는 자본의 논리는 인간의 몸은 물론이고 세계의 구석구석까지 침투하여 씨를 퍼뜨린다. 불법 사채에 따라붙는 살인적인 이자율처럼 무한 증식을 거듭하는 자본의 논리 앞에서는 현재의 삶에 충실해야 한다는 깊은 철학적 충고도 현재 유효한 쿠폰을 챙기라는 조언 정도로 전락한다("까르페디엠!: 당신의 쿠폰을 챙기세요!", 「웃음 쿠폰이 경제에 미치는 사소한 영향」). 자본은 더 나아가 허허벌판의 우주 저 너머에 있을지도 모를 외계 생명체에 대한 탐사 계획에까지 뿌리를 뻗으며(「오즈마 캐피털」) 자신의 논리를 반복 재생산하는데, 가히 송기영의 시를 읽는 세 번째 키워드라고 해도 충분할 '자본'의 거침없는 증식과 생장의 현장을 지나면 또 다른 키워드가 기다리고 있다. 바로 '알고리즘(algorism)'이다.

> 요리하는 기계랑 삽질하는 기계가 살았어요. 알고리즘이 그래요. 하나가 삽질해야 다른 하나가 요리할 수 있고 그렇게 요리해야 다른 하나가 메뉴대로 삽질할 수 있거든요. 요리하는 기계와 삽질하는 기계가 함께 보내는 시간은 모두 여섯 시간. 요리도 삽질도 없는 무료한 시간에 그들은 톱니를 닦고 조이고 기름 치죠. 서로의 톱니가 종종 어긋날 때도 있는데 그러면 낯설어 얼굴을 가리기도 하지만, 날이 밝으면 괜찮아질 거예요. 요리하는 기계는 자신의 메뉴대로 한 솥 아침을 볶아 낼 테고, 삽질하는 기계는 할부로 판 실입주 공간을 총총 빠져나갈 테죠. (중략) 요리하는 기계랑 삽질하는 기계가 살았어요. 알고리즘을 누가 짰는지 나는 잘 몰라요.
>
> ―「Player―512MB RAM× 2」 부분

앞서 인용한 시 「거위의 꿈」에서 자본의 논리에 잠식된 '내 몸은 이미 내 몸이 아니다'라는 전언을 얻을 수 있다면, 이 시는 "요리하는 기계"나 "삽질하는 기계"와 마찬가지로 '내 삶은 이미 내 삶이 아니다'라는 말로 요약 가능하다. 기계와 다름없는 삶은, 이제 운명 혹은 그것의 대척점에 놓인 의지로 설명될 수 있는 것이 아니라 마치 알고리즘처럼 암암리에 그리고 철저하게 계획된 성질의 것이다. 누가 짜 주지 않아도, 누가 짰는지 몰라도 미리 판이 짜인 삶은 예정된 수순을 따라가는, 즉 알고리즘을 따라 흘러가는 삶 이상도 이하도 될 수가 없다. 알고리즘은 알고리즘이기에 그것을 바꿀 수 있는 운명이나 개인의 의지 따위를 변수로 두지 않는다. 알고리즘 속의 개개인은 기껏해야 수행자(player)의 자격을 가지며, 따라서 아무리 발버둥 쳐도 예상 가능한 경우의 수를 벗어나지 못한다. 문제는 이러한 알고리즘을 누가 혹은 무엇이 짰는가 하는 질문 앞에서 어떤 답변도 들려줄 수 없다는 데 있다. 알고리즘에는 수행자만 있을 뿐 주체가 없다. 알고리즘을 만든 주체도 사실상 알고리즘이 전부인 세계에서는 존재할 수가 없다. 그러니 "알고리즘을 누가 짰는지 나는 잘 몰라요"라는 답변만 돌아올 수밖에.

영원히 주체의 자리를 비워 놓은 알고리즘의 세계에서 아마도 우리가 바랄 수 있는 유일한 희망은, 이름 붙이기도 곤란할 정도로 거대한 동시에 비어 있는 그 무엇이 운 좋게 우리를 호명하여 용도 변경해 주는 정도가 고작일 것이다. "그게 뭔, 有名한 당신에게/나도 불리고 싶어요//우리들은 모두/용도 변경하고 싶은" 심정으로 애타게 호명을 바라지만(「코끼리 접기—꽃의 비밀」), 그것은 기적에 가까운 사건이며 불가능에 가까운 소원일 뿐이다. 복권에 당첨될 확률과 다를 바 없는 요행을 계속 바랄 것이 아니라면, 알고리즘의 세계에 적합한 인간형을 고민하는 것이 훨씬 더 생산적인 방안이지 않을까. 여러 인간형을 고민해 볼 수 있는 이 방안에서 몇몇의 유형은 일찌감치 후보에서 탈락한다. 가령, 삶의 수순이 이미 정해진 세계에서는 한 발짝 떨어져서 관조하거나 달관하는 유형은 적합하지 않다. 거기에는 불필요하게도 '왜 이렇게 기계처럼 살아야 하는가?'라는 질문이 따라붙기 때문이다. 이미 짜인 상태로 앞으로도 지속될 판에서 '왜?'라는 질문은 결코 도움이 되지 않는다. 오히려 '어떻게 하면 알고리즘의 세계를 보다 능숙하게 살아갈 수 있을까?'가 실질적인 고민이 될 것이다. 따라서 알고리즘의 세계에 적합한 인간형은 관조나 달관에 기대는 인간이 아니라 적극적으로 달인을 추구하는 인간이라고 할 수 있다. 말하자면 「생활의 달인」 같은 시에 등장하는 인간형 말이다.("누구든 달인이라면, 지구에 살지 않아도 지구인이 될 수 있어야 해. 대뜸 왜 사나구 물으면, 그건 달관이시 날인이 아니래누.") 어쩌면 그것이 시금의 지구를 가장 효과적으로 살아가는 인간형이지 않을까. 주어진 알고리즘대로 충실히 반복해서 살아가고, 주어진 역할에서 가장 능숙하게 처리해 낼 수 있는 달인들의 천국이 점점 지구를 장악해 갈 때, 우리에게 남는 것은 '전복(顚覆)'조차도 양식되는 삶이거나(「175센티의 전복」) "한 귀부인이 내 동생 감귤을 빠꼼이 바라보며 말했어. 어린지?" 같은 시답잖은 유머나 가능한 세계일 것이다(「과일촌 오 형제」). 아니면 "다들 밥은 먹고 살"지만 "길은 헛갈리는 게 아니라 계속 갈리고 있을 뿐"인 세계(「한 마당에서 뱅뱅」). 헛갈릴 것도 그래서 잃어버릴 것도 없는 알고리즘의 세계에서 사실상 마모되는 일만 남은 삶에 대해선, 누군가 이미 멋진 말로 포장해 놓은 적이 있다. "모든 견고한 것은 대기 속에 녹아 버린다."(마르크스) 이 말을 좀 더 '달달하게' 변용하면 아래와 같이 되지 않을까.

녹지 않는 달콤함은 없다. 우리 동네 제철소에서는 방학을 맞아 철 츄파춥스를 할인 판매한다. 달콤이 달콤인 것은 아달달한 맛과 기분이

한순간 녹아 없어진다는 특성 때문이다. 순철 제품은 그 맛을 精鍊했
다. 혓바닥이 1538도씨 이상 되지 않는 한, 당신의 사탕은 쉽게 사라지
지 않는다. 혀로 굴려 보라. 왕사탕 천 개분의 중량 덕에 입안 가득한
포만감도 느낄 수 있다.

(중략)

결국 대기 안에 있는 모든 것들은 '아달달' 녹아 사라질 것이다. 그
러니까 저마다 한 철,

　막대에 꽂힌―얼굴―모두

　　　　　　　　　　　　　　　　　　　―「철 츄파춥스」 부분

철이든 사탕이든 "결국 대기 안에 있는 모든 것들은 '아달달' 녹아
사라질 것"이며, 그 속에서 저마다 한 철을 살다 갈 뿐이다. 제아무
리 정련되고 단련된 철조차도 막대에 꽂힌 사탕처럼 결국엔 녹아 없
어지는 사태를 비껴갈 수 없듯이. 송기영의 시를 읽는 다섯 번째 키
워드로 끼워 넣을 수 있는 지 '아달달'은 사실상 지구상의 모든 사물
에게, 사람에게, 그리하여 우리 모두에게 예정된 알고리즘의 최후
가 어떤 것인지를 허망하게 증명한다. 부수어져서든 녹아져서든 결
국엔 사라지는 것. 예정된 결론이 그토록 허망하고 부질없다면, 거
기까지 미리 다다른 시선 역시 더는 전진하지 못하고 회항할 수밖에
없을 것이다. 허망한 결론 이후는 아무도 볼 수 없고 보아도 말할 수
없으니, 남는 것은 시선을 돌리는 것. 그럼 어디로? 어디로 시선을
돌려서 다시 바라볼 것인가? 정해진 알고리즘대로 살아가는 삶의

현장을 이미 신물이 날 정도로 살폈다면, 그 시선이 향하는 곳은 자연스럽게 어떤 근원이 되는 지점일 것이다. 비록 알고리즘에 지배받는 형국일지라도 삶의 근원이자 존재의 뿌리에 해당하는 곳으로 시선은 다시 향한다. 이를테면 유년으로.

유년은 한때, 엄마였던 세계는 끝났다 (우리는 엄마가 낳은 무수히 많은 마르코들. 서울역 대합실에는 언제나 마르코가 차고 넘친다. 1막 1장, 마르코가 또 하나의 마르코에게 손을 흔든다. 헤어지자, 우리는 각기 다른 엄마를 찾고 있었던 거야. 마르코가 떠나고 또 다른 마르코가 2장에서 내린다. 무대는 둥글어서 마르코도 돌고, 엄마도 돈다. 돌고 돌다 3장. 엄마를 잊어버린 마르코가 있고, 선술집에서 싸움이나 일삼는 마르코도 있다. 그런데 마르코, 네 엄마도 너를 낳고 미역국을 드셨겠지? 하지만 우리는 엄마가 낳을 수밖에 없었던 얼굴들. 장이 바뀔 때마다 더러는 엄마가 된 마르코들이다. 다음 장이 열리면, 이 세상의 모든 엄마는 마르코를 버릴 엄마거나, 마르코의 엄마가 되려고 다짐한 마르코였음이 밝혀질 테지. 그런데 엄마가 정말 있기나 했던 것일까, 마르코? 분장실에서 엄마를 보고도 모른 척 지나가 버린, 마르코의 아빠이자 남편인 마르코가 속삭였다) 나직이.

　　　　　　　　　　　　　　　　　　　—「엄마 찾아, 또 다음 장」 전문

그러나 유년은 한때이고, 이미 끝난 세계다. "엄마(가 전부)였던 세계"는 이미 끝난 것이다. 돌아가 봐야 되돌릴 수 없는 세계만 차고 넘칠 뿐이다. 이 글의 앞부분에서 밝힌 '기린'과도 일정 부분 내통하는 그 세계는 저마다 고유한 삶의 정체성을 이루는 곳이고, 그래서 기원에 해당하는 그곳을 찾아 헤매는 삶은 『엄마 찾아 삼만 리』의 주

인공처럼 눈물겹고 감동적인 고투의 현장이어야 하지만, 문제는 그러한 삶이 너무 많다는 사실. 너무 많아서 흔해 빠진 비교의 대상밖에 되지 못한다는 사실. 엄마를 찾는 것처럼 어떤 근원을 찾는 '내'가 마르코라면, '너'도 마르코이고, '네'가 마르코라면 그 누구도 마르코이며, 따라서 이 세계는 거대한 마르코의 무대이자 전시장일 뿐이다. 세상이 온통 마르코로 차고 넘치니, 마르코가 그토록 찾아 헤매는 엄마의 자리 역시 영영 비어 있을 수밖에 없으며, 그것을 쫓아 시간을 역행시킨다 하더라도 결과는 마찬가지다. 기껏해야 침묵을 암시하는 장면 말고는 더 튀어나올 것이 없는 빈 공간(「12월 19일생」) 앞에서 우리는 자명한 결론 하나를 새삼 얻는다. "모든 현실은 꿈"이라고(「실험실에서 보낸 한 철」). 어떻게 손을 뻗어도 결코 닿을 수 없는 근원을 손에 쥔 채 우리는 현실을 더듬고 있으며, 그 현실은 거의 알고리즘처럼 우리의 삶을 한정하지만, 그럼에도 전혀 실물감을 느낄 수 없기 때문이다(왜냐하면 알고리즘의 주체도 비어 있기는 마찬가지니까).

모든 현실이 실물감이 없는 꿈이라면, 모든 꿈은 다시 실물감을 가지는 현실이 될 수 있다. 어쩌면 모든 예술의 궁극적인 지향을 담고 있다고 할 수 있는 현실화된 꿈의 이미지는 송기영의 시에 이르러 묘하게 비틀린 방식으로 우리의 눈을 자극한다. 그것은 이미지가 되기를 거부하는 이미지, 앞서 밝힌 '필생의 이미지'를 삭제하는 방식으로 드러내는 이미지. 말하자면 "기린 없는 기린 그린 그림"으로 "기린 그린 그림"을 대체하는 이미지. 그러고 보면 송기영의 시는 문학의 오랜 전통이자 관습에 해당하는 몇몇 지점을 정면에서 건드리고 측면에서 자극하는 시라고 할 수 있다. 그의 시를 읽어 나가는 데 필요한 키워드 중 몇몇은 이미 그것을 증명하고 있다. 가령, 시에서 흔히 쓰이는 비유의 시선을 정면에서 거부하고 측면에서 동원한 것이 비교의 시선이었다. 덕분에 제3의 의미를 창출하는 비유 고유의 효과를 비워 놓는 특이한 수사가 발생할 수 있었다. 시적 대상에 대해 정서적인 공감을 불러일으키는 대신 수치화된 계량적인 접근을 시도하는 방식도, 언뜻 알레고리로만 읽힐 수 있는 시에 알고리즘의 세계관과 진술을 삽입하는 사례도 마찬가지 맥락에서 이해할 수 있다. 기존에 시가 되어 온 지점을 정면에서 바라보고 측면에서 교란하는 방식은 달리 말해 우리가 익히 알아 온 시적 장치의 옆구리에 현실적인 맥락을 끼워 넣고 뒤흔드는 방식이다. 송기영만의 엉뚱하면서도 이상한 시적 효과는 바로 그 지점에서 발생한다. 이처럼 기존의 시를 교묘하게 현실화 혹은 속화(俗化)하는 지점에서 절묘하게 육화(肉化)된 시를 획득하는 송기영의 작업이 앞으로 어떤 "기린 없는 기린 그린 그림"을 더 보여 주고 또 지워 나갈지는 알 수 없다. 아마도 송기영 시의 알고리즘만이 알고 있을 그 진화의 수순에서 한 가지 분명한 사실은, "물은 고인 데 또 고"이는 방식으로, "존재는 맺힌 데 맺"히는 방식으로 세계를 되풀이하듯이(「H」), 그의 시 또한 관성보다 더 지독한 고집을 되풀이하면서 뻗어 갈 것이며, 그러한 고집을 아끼고 사랑해 마지않는 또 다른 눈들이 있을 거라는 사실이다. "기린 없는 기린 그린 그림"이 "기린 그린 그림"보다 더 실물감을 주는 꿈이 되기를 바라는 시선은 의외로 두텁고 많을 것이다.

융기하는 뿔과 함몰하는 구멍의 언어
―신성희 시집 『당신은 오늘도 커다랗게 입을 찢으며 웃고 있습니까』(민음사, 2022)

오랜만에 '그로테스크(grotesque)'라는 말이 어울리는 시집을 만났다. 말 그대로 기괴하고 끔찍하고 부자연스럽게 일그러진 이미지가 넘쳐나는 시집. 신성희 시인의 첫 시집을 형용하는 데 딱 들어맞는 저러한 수사는 2010년대 중반부터 우리 시단의 지배종으로 자리 잡아 온 선하고 유순한 화자들의 시에는 당연히 어울리지 않는다. 시에서도 옳은 것과 좋은 것에 대한 윤리적인 감각을 놓지 않는 화자와 정반대의 지점에서 발휘되는 듯한 신성희 시의 화자는 그래서 문제적이고 그래서 숙고를 요한다. 시단의 기류를 정면으로 거스르는 듯한 그의 시는 "문장이 날아옵니다 찌르고 베어 버리는 그런데 떨어지는 것은 핏물입니까"라는(「흑미사」) 표현에서 엿보이듯 날카로운 흉기와 그로 인한 상처가 거의 모든 문장에 스며 있거나 말라붙어 있는 형국을 이룬다.

온갖 위해(危害)와 도륙이 난무하는 현장에서 먼저 주목되는 것은 흉기다. 흉기가 먼저 눈에 띄면서 장면 장면의 분위기가 이상한 긴

장감으로 채워지는 것은 영화에만 한정되는 장치가 아니다. 날카롭게 돌출되는 흉기를 먼저 보여 주는 방식으로 말을 시작하는 시. 그것이 신성희 시의 일단을 이룬다면, 마치 현장 조사를 하듯이 흉기로 동원된 연장부터 살펴보는 것이 순서겠다. 들여다보니 한둘의 목록으로 그치지 않는다. 칼, 식칼, 톱, 삽, 채찍 같은 연장이 번번이 등장하는데, 하나하나 수거해서 펼쳐 놓는 틈새로 다른 물건들도 어쭙잖게 끼어든다. 뿔, 나무, 이빨, 발톱, 나이프, 포크, 굴착기, 포클레인에 이어 손, 뱀, 불처럼 그 자체 흉기라고 할 수 없으나 언제든 흉기로 돌변할 수 있는 사물들이 시집의 구석구석을 차지하고 있다. 아래는 손에 잡히는 대로 뽑아 본 예들이다.

식칼이 꽂히면//사납게 울던 대문이 조용해지고
—「말복」 부분

원주민 사내의 칼은 단번에 순록의 심장을 깊숙이 찌른다
—「순록」 부분

늑대 이빨 같은 별들이/밤하늘을 마구 물어뜯는다
—「불타는 집」 부분

검은 나무가 혼자 걸어 다니던 밤이었다/하늘로 뻗친 몽둥이 같았다
—「구덩이」 부분

사내가 채찍을 끌며 다가오는 소리
—「양배추」 부분

나는 나이프로 (중략) 네 눈썹을 죄다 밀어 버릴 수도 있고/포크로 네 속눈썹을 말아서 그 자리에서 꼼짝달싹 못 하게 만들어 버릴 수도 있어

—「그럴 수 있지」 부분

아름다운 불이/아름다운 불이/아이의 얼굴을, 손을 씹어 먹는다/저렇게 덩치 큰 육식동물은 생전 처음이다

—「아름다운 불이」 부분

찌르거나 베거나 때리거나 물어뜯거나 태워 버리는 용도가 전제된 저와 같은 사물들 사이에서도 남다른 비중을 차지하는 사물이 있으니, 바로 '뿔'이다. 빈도수는 많지 않으나 시집의 초반부부터 등장하여 다른 공격적인 사물까지 한데 아우르는 모종의 상징성을 지닌 시어로 쓰이기 때문이다. 시집을 지탱하는 축이자 핵심어 역할을 겸하는 '뿔'이 맨 처음 등장하는 사례부터 살펴보자.

저것은 나의 뿔일 것이다

감출 수 없는 마음이
어디로도 나지 않는 길을
찾으며 내 뿔이 저기로
걸어갔을 것이다

벗어 놓았던 내 피부들이
서로에게 기대고 기대어

뾰족해졌다

간혔던 소리들이 시끄럽게
검어졌을 것이다
꽃 하나 자라지 못하게 딱딱해졌을 것이다

거대한 몸집을 감추며 밤에만 걸어갔을 것이다
터져 나오는 울음을 억누르며
조금씩, 조금씩 서쪽으로 융기했을 것이다
검은 뿔로 천천히 솟아났을 것이다

─「검은 뿔산」 부분

　어두운 밤 멀리서 윤곽으로만 잡히는 산봉우리를 "검은 뿔산"으로, "검은 뿔산"을 다시 "나의 뿔"로 바꿔 부르는 곳에 화자의 내면을 투영하고 있는 시이다. 이때 투영되면서 발생하는 이미지 역시 뿔이다. 어떤 뿔이냐 하면, "감출 수 없는 마음"과 "벗어 놓았던 내 피부들"과 "간혔던 소리들"과 "터져 나오는 울음"이 응어리진 채 솟아오르는 뿔. 여러 색깔의 응어리가 결과적으로 검은색을 향해 간다면 여러 감정의 응어리는 끝내 검고 딱딱한 뿔로 융기한다. 융기하면서 "어디로도 나지 않는 길을" 걸어간다. "꽃 하나 자라지 못하"는 그 길을 "거대한 몸집을 감추며 밤에만 걸어"가는 뿔에 투영된 화자의 심경은 언뜻 공격적인 성향과는 거리가 멀어 보인다. 오히려 상처로 똘똘 뭉친 자의 설움이나 외로움이 먼저 읽히는데, 이처럼 공격성을 지닌 사물의 이면에서 새삼 상처의 흔적이 엿보이는 것은 비단 뿔에만 해당하는 사항이 아니다. 앞서 열거한 온갖 폭력적인 연장들의 이면에서도 종종 목격되는 것이 폭력에 노출된 자의 상처다. "그곳에서 그는 나를 때렸다/나는 결을 따라 찢어진다"(「톱」), "개를 잡던 사내가//나를 향해//칼로 공중을 갈랐다"(「말복」), "사정없이 주 먹이 얼굴로 날아들었다/입안으로 흘러드는/찝찔한 코피 빨아 먹으 며"에서(「수학 시간」) 확인되듯 '내'가 무기를 들기 진에, 아니 '내'가 흉 기가 되기 전에 '나'를 폭력적으로 다룬 흉기와 무기가 먼저 있었던 것이다. 흉기와 무기로 점철된 폭력의 현장이 '나'의 피부에 새겨지 면서, 그러한 폭력의 시간이 피부 깊숙이 누적되면서 역으로 솟아오 른 결과물이 어쩌면 뿔이 아닐까.

그렇다면 뿔은 폭력의 기억을 "땔감"으로(「불타는 집」) 삼아 솟아오 르는 불과 같은 것이며, 불타는 현장을 통과해 온 자의 육성은 그대 로 불의 언어이면서 신성희 시의 언어이기도 할 것이다. "언니는 불 타는 얼굴로 방 안에 앉아 있습니다/집에 난 불이 얼굴을 태웠습니 다/왼쪽 뺨에 모르는 생물을 키웁니다//언니는 명령하는 사람이 되 어 갑니다"에서 집약적으로 보여 주는바(「산딸기의 계절이에요」), 불로 상징되는 폭력에 노출된 얼굴과 정체불명의 생명(나중에 뿔로 성장할) 을 키우는 얼굴과 폭력적으로 명령하는 얼굴은 서로 별개의 얼굴이 아니라 한 몸에서 뻗어 나온 시간대만 다른 얼굴이다. 그 얼굴은 물 론 폭력으로 물든 얼굴이다. 때리든 맞든 폭력으로 점철된 얼굴은 그래서 가학과 피학이 한데 뒤엉킨 현장이 되기도 한다. 가령, "나 는 삽으로 마당을 판다"와 "아까부터 누군가 삽으로 나를 내리찍고 있다"가 동시에 일어나고 있는 현장, 혹은 "아무 소리도 내지 않은 척/다시 마당을 파는데/누군가 돌로 내 머리를 내리찍는다/나야 나 ……"와 같은 사건이 벌어지는 현장에서 폭력을 행하는 자는 동시에 폭력을 당하는 자이며, 따라서 "나야 나"라는 대사가 어느 편에서 나온 것인지 판별하는 일은 무의미하다(「굴착기와 포클레인」).

삽이든 곡괭이든 혹은 굴착기든 포클레인이든 땅을 파는 도구는 그 결과물로 구덩이를 만든다. 땅 파는 도구들이 뿔의 변형이자 상관어라고 할 때, 땅에 팬 구덩이는 구멍의 성격을 지니면서 뿔과 불가분의 관계를 맺는다. 말하자면 뿔의 결과물로 구멍이 생기는가 하면 구멍을 전제로 해서 뿔이 생성되는 관계. 융기하는 뿔과 함몰하는 구멍이 단짝처럼 등장하는 사례 역시 신성희의 시에서 어렵지 않게 찾을 수 있다. 톱을 두고서도 "검은 구멍이 하나 내려온다"로 처리한 장면을 비롯하여(「톱」) "사람들은 검은 나무에게 절을 하며/구덩이를 판다"(「구덩이」), "숟가락을 들고 나를 파먹는 목소리는 누구입니까 (중략) 당신 나를 쳐다보기만 해도 내가 움푹움푹 파입니다"(「흑미사」), "어떤 날, 나는 칼 한 자루를 손에 들고 산속으로 들어가 구멍을 파고, 구멍 속에 칼을 묻었다"(「오스티나토」) 등에서 톱, 검은 나무, 숟가락, 칼로 변형된 뿔의 이미지와 구멍의 이미지가 긴밀하게 엮인 관계임을 확인할 수 있다.

짝패처럼 맞물린 뿔과 구멍의 이미지는 한술 더 떠 아예 한 몸이 되는 단계로까지 나아간다. 양말, 자루, 모자처럼 융기된 형상과 함몰된 형상을 한 몸에 거느린 사물이 드물지 않게 등장하는데 아래는 그 사례 중 하나다.

넌 참 이상해. 그놈의 양말만 아니면 있는 듯 없는 듯 아주 조용하거든. 하긴 그러다가도 한곳에 마음을 빼앗기면 전혀 딴사람이 되어 버리지만 말이야. 그의 말을 생각하며 키득거리기도 하지만 아무리 생각해도 망할 놈의 저 앵무새 때문입니다. 시도 때도 없이 천정을 향해 솟구치는 앵무새 때문인 것입니다. 우리가 서로를 향해 욕설을 퍼부을 때, 그 욕설을 한 자도 빠트리지 않고 다시 들려주던 앵무새가 아닙니까. 그런 앵무새가 양말에 대해서는 한마디도 하지 않았던 것입니다. 지금껏 쭉 그렇게 나를 조롱해 왔던 것입니다.

—「양말과 앵무새」부분

인용문만 놓고 보면, 화자인 '나'는 양말 때문에 '그'에게도 핀잔을 듣고 앵무새에게도 조롱을 받는 신세다. "그놈의 양말"이라는 표현이 환기하듯 양말은 '나'에게 애증이 교차하는 대상이다. 시의 전문을 참고하면 '내'가 지속적으로 욕망하는 대상이면서 번번이 그 사실을 망각하는 대상이기도 하다.("양말…… 양말…… 외워 보지만 잊어버리고, 종이에 적어 들고 나가도 내 손에는 종이가 없고, 종이가 있기나 했던 건지조차 기억나지 않습니다.")

"그놈의 양말" 때문에 '그'와도 불화하고 앵무새로부터도 소외되는 처지인데도, '내'가 정작 불만을 품는 곳은 양말이 아니다. 양말을 대하는 '나'의 어정쩡한 태도도 문제 삼지 않는다. 오직 앵무새를 향해서 비난을 보낸다. 이유는 한 가지다. "우리가 서로를 향해 욕설을 퍼부을 때, 그 욕설을 한 자도 빠트리지 않고 다시 들려주던 앵무새"가 "양말에 대해서는 한마디도 하지 않았"기 때문이다. 앵무새가 한 번이라도 양말을 호명해 주었다면 '나'는 양말 사는 것을 잊어 먹지 않았을까? 혹은 양말에 대한 생각을 더 온전히 가질 수 있었을까? 아직은 모를 일이다. 다만 이런 질문은 더 해 볼 수 있겠다. 앵무새는 왜 양말에 대해서는 한마디도 하지 않았던 것일까? 혹 한마디도 할 수 없었던 것은 아닐까?

거의 양말 성애자처럼 양말에 꽂힌 사람이 양말에 대해 끊임없이 지껄이면서도 양말을 직면하지 못하는 것과 마찬가지로, 앵무새 역시 다른 말은 열심히 따라 하면서도 양말에 대해서는 끝까지 함구하는 방식으로 '내' 곁에 있다. '내'게 그토록 중요한 대상이 양말이라면, 같이 사는 앵무새만큼은 그 양말에 대해 뭐라도 얘기해 줄 법한데, 그런 일은 끝내 일어나지 않는다. '내'가 말하지 못하는 것은 앵무새도 끝내 말하지 못하는 것이다. 그럼 왜 말하지 못하는 것일까? 왜 말할 수 없는 것일까?

여기에 대한 답변은 양말의 돌출된 측면보다는 함몰된 측면에서 찾는 것이 적절해 보인다. 밖으로 돌출된 측면은 양말의 외양(뿔)을 이루고 안으로 함몰된 측면은 양말의 이면(구멍)을 이룬다. 돌출이 욕망의 외형을 이룬다면 함몰은 욕망의 근거를 이룬다. 밀하자면 구멍 때문에 뿔과 같은 욕망의 형상이 생겨났다고 봐야 할 것이다. 뿔처럼 돌출된 형상은 눈에 보이지만, 그것을 가능케 한 저 깊숙한 구멍은 좀체 보이지를 않는다. 어쩌면 영영 보이지 않기에 어떤 말도 할 수 없는 것이 아닐까. 아니면 어떤 말을 하더라도 비어 있는 허방에 계속 빠지는 꼴이 되는 것이 아닐까. 욕망의 무의식적 구멍이라고 할 수 있는 이 비어 있는 공간은 신성희의 시에서 상황을 바꿔 가며 계속 등장한다.

그런데 사슴은 왜 한 마리도 보이지 않는 거야?
어두워지기 전에 운 좋게 사슴의 멋진 검은 뿔을 볼 수 있을까?

생각보다 숲이 정말 캄캄하구나
누군가 길을 잃어버린다면 영영 돌아올 수 없을 것만 같아
이 와중에 너는 혼자
숲속으로 산책하러 가고 없네

너의 흰 플란넬 블라우스와 검은 바지
안 보여

이제 그만 돌아가자고
해가 진다고

너의 이름을 부르는데

생각지도 않은 순간, 생각지도 않은 총성이 울리고
깜깜해져 가는 숲속을 재빠르게 질주해 가는 저것은 무엇일까

너는 아직 돌아오지 않고
사슴은 보이지 않고
가슴이 이상하리만큼 크게 뛰고 있는데

언젠가 너는 생각났다는 듯이 나에게 말하겠지
이 공원에 왔던 사람들 중
사슴을 한 마리도 보지 못한 사람은 아마 네가 처음일 거라고

—「Richmond Park」 부분

　인용한 시에서 빠져 있는 전반부는, 어느 볕 좋은 날 연인 사이로
짐작되는 '너'와 '내'가 검은 뿔 사슴을 볼 수 있는 공원으로 피크닉
을 온 내용으로 채워져 있다. 여느 사람들처럼 햇빛을 만끽하며 여
유로운 시간을 보내다가 문득 사슴이 왜 한 마리도 보이지 않는지

궁금해하는 대목에서 인용문이 시작된다. "어두워지기 전에 운 좋게 사슴의 멋진 검은 뿔을 볼 수 있을"지 없을지 모르는 상황에서 눈 앞에 캄캄하게 펼쳐진 숲으로 '너'는 혼자 산책하러 가서는 돌아오지 않는다. 해가 지도록 불안하게 기다리던 '내'가 문득 인지한 것은 "생각지도 않은 총성"과 "깜깜해져 가는 숲속을 재빠르게 질주해 가는 저것"이다. 저것이 무엇인지 나는 알 수가 없다. 독자도 알 수가 없다. 사슴일 수도 있고 다른 동물일 수도 있고 심지어 '너'일 수도 있는 긴박한 상황에서도 "너는 아직 돌아오지 않고/사슴은 보이지 않고/가슴이 이상하리만큼 크게 뛰고 있는" 것으로 이날의 피크닉 장면은 일단 마무리된다. '너'는 과연 무사히 돌아온 것일까? 마지막 연에서 '네'가 남긴 대사를 고려하면, 무사히 돌아온 것으로 보이고 검은 뿔 사슴까지 보고 온 것으로 짐작된다.

그렇다면 숲속에서 울리던 총성과 재빠르게 질주해 가던 무엇은 무엇이었을까? 이런 의문이 계속 남지만, '너'에게서 들을 수 있는 말은 더 남겨져 있지 않다. 앞서 「양말과 앵무새」에서 양말에 대해 한마디도 하지 않았던 앵무새와 마찬가지로 이 시 역시 정작 궁금한 총성과 숲속을 질주하는 무엇에 대해선 아무런 언급을 남기지 않고 끝난다. 심지어 검은 뿔 사슴의 실체에 대해서도 이 시는 함구한 채로 끝난다. 왜 말할 수 없는 것일까? 「양말과 앵무새」에서는 그나마 돌출된 뿔의 형상으로 양말을 등장시켜서 보여 주지만, 이 시에서는 그에 상응하는 "사슴의 멋진 검은 뿔"이 끝까지 등장하지 않는 상태로 얘기된다. 갑작스러운 총성과 무언가의 질주가 커다란 미궁과도 같은 숲속의 일이라면, 검은 뿔 사슴 또한 커다란 구멍과도 같은 숲속의 일부다. 당연히 숲속으로 들어가기 전까지는 영원히 알 수 없는 미지의 사건으로 남을 수밖에 없다는 점에서, 숲속은 앞서 양말의 함입된 이면에 이어 욕망의 무의식적 구멍을 한 번 더 구현하는 장소라고 할 수 있다.

욕망의 무의식적 구멍이 발현되는 사례는 이 밖에도 더 있다. 어떤 곳도 가리키지 않은 채 "저기까지 가려면 어떻게 해야 해요?"라고 되풀이해서 묻다가 종내는 "무겁게 떨어져 내리는 가로등 푸르스름한 불빛 아래" "어리둥절해하며 서 있"는 사람(「조도」), "잠결에 무슨 소리가 들린 것도 같았다/손을 내밀어 잠깐/잠결에 만진 것도 같았다/한 발의 총성이 손을 스쳐 지나갔다"고 할 때의 총성(「여름휴가」), "그 밤에 나는 지혜의 이마에 생긴 구멍 하나를 보게 된다.//작은 연체동물 같은 것이 꼼지락거리고 있었다. 달팽이 새끼 비슷한 것이 알을 까고, 배설물을 싸며 기어 다녔다"에 등장하는 작은 연체동물 같은 것(「지혜」), "한밤중, 가로등 불빛이 작고 초라한 방을 비출 때, 알록달록한 줄무늬 양말이 한 마리 털벌레처럼 꿈틀거리며 기어갑니다"에서 보이는 한 마리 털벌레 같은 양말(「양말과 앵무새」), 이 모두가 욕망의 무의식적 구멍을 배경으로 순간순간 솟구치는 기묘한 형상의 사물이자 사건이라고 할 수 있다. 그 형상이 신성희의 시에서는 대체로 뿔의 이미지로 집약됨은 물론이다.

뿔의 이미지가 변형·변주되는 사례를 하나만 더 언급하자. 바로 뿔의 배경이자 이면을 이루고 있는 구멍의 입구가 막힌 경우다. 구멍은 입구가 뚫려 있어야 구멍이다. 만약 입구가 막힌 구멍이 있다면 더는 구멍일 수 없을뿐더러 뿔의 형상에도 영향을 미치게 된다. 입구가 뚫려 있어야 자연스럽게 통할 수 있는 바람구멍이 막히면서 마구 부풀어 오르는 모양으로 뿔의 형상이 변형되는 것이다. 예를 들면 꽉 묶인 비닐봉지처럼, 혹은 만두처럼.

어느새 축구공만큼이나 커진 말벌집을

커다란 봉지 속으로 무겁게 툭, 떨어뜨린다

조심스레 비닐의 입구를 꽉 묶는다

말벌들이 모두 갇혔다!

성난 벌들이 내는 세찬 날갯소리!

봉지 속 공기가 터질 듯 부풀어 올랐다

비닐봉지가 붕붕 떠오르며 찢어질 것 같았다

—「여름의 뒷모습」부분

만두를 먹으며 나는 어른이 되었다

잘게 부서질수록 웃을 수 있게 되었다

작아지는 나를 껴안고

작은 사람이 되어 가고 있다

주름 속에 나를 집어넣고

입을 꿰맨 채 살아 있지만

당신은 오늘도 커다랗게

입을 찢으며 웃고 있습니까

—「만두와 만두」부분

축구공만큼이나 큰 말벌집이 봉지 속에 들어갔다. 딸려 들어간 말
벌들이 가만히 있을 리 만무하다. 봉지의 입구가 봉해지는 순간부터
"성난 벌들이 내는 세찬 날갯소리"로 봉지는 부풀어 오른다. "붕붕
떠오르며 찢어질 것 같"은 비닐봉지 속의 아우성을 누군가는 끝내
잊지 못한다. "해 질 무렵/마당에 나가 혼자 서성거릴 때나/청명한

오전과 오후가 이어지는 날,/머리 위로 이리저리 날아다니던/말벌들의 음악 소리가 자꾸 생각날지도" 모른다(『여름의 뒷모습』). 만약 비닐봉지 속에서 성난 벌들이 내는 비명과도 같은 날갯소리를 듣지 않았더라면, 그전에 말벌집이 비닐봉지 속에 들어가 밀봉되는 장면을 보지 않았더라면 저와 같은 잔상은 남지 않았을 것이다. 밀봉으로 인해 남아 있는 잔상은 애초에 구멍이 있었기에 가능한 잔상이다. 밀봉이 되면서 새삼 환기되는 구멍은 구멍으로 인해 가능했던 뿔의 형상에도 관여한다. 밀봉된 구멍이 만들어 내는 뿔의 형상은 비대해질 대로 비대해진 내면의 소란스러움을 그대로 껴안으면서 팽창한다. 금방이라도 터질 듯 부풀어 오르는 비닐봉지처럼 말이다.

결과적으로 밀봉된 상태가 억지로 변형된 뿔의 형상을 야기한다면, 이어지는 「만두와 만두」에서 보이는 밀봉은 만두처럼 잘게 부서지는 속을 거느릴 수밖에 없는, 그러면서도 결코 터지거나 찢어지지 않을 외피를 둘러야만 하는 '어른'의 삶을 추가로 환기한다. 어른이 되면서 점점 작아지는 내면을 점점 주름지는 외피 속에 구겨 넣는 자가 새삼 조심해야 하는 것은 입이다. 언어적 인간의 출입구에 해당하는 것이 입이기 때문이다. 언제든지 열릴 수 있는 그 입으로 인해 인간은 한없는 구멍이 될 수 있고 끝없는 뿔이 될 수도 있다. 그런 입을 꿰맨 채로 살아야 비로소 어른이 될 수 있다면, 뿔과 같은 욕망의 형상 역시 변질이 될 수밖에 없다. 뿔의 생성을 가능케 한 무의식적 구멍도 계속해서 억압될 수밖에 없다. 누군가는 이렇게 해서라도 '어른답게' 잘 살겠지만, 또 누군가는 도저히 그렇게 살 수 없기에 끝내는 입을 찢는다. 찢어진 입으로 커다랗게 웃는다. 입을 찢어서라도 커다랗게 웃는 장면은 한편으로 "사정없이 주먹이 얼굴로 날아들었다/입안으로 흘러드는/찝찔한 코피 빨아 먹으며/킥킥킥,/나는 터져 나오는 웃음을 참지 못했다"에 등장하는 해괴한 웃음과 묘하게 통한다(「수학 시간」). 각기 다른 상황에서 나오는 웃음이지만, 둘 다 구멍을 외면하지도, 뿔을 포기하지도 못하는 자의 웃음이라는 점에서 한 궤에 놓인다.

만약 입을 뚫고 나오는 웃음조차 없다면 "죽은 듯이 살아 있는 벙어리 같은 말들"밖에 남지 않을 것이다(「입말의 시간」). "벙어리 같은 말"은 달리 말해 욕망의 출입구가 꽉 막힌 상태의 말이다. 그 반대편에 놓이는 것은 자연히 욕망에 충실한 말이다. '나'의 내면에서도 함몰되는 지점(구멍)과 융기하는 지점(뿔)을 되짚으면서 나오는 말. 그 말이 욕망에 충실한 말이라면, 그 말을 찾기 위해서도 '나'의 내면을 들여다보는 일은 필수적이다. "나에게 나를 완전하게 돌려주"기 위해서라도(「여름휴가」) 자신에 대해 "너는 누구니?/너는 누구니?"를 끊임없이 되물어야 하는 시간이 남는다(「수학 시간」). 자신의 정체성을 묻는 저 질문이 누적된다고 해서 명쾌한 답변이 기다리고 있는 것은 아니다. 욕망의 무의식적 구멍이 사실상 허방인 것과 마찬가지로 욕망의 주체인 '나'에 대한 질문 역시 허방에 빠지는 것을 각오해야 한다. 들여다볼수록 "내 머릿속은 내가 없는 사진들로 가득하다"는 걸 부정할 길이 없기 때문이다(「오늘 저녁, 성수동에서」).

이 대목에서 자아를 찾는 여행이 새삼 먼 여행길이 될 수밖에 없음이 예고된다. 돌고 돌아서 가는 먼 여행길의 끝에서 목도하는 것이 결국에는 '아무것도 없음'이라는 사실도 일찌감치 예고된다. 실제로 신성희의 시에서 길 떠나는 이들이 하나같이 봉착하는 장면도 "가 봤지만 아무것도 없었잖아 기차로 두 시간을 달려 버스를 갈아타고 내려서 한참을 걸었어 거짓말처럼 그곳에는 아무것도 없었어"라는 말이 기다리고 있는 풍경이다(「안드로메다」). 목적지가 어디든 거기에는 아무것도 없다는 사실만이 기다리고 있다면, 어디를 가든 그 걸음은 제자리걸음과 다를 바가 없다. 아니면 어디를 가야 할지 모르는 마음과 어디로도 갈 수 없는 마음이 뒤섞인 혼란스러움이 남아 있는 길을 채울 것이다. 아래는 그러한 걸음걸음의 기록에서 건져 올린 파편들이다.

왜 나는 여기 있지?/왜 나는 날마다 같은 골목길을 걸어 다니지?
—「밤은 속삭인다」부분

그것은 어디로도 가지 못한다/그 자리에 그대로 박혀 있다
—「아름다운 불이」부분

우리는 어디로도 가지 않고, 어디로든 가는 걸 원치 않으며, 점점 더 어디로 가야 할지 모르게 되었다
—「눈사람이 유리창으로 우리를 들여다본다」부분

밖은 아직 한겨울인데/갈 데도 없이 어딜 가려는 거야/가지 마 아니야 가 어디로든 가 버려 가서 죽어 버려
—「긴 겨울 동안 우리는 함께 있었지」부분

퍼붓는 눈 속에서 계속해서 집을 향해 가고 있지만 집은 나타나지 않고 점점 더 멀어지는 것만 같다 (중략) 나는 끝없이 같은 곳을 돌고 있다
—「눈 내리는 밤에」부분

어디로 가지? 바다? 아니야 그건 가방 안에 잔뜩 있어 어디로 갈까?

산? 아니 그건 호주머니 속에도 많아 어디로 갈까? 나는 한 발자국도
떼지 못한다

—「여행」 부분

문제는 여기서부터 내가 어디로 가야 할지 모르겠다는 거야

—「그럴 수 있지」 부분

아무 데도 가고 싶지 않다고 했잖아 나는 온종일 방 안을 걸어 다니
는 도보 여행자라고! (중략) 우리는 어디로도 가지 않는다 어디로도
갈 수 없다

—「안드로메다」 부분

어디로 가느냐고 그가 물었다. 왜 가는지, 갈 수는 있는 것인지 물
었다. 언제까지 가야 하는지 물었다. 기차는 세 시간째 이하로 가고 있
었다. 오래전부터 이하로 가고 있었다. (중략) 기다리는 것 말고 할 수
있는 게 아무것도 없었다.

—「갔다」 부분

답답함과 막막함이 범벅된 이러한 여행길에서 간혹 기적적으로
목적지에 도착할 때도 있지만("오전 9시, 우리는 기차에서 내린다 마게이트
에 도착했다", 「Portra 400」), 거기서도 무언가 별다른 것이 기다리고 있
을 것 같지는 않다. 도착해 봤자 아무것도 없는 상태가 계속될 거라
는 예감을 지울 수 없는 곳에서도 신성희 시의 화자는 길을 떠난다.
그것이 설령 같은 곳을 맴도는 헛걸음일지라도 걸음을 멈출 수 없는
곳에 다시 신성희 시의 화자가 놓인다.

그 걸음이 어찌해도 헛걸음을 벗어날 수 없다면, 남는 것은 헛걸음을 헛걸음으로 자각하면서 걷는 길뿐이겠다. 이쯤에서 앞서 읽은 「검은 뿔산」의 한 대목을 소환하자. "감출 수 없는 마음이/어디로도 나지 않는 길을/찾으며 내 뿔이 저기로/걸어갔을 것이다". 곰곰이 뜯어보면 수어가 두 개인 비문처럼 읽히기도 하는 저 문장에서 똑같이 주어에 해당하는 "감출 수 없는 마음"과 "내 뿔"이 동격의 자리에 놓인다면, "감출 수 없는 마음"과도 같은 나의 뿔이 향하는 길 역시 "어디로도 나지 않는 길"과 "저기"가 겹친 길이라고 할 수 있다. "저기"는 문맥상 시의 제목인 "검은 뿔산"이 자리한 곳이다. "검은 뿔산"은 물론 비유로 동원된 이미지이자 헛것으로서의 상(像)이다. 나의 뿔이 향하는 곳이 결과적으로 헛것으로서의 "저기"라고 한다면, "저기"로 난 길이 "어디로도 나지 않는 길"이 되는 것은 자연스럽다. 그렇다면 한 시인의 시 세계에서도 중요한 축을 담당하는 키워드(뿔)가 결국에는 헛것을 향한 길이자 "어디로도 나지 않는 길"을 동반할 수밖에 없음을 누구보다 시인 자신이 무의식적으로 인지한 결과물이 「검은 뿔산」의 저 문장이 아닐까.

의식적으로든 무의식적으로든 자각을 동반한 표현은 단순히 헛것에만 그치는 수사가 되지 않는다. 방황과도 같은 여행길을 수없이 지나오면서 건져 올린 다음과 같은 다짐 역시 단순히 구호로만 머물지 않는다. "이제 손을 가방에 넣고 나는 한 번도 가 본 적 없는 곳으로 떠나고 싶어 다시는 손을 놓아 주지 않을 거야"(「여행」). 이때의 '손'이 뿔의 다른 말이라면, 그 손은 다짐을 위한 장치를 넘어 "뿔을 잃은 사람들은/서로에게 기대어/한 번도/본 적 없는/뿔이 된다"는 걸 손수 증명하는 길을 열어 보일 수도 있겠다(「검은 뿔산」). 어쩌면 그것이 신성희 시인의 첫 시집에 잠재된 손이면서 뿔의 능력일 것이다.

제3부

당나귀로서의 문학, 소리로서의 시
—심보선 시집 『오늘은 잘 모르겠어』(문학과지성사, 2017)

2008년 출간된 심보선의 첫 시집 『슬픔이 없는 십오 초』는 크게 세 가지 점에서 인상적이었다. 우선은 오랫만에 지식인의 얼굴이 보이는 시집이었다는 점. 다음으로 시대를 관통하는 좌절과 슬픔의 정서가 내밀한 개인의 목소리로 올라오고 있다는 점. 마지막으로 시집 곳곳에 슬쩍 웃음을 안겨 주는 위트가 들어가 있다는 점. 무엇보다 이 세 가지가 한데 묶여 있다는 점도 이 시집의 빼놓을 수 없는 특징이자 특장으로 손꼽을 수 있겠다.

1970년생인 심보선 시인은 나이만 놓고 본다면 미래파 세대에 들어가는 시인이지만, 그의 시는 당시 시단을 뜨겁게 달궜던 미래파 시와는 상당한 거리감을 가진다. 그의 시에는 미래파 시의 중요한 축이기도 한 미성년 화자가 등장하지 않는다. 당연히 미성년 화자로 대변되는, 시대와 세계에 지극히 무관심한 시적 주체를 발견할 수 없다. 그의 시는 첨예한 사회의식과 시적 인식을 함께 장착하고 있는 전형적인 지식인으로서의 태도를 견지한다. 그러면서 1980년대적인 연대의식과 비판의식이 2000년대에도 여전히 시적으로 유효할 수 있다는 걸 몸소 증명한다. 자칫 딱딱할 수도 있는 지식인의 얼굴이 도드라지는 저 시집을 부드럽게 껴안아 주는 역할은 시집의 두 번째 특징이기도 한 좌절과 슬픔의 정서가 맡고 있다. 좌절과 슬픔의 감정을 격한 목소리가 아니라 차분한 어조에 담아내고 있는 그의 시는 한편으로 소외된 개인의 정서가 부각되었던 1990년대의 시풍과도 맥이 닿아 있다. 언뜻 칙칙하고 무거울 수도 있는 앞의 두 특징(좌절한 지식인의 슬픔이 묻어나는 목소리)은 그러나 세 번째 특징에 의해서 충실히 보완된다. 시집 곳곳에 위트를 장착한 문장이 등장하면서 한없이 가라앉을 수도 있는 시집의 무게를 일정 부분 덜어 주고 있는 것이다.

지식인, 슬픔, 위트. 서로 다른 층위를 이루고 있는 저 세 가지 키워드가 무리 없이 섞여서 또 하나 새로운 공동체 의식과 개인의 정서와 웃음의 가치를 일깨우는 시. 어쩌면 심보선의 시가 광범위한 독자를 거느리는 이유이기도 할 저와 같은 특징은 2011년 두 번째 시집 『눈앞에 없는 사람』을 거쳐 세 번째 시집 『오늘은 잘 모르겠어』에 이르러서도 여전한 매력이 되고 있다. 세 번째 시집에서도 날카로운 비판의식과 귀중한 연대의식이 변함없이 읽히며(특히 「갈색 가방이 있던 역」, 「스물세 번째 인간」, 「근육의 문제」를 비롯한 3부의 시편들), 좌절과 슬픔의 정서 또한 더 강화된 상태로 시집의 구석구석을 차지하고 있다(가령 「말년의 양식」, 「형」, 「다시 아버지를 생각하며」 같은 시편들). 물론 맛소금처럼 웃음을 뿌려 주는 위트 또한 이번 시집에서 드물지 않게 확인된다(「심보르스카를 추억하며」, 「섬살이」, 「강아지 이름 짓는 날」 등에 등장하는 재기 넘치는 발언들).

이처럼 심보선 시의 특징이자 특장이 되는 지점이 이번 시집에서도 여전한 가운데 달라진 면모도 함께 발견된다. 역시 크게 세 가지 점을 들 수 있겠다. 하나는 좌절과 슬픔의 정서에 낭만성이 더해졌다는 것. 동경과 좌절의 끊임없는 반복이 낭만성의 핵심을 이룬다면, 좌절과 슬픔의 정서가 앞서는 심보선의 시에서 낭만적인 성향은 앞선 두 권의 시집에서도 어렵잖게 발견되는 요소라고 할 수 있다. 차이가 있다면 그것의 강도가 훨씬 더해졌다는 점이다. 때로는 낭만성이 지나쳐서 책임지기 힘든 잠언으로 빠지는 대목도 심심찮게 보인다. 예를 들어 이런 구절들. "한 편의 시가 별자리가 되려면/수천수만 명의 시인이 죽어야 한다는 것을"(「축복은 무엇일까」), "만물이 재가 되어 날아오르고/만인이 새가 되어 불타오르는/폐허의 첫 장면이 거기 빠짐없이 담겨 있으니"(「고통 여관의 미지막 일지」). 이처럼 시적인 도약에 해당하는 부분을 책임질 수 없는 잠언으로 처리해 버리면 시의 맥도 빠지지만, 무엇보다 비판의식과 연대의식을 강조하는 심보선 시 특유의 기반이 허술해질 수 있다. 시대와 역사에 대한 책임감을 전제하는 시적인 발언은 무책임한 잠언과 거리를 둘 때 힘을 받는다. 그런 점에서 눈에 띄게 강도와 빈도가 더해진 잠언은 이번 시집에서 유독 아쉬운 점으로 남는다.

다음으로 개별 시편들의 길이가 상당히 길어진 점도 이번 시집의 변모 중 하나로 얘기할 수 있겠다. 헤아려 보니 총 54편의 시가 본문에서 차지하는 분량만 해도 250쪽을 훌쩍 넘어간다. 한두 쪽 분량의 짧은 시도 있지만, 십여 쪽에 이르는 긴 시도 많다는 얘기다. 이전 시집들에 비해 이렇게 시가 비대하게 길어진 이유가 뭘까? 이건 시집 말미에 부록으로 들어 있는 「당나귀문학론」에서 힌트를 얻을 수 있겠다. 볼프강 에젤만(Wolfgang Eselmann)이라는 가상의 필자를 내세우고 있는 이 글은 사실상 시인 자신의 시론이라고 봐도 무방할 것이다. 이 글에서 볼프강 에젤만은 아니 심보선은, 묵묵히 진심을 다해 진실을 향해 가는 당나귀로서의 문학을 강조하는 대신, "자기 자신에만 관심"을 두는 문학, 그래서 "우아하게 투덜대는 것에 불과"한 이른바 '개성주의자'들의 문학을 거부한다. 개성주의자라는 용어에 들어 있는 저 '개성'이 무엇인가? 바로 현대의 문학성을 결정짓는 핵심이 아니던가. 아무리 잘 쓴 글이라노 거기에 개성이 없나면 현대의 문학으로 인정받을 수 없다. 시도 마찬가지라는 점에서 개성의 거부는 현대시의 가장 중요한 토대를 부정한다는 것이며, 이는 개성과 비개성으로 나누어지는 현대시의 정의 내지 장르 문제를 정면으로 제기하는 것과 다르지 않다.

실제로 그는 시집 출간 이후 가진 한 인터뷰에서 이렇게 역설한다. "시는 흔히 가장 세련된, 고급스러운 형태의 언어라고 말하지만 나는 시가 세련되고 세련되지 않고를 떠나, 모든 구별이나 위계를 떠난 소리라고 생각한다."(『채널예스』, 2017.8.21.) 모든 구별이나 위계를 떠난 소리로서의 시를 새삼 강조하는 발언이다. 그렇다면 개성주의자로 지칭되는 이들의 시를 거부하며 자신의 시론으로 내세우는 데 결정적으로 동원되는 개념이 하나는 '당나귀'이고 다른 하나는 '소리'라고 할 수 있다. 어떤 차등이나 위계를 두지 않는 소리로 묵묵히 진심을 다해 진실을 향해 가는 당나귀로서의 문학 혹은 시. 그러고 보니 시집의 맨 앞에 놓인 두 편의 시 제목도 차례대로 「소리」와 「당나귀」다. 시집 중반부에 등장하는 「나는 시인입니다」와 「나는 이제 시인이 아니랍니다」 역시 개성과 비개성의 차원을 떠난 지점에서 시인의 의의를 찾고 있는 시편들에 해당한다. 따라서 시에 대한 기존의 관점이 주는 억압(시는 모름지기 밀도가 높은 압축적인 언어로 쓰여야 한다)에서 한 발짝 달아난 것이 심보선의 이번 시집이라고 할 수 있다. 그러니 길어지고 풀어지고 늘어지는 따위의 문제에 개의치 않는 시가 나올 수 있지 않았을까.

『오늘은 잘 모르겠어』에서 마지막으로 짚고 넘어갈 것은 시집의 끝자락을 차지하고 있는 세 편의 시다. 「마치 혀가 없는 것처럼」, 「브라운이 브라운에게」, 「리던던시」. 이 시편들은 지금까지 심보선이 선보여 왔던 시는 물론이고 이제껏 우리가 알아 왔던 시라는 장르 자체를 새삼 고민하게 만든다. 우선, 「마치 혀가 없는 것처럼」은 혀로 상징되는 기성의 언어 질서에 한정되지 않는 문학의 가능성을, 몸소 '혀 없는 말하기' 실험을 동반하면서 탐색하고 있는 텍스트다. 엄연히 혀가 있는데도 혀가 없는 것처럼 말한다는 것은, 기존의 문학 내지 시가 되는 조건을 알고 있음에도 일부러 그것을 거부하면서 또하나의 문학이자 시에 해당하는 영역을 개척하려는 의지로 읽힌다. 이러한 의지의 결과물은 시집의 마지막 시 「리던던시」에서 한 번 더 분명하게 확인할 수 있다. "이 살픈 머을에 나 훈저 가하 모아 구룸 우에 망실히 사녀리메"처럼 기존의 조음 체계를 무시하면서 나오는 온갖 발화들이 의미 생성의 조건과 더불어 시의 형성 조건을 거듭 심문하고 있는 것이다.

「브라운이 브라운에게」는 한 편의 단편소설로 읽어도 무방할 만큼 긴 분량의 이야기로 채워지고 있다. 편지 형식을 차용한 이 이야기는, 그 자체 시와 소설의 경계, 나아가 시와 시 아닌 것의 경계를 무화시키는 효과를 내고 있다. 역시 시라는 장르를 특정한 개념이나 범주에만 묶어 둘 수 없다, 혹은 묶어 둘 필요가 없다는 사유의 결과물로 받아들일 수 있다. 결과물이면서 한편으로 심보선의 시가 앞으로 뻗어 나갈 도정의 하나로도 읽히는 이 시들이, 아니 이 텍스트들이, 아니 이 이상한 소리들이, 당나귀처럼 또 어떤 묵묵한 길을 내며 걸어갈지는 좀 더 두고 볼 일이다.

끝의 언어에서 속의 언어로
―최규승 시집 『속』(문학실험실, 2020)

2017년 출간된 최규승 시인의 세 번째 시집 제목은 "끝"이었다. 이 시대에 몇 안 되는 '언어주의자'로서의 시 쓰기를 감행해 온 시인의 시적 행보를 고려하면, 시집 제목에 담겨 있는 '끝'이 예사로 읽히지 않는다. 여기서 '끝'은 사실상 '언어의 끝'이다. 언어의 끝이기에 그것은 허상의 끝이면서 헛것의 끝이기도 하다. 실재도 될 수 없고, 현실도 될 수 없으며, 사물 자체도 될 수 없는 언어는 언제나 허상이면서 헛것으로 우리에게 다가와 마치 실물처럼 쓰이는 이상한 마법을 보여 준다. 시인은 언어와 사물 사이에서 발생하는 이 마법의 힘을 더 강력하게 해 주는 역할도 하지만, 정반대로 언어와 사물 양자의 간극을 냉철하게 들여다보며 마법의 허상을 확인시켜 주는 역할도 겸한다.

최규승 시인은 물론 후자의 역할에 충실한 시인이다. 좀 더 엄밀히 말하자면, 후자의 역할에 충실하면서 전자의 마법을 대체하는 새로운 마법의 세계를 열어 보이(고자 하)는 시인이라고 할 수 있다.

"그의 언어들은 언어가 실재에 닿을 수 없다는 것을 보여 줌으로써 다른 언어의 세계를 낳는다"거나, "지시하지 못하는 언어를 통해 다른 삶의 감각을 전달하는 시"(이광호)라는 기존의 평가 역시 이의 연장선에서 충분히 이해된다.

그렇다면 언어와 사물 양자의 간극을 확인하며 새로운 마법의 세계이자 언어 공간을 구축해 온 최규승의 시가 최종적으로 지향하는 곳이 어디일까? 언어는 고정되지 않는 것이고, 고정될 수도 없는 것이고, 그리하여 끝없이 움직이는 상태 그 자체에 충실한 언어의 궤적을 보여 주고자 한 것이 세 번째 시집의 지향점이었다면, 시집의 타이틀인 '끝'과도 연계되는 이 지향점 혹은 종착점 다음에 남아 있는 것은 무엇일까? 세 번째 시집 이후의 작업을 이해하는 차원에서도 매우 중요한 이 질문 앞에서 손쉬운 답변이 기다리고 있지는 않을 것이다. 누구보다 먼저 시인이 봉착했을 질문이고, 그래서 누구보다 앞서 고민의 시간을 쌓아 갔을 시인의 시적 행보가 반영된 결과물이 근자에 출간된 네 번째 시집 『속』이 아닐까? 이런 짐작으로 시집을 펼친다.

'끝'의 다음을 기대하며 읽어 나가는 입장에서 먼저 눈에 들어오는 대목이 있다. 공교롭게도 시집의 맨 끝에 있다.

'가슴 미어짐'으로부터 멀어짐. '함께 만드는 세상'으로부터 멀어짐. '어떤 다짐'으로부터 멀어짐. '밤새워 함께 고통하기'로부터 멀어짐. '눈물이 주룩주룩'으로부터 멀어짐. '소름 돋음'으로부터 멀어짐…… 수많은 멀어짐으로 쓰인 시, 멀어져도 시작점과 이어진 시.

언제 이 이 투명 고무줄을 끊어 버려야 할지 주저하는 사이, 시는 쌓

이고 시집은 늘어난다. 끈을 끊으면 완전히 멀어질 수 있지만 시작점
을 잃고 시작을 멈춰야 한다.

이 시집이 그 순간이 되기를/되지 않기를.

—「시인의 말」 부분

과연 '끝' 이후의 시집답게 '멀어짐'에 대한 얘기가 담겨 있다. 읽
고 보니 '멀어짐'의 대상이 어딘가 낯익다. "가슴 미어짐", "함께 만
드는 세상", "어떤 다짐", "밤새워 함께 고통하기", "눈물이 주룩주
룩", "소름 돋음". 하나같이 시를 비롯한 문학예술에서 통념적으로
기대되는, 그래서 상찬의 수사로 쓰이는 표현들이다. 최규승의 언어
는 시에 대해, 문학에 대해, 예술에 대해, 무엇보다 언어에 대해, 저
러한 수사로 치장되는 어떤 통념을 거부한다. 통념은 앞의 논의를
받아서 쓰자면, 언어와 사물 사이에 놓인 간극을 애써 외면하는 데
서 발생하는 통념일 것이다. 당연히 그러한 통념을 거부하는 동시에
거기서 멀어지고자 하는 인식은 언어와 사물 사이의 간극을 더욱 부
각하는 차원에서 시를 구하고 또 구현하고자 할 것이다. 따라서 최
규승 시의 출발점은 언어와 사물의 동일화에 기댄 기존의 통념으로
부터의 멀어짐 그 자체에 있다고 하겠다.(참고로, 인용문에 나오는 "시작
점"은 절박한 현실을 이루는 어떤 지점이고, 이는 시의 터전을 이루는 어떤 지대이기
도 하다. 그렇다면 절박한 현실의 면면을 시의 터전으로 삼는 동시에 거기서 최대한
멀어지고자 하는 욕망이 최규승 시의 출발점을 이룬다고 할 수 있다.)
　　문제는 이러한 멀어짐의 시적 운동이 시집 세 권에 걸쳐 누적되면
서, 멀어짐의 대상 목록에 기존의 시적·문학적·예술적·언어적 통
념뿐만 아니라 그것을 거부하는 시인 자신의 시도 어느 순간 포함될

수 있다는 점이다. 통념으로부터 멀어지고자 한 시적 운동 역시 그것이 반복적으로 수행되면 또 하나의 통념이 될 수 있다. 통념은 통념이 되는 순간부터 언제나 더 멀리 달아나고자 하는 시의 발목을 붙잡고 늘어진다. 자신이 그토록 구축하고자 했던 독자적인 시 세계가 어느 순간 족쇄처럼 다가오는 순간이, 적폐처럼 느껴지는 순간이, 언어주의자의 시 현장이라고 해서 비껴가지는 않을 것이다. 오히려 더 혹독하게 찾아올 수도 있다. 언어와 사물 사이의 간극에 집중하면서 새로운 언어 공간을 창출하려는 실험이 반복되다 보면, 자칫 동어반복의 언어만 남은 공간으로 시가 전락할 수도 있기 때문이다.

시에서 언어주의자를 지향하는 이들이 가장 경계해야 하는 동시에 숙명적으로 각오해야 하는 이러한 동어반복의 세계를 극복하는 일이 지상 과제로 남을 때, 시인은 새삼 어떤 결단을 내려야 할지 고민한다. 이때까지 쌓아 온 자신의 시적 이력을 모조리 끊어 내면서 달려갈 것인가, 아니면 최소한의 끈은 유지한 채로 자신의 시 세계를 확장 내지는 심화해 갈 것인가? 위의 인용문만 놓고 보자면, 시인의 선택은 둘 중 어느 하나로 정리되는 것 같지는 않다("이 시집이 그 순간이 되기를/되지 않기를"). 그러나 시집의 제목을 다시 떠올리면, 그리고 시집에 담긴 대다수 시편들의 성격을 감안하면, 대체로 후자의 길로 귀결되는 듯하다. 즉 언어의 끝을 내다보며 달려나간 지경에서 앞으로 더 나아갈 끝이 안 보일 때, 거기서 재차 뻗어 나갈 수 있는 길은 밑도 끝도 없는 끝 너머의 길이 아니라, 끝에서 돌아볼 때 다시 보이는 '속'의 길인지도 모른다.

끝까지 나아간 길에서 회항하듯이 돌아보는 속의 길은, 속이라고 해서 또 빤한 길을 보여 주지 않는다. 언어의 경계에서 끝이라는 지점을 상정하기가 불가능한 것과 마찬가지로(언어는 언어의 끝에 닿았다고 판단되는 순간, 그곳을 다시 언어의 시작점으로 만들어 버린다), 언어 자체가 구조적으로 언어 내부로만 이루어진 공간이라는 점을 상기하면(언어는 언어 바깥을 상정하는 순간 곧바로 언어의 내부로 편입시켜 버린다), 언어의 속 역시 광대무변한 우주와 다름없는 공간으로 남는다. 너무 넓어서 또 헤맬 수밖에 없는 길이 언어의 속을 탐험하는 이의 눈앞에 놓이는 것이다.

"태양을 부정하는 방법"이 "그 빛에 눈머는 것"이듯(「트위스터」) 언어의 끝에서 언어를 부정하는 방법으로 다시 언어의 속으로 함몰되는 여행은, 다시 말하지만, 언어 내부의 어디에도 닿지 않는 필연을 내포한다. 그런 점에서 아래 시에 나오는 '바다'는 언어의 끝이든 속이든 상관없이 결코 닿을 수 없는 곳에 위치한 언어의 속성을 그대로 구현한다.

바다에 가자 했다 바다에 꼭 가자 했다 바다에 가고 싶다 했다 바다가 보고 싶다 했다 바다가 부른다 했다 바다에 빠지고 싶다 했다 바다에 살고 싶다 했다 바다에 묻히고 싶다 했다 바다가 바란다 했다 바다는 받아 준다 했다 바다가 말한다 했다 바다가 들린다 했다 바다가 눈부시다 했다 바다가 노래한다 했다 바다에 잠기고 싶다 했다 바다를 건너고 싶다 했다

띵—
똥—

겨우 우리는 강가에 있고 강바람이 불고 라면이 끓고 날벌레가 어지럽고 산달이 가까운 깡마른 암고양이가 있고 누군가 놓고 간 물과 사

료가 있고 먼 데서 개 짖는 소리가 들리고 밀물에 밀려온 갈매기의 울음소리가 들리고 후루룩 라면 먹는 소리가 들리고 고양이는 의자 밑으로 들어가고 우리는 강가에 있고

　당신이 언어가 될 때까지
　당신을 하나하나 발음해 봅니다
　철자로 만들어 조립해 봅니다
　이제 당신은
　글자로 만든 몸을 가졌습니다
　이름도 없이 당신은
　언어가 됩니다
　당신의 생각은 당신의 몸
　당신의 말은 당신의 몸
　분리와 조립이 자의적인

　당—
　신—

　바다가 싫다 했다 바다가 무섭다 했다 바다는 모른다 했다 바다는 본 적이 없다 했다 바다를 버렸다 했다 바다를 외면했다 했다 바다는 바다라 했다

　여전히 우리는 강가에 있고

—「바다」 전문

'바다'와 관계된 모든 발언이 화자의 직접적인 언사가 아니라, 어딘가에서 들은 말('-다 했다')로 채워지고 있는 점이 우선 눈에 띈다. 시에서 화자는 바다를 한 번도 겪어 보지 못한 상태로 바다에 대해 계속 얘기한다. 당연히 바다는 체험의 바다도 기억의 바다도 아닌 상상의 바다로만 남아서 접근을 허락하는데, 그조차도 바다까지 다가간 풍경이 아니라 바다 근처까지만 허락한 풍경으로 채워진다. 바다에 대해 제아무리 많이 듣고 떠들어 봤자, 겨우 강가에 머무는 단계에서, 여전히 강가에 머무는 지경에서 얘기될 수밖에 없는 공간. 영원히 닿을 수 없는 세계이자 불가지의 세계로서만 접근이 허락되는 공간. 그것이 바다라면, 그것은 언어의 다른 말이며, 바다 같은 언어는 그리하여 바다처럼 넓고 바다처럼 막막한 곳에서 '우리'의 상상을 지배한다. 닿을 수 없는 위치에서 '우리'의 상상과 생각과 기억까지 지배하는 언어라는 바다는, 언어 없이는 무엇도 탄생할 수 없는 공간으로 이 세계를 재편한다. '당신'이라는 존재가 결과적으로 언어로 불리면서 탄생하듯이, 언어로 불리면서 몸을 가질 수밖에 없는 역설적인 존재 조건은 '당신'에게도 '나'에게도 그 무엇에게도 빠짐없이 적용되는 조건이다.

무소불위의 힘을 자랑한다고 해도 과언이 아닌 언어는, 그러나 여전히 닿을 수 없는 곳에서 제 위치를 점유한다. 이 세계에 언어가 영향을 미치지 않는 곳은 없으나, 언어가 그 몸체를 보여 주는 순간은 어디서도 발견되지 않는다. 거의 신과 다름없는 위치에서 언어는 제 속을 더듬으려는 모든 손길을 속된 손길로 바꾼다. 혹 속된 손길에 만져지는 언어가 있다면 그것은 이미 속의 언어가 아니라 속된 언어다. 속된 언어는 말 그대로 세속의 언어이면서 현실의 언어다. 욕망의 언어이면서 누대에 걸쳐 쌓어 온 관념의 언어다. 그러한 언어가

'우리'의 속을 채울 때, '나'의 언어도 시의 언어도 결국에는 속된 언어를 벗어나지 못한다("속된 말은 신속하게 속이 되어 가네요 속되고도 속되고도 속되도다//내 시는 속된 말로 가득합니다", 「속」). 이른바 전위를 내세우며 기존의 속화된 언어를 거부하는 언어도, 그것이 인간의 손길로 진행되는 이상, 속된 언어를 벗어날 수 없기는 마찬가지다.

속됨은, 속된 언어는 그리하여 인간의 어쩔 수 없는 존재 조건이다. 속됨을 벗어날 수 없는 인간에게 현실적으로 유용한 언어는 신의 언어도 시의 언어도 아닌 법의 언어일 것이다. 그러나 법의 언어는 법의 언어대로 장벽을 두르고 있다. 언어는 어떤 언어든 언어인 이상, 경계를 짓고 울타리를 만들고 담장을 올린다(만인의 언어는 그러므로 환상이다). 법의 언어는 법의 언어대로 담장 너머에 있다.

어느 날 법원 담장을 따라 걷다가 알았다
아름다운 삶은 모두 저 너머에 있다는 것을
하필이면 너머의 경계가 법원 담장이어서
나는 깨달음을 법정 안에 가두었다

(중략)

새로움이란 결국 다음 해의 봄 같아서
반갑지만 지겨운 것
전위도 진위를 가릴 수 없는
꽃샘추위 같은 것
선형의 시간이 폭력이라면
순환의 시간은 기만이니

지난 모든 아름다움을 포기한 채
봄도 법원 담장 안에
가두고 나는 담장을 따라 걷는다
법원 담장은 높아서
볼 수 없는 봄
알 수 없는 아름다움
시야를 가린 시
법원 담장 끝에 나타난 문
여전히 문은 담처럼 굳건하고
나는 여전히 담장을 따라

걷는다

깨달음은 멀고 걸음은 가깝고 담장에 기댄
토끼가 없으면 모자도 없다
　　　　　　　—「걷는다—기억은 조건이 붙는 상상력이다」 부분

언어의 끝까지 가 보려고 한 시인의 눈에는 모든 것이 경계로 보이는가 보다. 이번에도 담장 옆에서 담장을 따라 거닐며 어떤 경계를 생각하는데, 하필이면 법원의 담장이다. 높고도 굳건해 보이는 저 담장 너머에는 당연히 법원이 있을 것이고, 법의 언어가 돌아다니고 있을 것이며, 법의 언어로 판단하고 재단하는 세상이 딴 세상처럼 또 있을 것이다. 이 세상의 언어이면서 이상하게 이 세상의 언어가 아닌 것 같은 언어가 계속 만들어지고 쓰이고 있을 것이다. 문제는 법의 언어에 있지 않다. 법에도 있지 않을지 모른다. 문제는 언어 자체에 있을 것이다. 어떤 언어든 그것이 언어로 된 이상, 법전도 경전도 사전도 모두 불완전한 동시에 완고한 체계를 갖춘 채 우리 앞에 던져진다. 법전에 아무리 정통한 사람일지라도 법전이 인간의 언어로 된 이상, 그것은 불완전한 세계이면서 완고한 체계를 갖춘 어떤 것으로 다가온다. 잘 알겠는데도 새삼 모르겠는 세계를 함께 거느리면서 언어는 언어 앞의 당사자에게 온다. 언어는 기지(旣知)이면서, 기지인 만큼이나 다시 미지(未知)인 채로 우리 앞에 도착한다. 매년 돌아오는 봄이 같은 봄이면서 같은 봄이 아니듯, 매번 경험하는 언어의 순간은 조금만 자세히 들여다봐도 하나같이 알 수 없는 장막을 두른 것처럼 보인다. 다 보여 주지 않았는데 다 보여 준 것처럼 있고, 더 보여 줄 것이 있는데 더 보여 줄 것이 없는 것처럼 의뭉스럽게 서 있는 언어를, 언어의 체계를, 아니 언어의 시시각각 움직임을 시인이 아니면 또 누가 다시 눈여겨보겠는가.

시인은 법원의 문 앞에서도 담장을 느낀다. 금방 열릴 것 같으면서 도무지 열리지 않는 언어의 문이 어디 법원의 문뿐일까. 속된 언어도 헛된 언어도 참된 언어도 모두 그것이 언어인 이상, 속을 감춘 채로 속을 보이고, 끝을 감춘 채로 끝을 이어 간다. 깨달음도 멀고 아름다움도 먼 그 길에서 시인은 다만 걷고 있을 뿐이다. 지쳐서 포기할 때까지 걸음을 옮기는 사람. 그곳이 어디든 어딘가를 걷고 또 걷는 길을 만들어 가는 사람(그러고 보니 이번 시집에서는 유독 '걷는다'는 표현이 많이 나온다). 언어의 끝에서 시작하여 다시 언어의 속으로 파고드는 이번 시집 이후의 행보 또한 어딘가를 끝없이 걸어가는 사람의 형상으로 그려지지 않을까, 그렇게 짐작해 본다.

너 혼자가 아니야, 단어야
―오은 시집 『우리는 분위기를 사랑해』(문학동네, 2013)

> 더 좋은 시는 단어를 사랑하는 일로부터 나온다.
>
> ―오은, 「풀리는 시, 홀리는 시」

여기 한 단어가 있다고 치자. 무엇이든 좋다. 어떤 단어라도 좋으니 한 단어가 있다고 치자. 어떤 단어가 좋을까 고심하기도 전에 나는 한 단어를 이미 빌려 와서 썼다. '설'이라고.

'설'이라는 말. '설'이라는 단어. 그것의 뜻을 곰곰이 따지거나 음미하기 전에 먼저 발음부터 해 보자. 내 입에서 나지막이 발음되면서 발설되는 단어. '설'은 발음이 거듭될수록 그것이 거느리고 있었을 이러저러한 뜻으로부터 점점 멀어지는 것 같다. '설'이 무슨 뜻이었을까 되새겨 보기도 전에 그것은 '털'이나 '살' 혹은 '섬'과 같은 여타의 단어들과 간신히 변별되는 '음가(音價)'만 남은 채 발음된다. 발음이 거듭되고 있다. 종내에는 '음가(音價)'조차도 부질없는 어떤 상태의 '음(音)'만 남아서 떠돈다. 내 입에서 시작하여 내 입에서 끝없이 맴돌고 있는, 뜻도 음가도 부질없어져 버린 어떤 음(音)이자 소리. 설.

어떤 단어이든 그것이 단음절에 가까운 단어일수록, 반복되는 그

소리의 끝은 의성어나 의태어를 향해 가는지도 모르겠다. '설'이라는 단어가 발음을 거듭할수록 '설설' 기어가는, 기어서라도 가야 하는 이 글의 모양새를 되비추는 의태어로 둔갑해 가듯이. 설설설 더 기어서 가기 전에 '설'이라는 단어에서 발을 빼자. 소리만 남아서 메아리치는 그 소리에서 벗어나자. 한 발짝 두 발짝 벗어나면서 '설'은 다시 음가를 되찾고 뜻까지 다시 갖추어 가는 어떤 단어가 될 것이다. '설'이 소리의 끝에서 돌아오고 있다.

끝까지 갔던 한 해가 돌아오고 있다. 새해의 첫날이 돌아오고 있다. 네 입에서도 내 입에서도 아침마다 칫솔로 쓸어내리는 내 혀(舌)에서도 돌아오고 있다. 하나의 건해나 학설(說)처럼 돌이올 수도 있고, 좀 더 억지를 부린다면 설(薛)씨 성을 가진 사람을 통해서도 돌아올 수 있다. 그것은 돌아와서 어느 순간 쐐기(楔)처럼 내 의식에 박힐 수도 있다. '설'은 다양하게 돌아올 수 있다. 음가를 회복하고 하나씩 뜻을 회복하면서 '설'은 더 많은 '설'이 되어 돌아오고 있다. 그 많은 '설'을 감당하기 위하여 우선은 사전이 필요하고 사전 비슷한 것이라도 필요하고 다음에는 사전이 필요 없어진다. 사전 없이도 우리는 그 많은 '설'을 잘 구별하고 산다. 감당하기 힘들 정도로 그 많은 '설'의 용례가 서로 겹치면서 혼란을 초래한다면, 사전보다 먼저 우리의 혀가 '설'의 의미를 대폭 정리했을 것이다.

여러 뜻을 거느린 '설'은 이미 안정된 상태로 우리의 입과 눈과 귀 근처를 맴돌고 있다. 안정된 상태이므로 잘 쓰이기만 하면 되는 시절을 '설'은 지나고 있다. 뜻하지 않은 계기로 새삼 막대한 불편이 초래되지 않는 이상 '설'은 이 상태를 유지하면서 우리의 언어생활에 계속 밀착해 있을 것이다. '설'이라는 단어를 공유하는 우리 역시 그러한 밀착 상태를 애써 거부할 필요를 못 느낄 것이다. 마치 공기처럼 편안하게 우리를 둘러싸고 우리의 언어생활을 지배하고 있는 그 많은 '설'을 새삼 눈여겨볼 기회는 많지 않다. 사람도 많지 않다. 어쩌다가 눈에 들어오는 귀에 박히는 그리하여 혀끝에서 자꾸 맴도는 '설'의 이러저러한 용례가 드물게는 누군가의 눈과 귀와 혀를 필요 이상으로 자극할지도 모른다. '필요 이상'이란 말은 필요하지 않아도 된다는 걸 전제한 말이며, 따라서 그것은 일견 유희처럼 보이고 장난처럼 치부되고 놀이처럼 착각되는 어떤 말의 사태를 불러일으키기도 한다. 필요 이상으로 벌어지는 어떤 말의 사태는 어디서든 벌어지고 어디서든 포착할 수 있다. 멀리 갈 필요 없이 맨 먼저 눈에 띄는 사태부터 구경하자. 눈사태가 난 것처럼 호들갑을 떨 필요는 없을 것 같다. 기껏해야 '말사태'인데, 누군가는 그것을 대단한 비밀을 간직한 것처럼 꼭꼭 참아 두었다가 쟁여 두었다가 더는 참다못한 지경에서 터뜨린다. 아래는 그 폭발의 현장 중 하나다.

익은 감자를 깨물고 너는 혀를 내밀었다 여기가 화장실이었다면 좋겠다는 표정이었다 바로 지금이었다 나는 아무도 듣길 원치 않는 비밀을 발설해 버렸다 너의 시선이 분산되고 있었다 나에게로 천장으로 스르르 바깥으로

방사능이 누설되고 있었다 너의 눈빛을 기억할 시간이 얼마 남지 않았다 너는 여기가 바로 화장실이라는 듯, 바지를 내리고 시원하게 노폐물을 배설했다 노폐물은 아무런 폐도 끼치지 않지 너의 용기에 힘껏 박수라도 치고 싶었다

이 모든 일이 내년의 첫째 날에 일어났다 그날은 종일 눈이 내렸다 소문처럼 온 동네를 반나절 만에 휩싸 버렸다 문득 폐가 아파 와 감자를 삶기 시작했다 여기가 화장실이 아닐지도 모른다고 생각하니 말이

더 마려웠다

—「설」 전문

　도착하고 보니 폭발은 이미 일어났고 잔해를 수습하는 일만 남은 현장에서 맨 먼저 발견되어야 하는 것이 있다면 아마도 '혀'가 아닐까. 폭발하듯이 말사태가 벌어진 이 현장을 아우르는 단어가 '설'이라는 걸 감안하면 당연한 수순이겠지만, 그곳이 하필이면 화장실과 연관된 곳("여기가 화장실이었다면 좋겠다")이라면 사정이 달라진다. '혀' 다음에 발견될 잔해들의 목록이 달라지는 것이다. '혀'가 발설(發說) 기관인 동시에 배설(排泄)과도 연관된 기관으로 무게중심을 옮겨가면서, 현장에서 발견되는 잔해들 역시 단순히 '비밀'의 수준을 넘어 '노폐물'과 '방사능'으로 그 목록을 확장해 가는 것이다. 몸속의 노폐물처럼 "아무런 폐도 끼치지 않"는다지만, '방사능'까지 동원된 이 폭발의 현장이 거느린 규모는 결코 작아 보이지 않는다. 작지 않은 규모만큼 적지 않은 용기가 뒤따라야 발생 가능한 폭발의 현장이자 어떤 말사태의 현장. 참다 참다못해 누군가를 향해 '감자를 먹이는' 행위에도 용기가 필요한데, 하물며 "온 동네를 반나절 만에 휩싸 버"리는 어떤 말사태를 일으키고 감당하는 데도 용기는 필요할 것이다. 감당하든 못 하든 그 용기에 일단은 박수를 보내자. 짝짝짝. "힘껏 박수라도 치고 싶"은 일은 그러나 한 번으로 그칠 것 같지 않다. "이 모든 일이 내년의 첫째 날에 일어났다"는 미래와 과거가 교묘히 뒤섞인 문장에서 '설'은 '새해의 첫날'을 뜻하는 단어로 한 번 더 몸집을 부풀리면서 이 모든 말사태가 단발성으로 그치지 않을 것임을 암시한다. 과거에 이미 벌어진 일과 미래에 장차 벌어질 일을 한데 묶어서 '미래에 이미 벌어진 일'로 제시한 저 문장이 강조하는 바는 사태의 심각성이 아니라 그 반복성에 있을 것이다. 사태는 이미 벌어졌고 앞으로도 벌어진다. 앞으로도 벌어질 것이다. 아니다. 앞으로도 이미 벌어졌다고 단언하는 저 문장에 걸린 하중은 단순히 시 한 편을 효과적으로 떠받치는 수준을 넘어서 어떻게든 되풀이될 것이 분명한 어떤 말사태의 운명을 지탱하는 수준으로까지 확대된다.

운명은 패턴을 형성하면서 되풀이된다. 패턴이 누적되면서 운명은 더 단단해진다. 발설하듯이 그리고 배설하듯이 무엇보다 폭발하듯이 벌어진 저 현장의 말사태 역시 어떤 패턴을 형성하면서 누적되어 온 전적이 없었다면 앞으로도 되풀이될 것을 단정하는 발언은 탄생이 불가능했을 것이다. 누적되는 반복을 확인하는 발언은 누적되는 반복 속에서 탄생하고 또 무게감을 얻는다. 누군가의 말사태가 쌓아 온 전적(前績)은 이미 한 권의 단단한 성과물(2009년 출간된 『호텔 타셀의 돼지들』이라는 시집)로 우리 앞에 도착한 적이 있으며, 이후에 벌어질 수도 있는 온갖 말사태 역시 앞선 말사태의 전적 속에서 전적 밖으로 크게 벗어나지 않을 것임을 예감해야 한다. 예감하는 동시에 각오해야 하는 어떤 말의 사태. 그 사태가 벌어지는 광경을 한 번 더 되풀이해서 보자. 되풀이되는 패턴을 확인하기 위해서라도.

찬 공은 둥글다 내가 찬 공은 둥글다 둥글었다 확실히 둥글었다 저만치 날아가서 아직도 둥근지는 확신할 수 없지만

너는 호기심으로 가득 찬 얼굴로 물었다
찬 공이라는 게 있을 수 있는가 공의 온도를 잴 수 있는가 공이 온도를 가진다는 게 말이 되는가 공이 말이 될 수 있는가 꿈의 운동장을 꼬무락거리는 공이 아니라면

(중략)

너의 얼굴에 분노가 차오르기 시작했다

이미 차 버린 공은 여기에 없다 미련을 갖는 것이야말로 미련한 것
이다 채워지면 이미 빈 것이 아니다 공허해져라 찬 공 앞에서 더 차가
워져라 어서 꿈의 운동장에서 박차고 나와라

(중략)

참다못한 네가 공을 울렸다 참을성 있게
공이 날아갔다

—「찬 공」부분

현장에 도착하니 이번에는 "찬 공"이 굴러다닌다. "찬 공"이라?
골치 아프게 생각할 필요 없이 그것은 누군가 뻥 차 버린 공이라는
생각. 누군가 발로 차 버린 공이라는 짐작과 확신. "찬 공"은 그러
나 짐작과 확신을 넘어 계속 굴러다닌다. 계속 굴러다니면서 발음된
다. 찬 공 찬 공 찬 공……. 운동장에 있어야 할 그것이 혀끝에 머물
면서 불러일으키는 이상한 의구심은 "찬 공"을 결코 '누군가 찬 공'
으로 한정시킬 수 없는 지경으로 몰아간다. "찬 공"에 대한 생각을,
"찬 공"에 대한 막연한 짐작과 기대를 배반하면서 "찬 공"은 마침내
갈라진다. 뻥 터지면서 갈라진다. '찬'과 '공'으로.

'찬'은 '차다'를 기본형으로 하여 '발로 차다(蹴)', '몸이 차다(冷)',
'가득 차다(滿)' 등의 용례를 거느린 단어들로 다시 갈라진다. 그들은

같은 음을 공유하면서 서로 다른 뜻을 가진 단어들, 이른바 '동음이의어'를 이루는 단어들이다. '찬'에 붙어 있는 '공'도 마찬가지로 갈라질 수 있다. 영어의 'ball'에 해당하는 '공'이 있는가 하면, 수학이나 불교에서 말하는 '공(空)'이 있고, 공로(功勞)를 뜻하는 '공(功)'과 공공(公共)을 뜻하는 '공(公)'도 있다. 복싱 경기에 사용되는 'gong'도 같은 음으로 발음되면서 '공'의 동음이의어를 이룬다.

떼굴떼굴 굴러서 우리 앞에 막 당도한 "찬 공"은 이처럼 많은 '이의(異意)'를 거느릴 수 있다. 아울러 '누군가 찬 공'이라는 막연한 짐작과 확신에 '이의(異議)'를 제기할 수도 있다. 「찬 공」에 등장하는 "찬 공"은 이 모든 가능성의 응집체로서 우리 눈앞에 도달하고 또 달아난다. 뜯어볼수록 갈라지는 의미와 발음할수록 수상해지는 정체를 꽉 차 있는 호기심으로 동시에 텅 비어 있는 확신으로 더듬더듬 접근하면서 또 하나 풍성한 말사태를 일으키는 곳에 "찬 공"은 놓인다. 놓이는 순간 미끄러진다. 이 의미에서 저 의미로, 저 의미에서 "멀리 멀리 저 멀리"(「찬 공」) 다른 의미로 미끄러지는 상태를 반복하는 말사태의 한 덩어리. 그것이 「찬 공」이며, 거기서 우리가 발견해야 할 것은 다시, 패턴이다. 「찬 공」을 이루는 패턴이면서 「찬 공」을 비롯한 일련의 말사태들이 이루는 패턴.

패턴은 단순하다. 복잡한 것은 패턴이 되기 힘들므로. 복잡한 것을 단순화하는 것이 또한 패턴이므로. 앞서 살펴본 말사태의 두 현장 「설」과 「찬 공」을 관통하는 패턴 역시 그리 복잡한 설명을 필요로 하지 않는다. 의외로 단순한 모형에 기대어 파악할 수 있는 그것을 단계별로 옮기면 다음과 같다. 우선은 발견의 단계. 다음은 수집의 단계. 마지막으로 변환의 단계. 이 세 단계를 거치면서 말사태는 때로는 폭발이 일어난 것처럼 때로는 눈사태가 벌어진 것처럼 걷잡을 수 없는 상황을 연출하기도 하지만, 그것의 시작은 아주 사소한 발견 하나에서 비롯된다. 바로 단어의 발견이다. 단어 하나의 발견. 장차 엄청난 규모의 말사태를 초래할 수도 있는 그 단어의 발견에는 한 가지 특이한 제약 조건이 따라붙는다. 사실상 모든 단어가 들어갈 수 있는 발견의 목록에서 유독 한 가지 제약 조건이 강하게 작동하는데, 바로 동음이의어로 활용 가능한 단어인가 아닌가가 그것이다. 그 자체 동음이의어이거나 동음이의어로 변환 가능한 단어를 중심으로 이루어지는 발견의 사례는 앞서 등장한 '설'이나 "찬 공"의 '차다'와 '공' 말고도 얼마든지 더 찾아볼 수 있다. 가령 이런 것들.

나는 란드에서 태어나 란드에서 자라났다//남아프리카공화국에서는 물건을 사고팔 수 있는 란드, 돈이 되는 란드/여기는 땅이다

─「란드」부분

일단 세우고 말하자. 날을. 잡은 것 같았다. 감을. 딸 수 있을 것도 같았다. 병을. 모르는 게 약이라지만

─「날」부분

얼음이 녹으면 뭐가 됩니까?/생물이 됩니다. 움직입니다.

─「희망─간빙기」부분

땅도 되고 돈도 되는 '란드(land/rand)', 날짜도 되고 칼날도 되는 '날', 느낌도 되고 과일도 되는 '감', 그릇도 되고 질병도 되는 '병', 물도 되고 생명체도 되는 '생물'. 모두 문장에서 동음이의어로 기능하는 이런 단어들이 차곡차곡 발견의 목록을 채워 가면서 그리고 서

서히 몸집을 부풀려 가면서 앞으로 벌어질지도 모르는, 아니 반드시 벌어지고야 마는 어떤 말사태의 기원으로 자리 잡는다. 말사태의 기원이 되는 단계를 확인했으니 이제 다음 단계로 넘어가야겠지만, 그전에 짚고 넘어갈 것이 하나 있다. 사소하지만 까다로운 제약 조건 탓에 거의 동음이의어로만 채워질 수밖에 없는 발견의 목록에서 온전히 동음이의어로만 부를 수 없는 것들이 틈틈이 확인된다는 사실이다.

> 나는 이 세상을 쥐락펴락한다. 너희들을 가두고(쥐Lock), 너희들을 흔들고(쥐Rock), 급기야 너희들을 기쁘게 한다(쥐樂). 펴락처럼, 필요악처럼.
>
> ―「래트맨(Ratman)」부분

> 42,195명의 환호를 받기 위해 42.195㎞를 쉬지 않고 달리는 사람
>
> ―「인과율」부분

우선 '쥐락펴락'의 '쥐락'에서 '락'이 가둔다는 뜻의 'Lock'과, 흔든다는 뜻의 'Rock'과, 기쁘게 한다는 뜻의 '樂'과 동음 혹은 유사음의 관계를 이루면서 마치 동음이의어처럼 문장에서 다양한 의미로 활용된다는 점에 주목하자. 다음으로 마라톤 코스의 규정 거리인 '42.195㎞'와 소수점 위치만 다를 뿐 같은 숫자로 배열되는 '42,195명'은 동일한 소리뿐만 아니라 동일한 표기를 통해서도 동음이의어와 유사한 효과를 불러일으킬 수 있다는 걸 환기한다. 이러한 사례는 온갖 말사태의 전적이자 전작에 해당하는 『호텔 타셀의 돼지들』에서도 발견되는데, "**모스크 바**(bar)에 가자 **모스크 바**에 가면 당대

216

최고의 가수 빅토르 최를 만날 수 있다 **제네 바**의 가수는 항상 **하이디**"나(「말놀이 애드리브」, 강조 원문) "처음에 당신은 나를 시력이라고 불렀어요 시월이 되자 나는 아침 기온이 되었고 당신의 샤프심 굵기가 되어"에(「0.5」) 등장하는 동일한 소리('모스크 바'와 '모스크바')와 동일한 표기('0.5') 역시 문장에서 동음이의어처럼 활용되고 있음을 확인할 수 있다. 요컨대 단어뿐만 아니라 어떤 소리나 표기가 '동일한 형태로' 문장에서 '다른 의미로' 활용될 수만 있다면 얼마든지 발견의 목록에 들어갈 수 있는 것이다. 말사태의 기원에는 이처럼 동음이의어를 넘어 동일한 소리와 동일한 표기를 이루는 것들의 목록까지 들어가 있다는 건 확인해 두자.

발견의 단계를 지나면 이제 수집의 단계가 기다리고 있다. 문장에서 동음이의어처럼 활용 가능한 대상이 발견되었다면, 다음으로 그 대상과 동일한 꼴을 여기저기서 끌어모으는 일이 남는다. 예컨대 '설'이 발견되었으면 '설'과 같은 꼴을 가진 단어를 사전에서든 일상생활에서든 손닿는 대로 찾아서 모으는 작업이 기다리고 있는 것이다. 빗자루로 구석구석의 먼지까지 샅샅이 훑어 내는 일에 비견될 만한 그 작업은 동음이의어처럼 활용될 만한 모든 단어·소리·표기를 대상으로 하지만, 그것들 모두가 수집의 다음 단계인 변환 단계로 넘어가는 것은 아니다. 단계를 거듭하면서 점점 몸집을 부풀려 가는 말사태에 이바지할 수 있느냐 없느냐에 따라 어떤 것은 수집의 단계에만 머물고 어떤 것은 수집과 더불어 변환의 단계로 넘어갈 자격을 부여받는다. 앞서 등장한 '설'이나 "찬 공"의 '차다'와 '공'도 여러 동음이의어 중 일부만이 변환의 단계로 넘어가 말사태에 동참할 수 있었던 것을 상기하자.

수집되는 동시에 선별되는 과정을 거친 같은 꼴의 단어·소리·표기가 차곡차곡 쟁여지는 단계가 극에 달하면 다음 단계는 저절로 작동을 시작한다. 임계점을 사이에 두고 액체의 무르익음이 기체의 설익음으로 넘어가듯이 수집의 단계가 무르익을 대로 무르익은 곳에서 변환의 단계는 서서히 기지개를 켜기 시작한다. 그러다가 어느 순간 갑자기, 폭발적으로 진행된다. 직전까지 수집의 단계에 머물러 있던 단어·소리·표기들이 한순간 걷잡을 수 없는 말사태에 휩싸이는 것이다. 그것들은 말사태를 일으키는 부속품으로 확인되기도 전에 이미 터져 버린 말사태의 잔해로서 발견된다. 그만큼 순식간에 벌어지는 변환의 단계는 폭발과도 같은 말사태가 일어났다는 사실만 확인시켜 줄 뿐 그것의 세세한 과정은 끝내 미스터리한 상태로 봉해 둔다. 폭발은 일어났고 파편은 발견되었으되 폭발의 과정만큼은 영영 추적이 불가능한 상태로 변환의 단계는 화려하게 종결된다. 화려한 종결과 더불어 우리 눈앞에는 온갖 파편으로 쌓아 올린 수상한 건축물 하나가 배달되는데, "풍부한 건물"이면서 동시에 "거대한 잿더미"이기도 한 그것은 "위태로운 집"이자(「건축」) 말사태의 분명한 성과물이다. 그것의 어수선한 모양새는 집집마다 다르고 규모 또한 다르다. 저마다 다른 양상을 보여 주는 말사태의 성과물은 발견-수집-변환의 단계별로 거의 동일한 패턴을 따라 형성되지만, 딱 한 군데 변환의 단계에서 결정적으로 갈라지는 운명을 맞이한다.

말사태의 모양과 규모와 운명까지 좌우하는 변환의 단계는 달리 말해 '부림'의 단계이다. 발견과 수집을 통해 이제껏 모아 온 동형의 단어·소리·표기들을 적극적으로 또 본격적으로 부려 먹는 단계. 말사태의 하이라이트이면서 동음이의어의 활용을 최대치로 끌어내는 이 단계는 그러나 그것이 작동되는 과정이 철저하게 봉인되어 있다는 점에서 흡사 마술 상자의 단계라고도 할 수 있다. 만약 마술 상자와도 같은 이 부림의 단계가 속속들이 드러난다면, 말사태를 둘러싼 모든 신비가 걷히는 것과 같다. 특히 말사태를 이루는 핵심적인 원리가 파악되면서 말사태는 완벽하게 통제 가능하고 복제 가능한 상황 아래 놓이게 될 것이다. 덕분에 누군가가 이루어 놓은 말사태를 그대로 본떠서 재현해 낼 수도 있을 것이다. 아쉽지만 그런 일은 아직 일어나지 않았고 일어나기도 힘들 것 같다. 그것은 영원히 신비한 단계로 머물면서 우리의 주의를 한없이 끌어당기는 데 열중할 것이다.

한없이 주의를 요하는 일련의 말사태가 문학의 한 장르로 귀속될 때, 누군가는 그것을 시라고 부를 것이며, 시로 배정받는 순간 온갖 말사태의 양상은 곧비로 시의 개별적인 특성, 즉 개성을 이루는 지점이 된다. 말사태 하나하나의 양상이 곧 시의 개성을 이룬다면, 일련의 말사태를 전체적으로 관장하는 동시에 관통하는 그 무엇에 상응하는 것이 곧 누군가의 시 세계가 아닐까. 따라서 누군가의 시 세계를 조망하려면 그전에 먼저 일련의 말사태를 조감하는 과정이 필요하며, 거기서 도출된 것이 이른바 '패턴'이었다. 다시 말하지만 말사태를 발생시키는 패턴은 발견과 수집과 변환의 단계를 따른다. 그러나 마지막 변환의 단계는 여전히 마술 상자처럼 봉인되어서, 무엇이 일어났다는 사실만 알려 줄 뿐 어떻게 일어났는지에 대한 정보는 결정적인 대목에서 은폐된다. 동음이의어로 활용될 만한 어떤 단어·소리·표기들이 발견되고 수집되면서 급기야 일련의 말사태로 폭발하는 과정에서 가장 중요한 폭발의 순간이 은폐되어 있는 것이다. 폭발의 순간에 대한 정보는 영원히 오리무중인 채로 폭발 직전의 상황과 폭발 직후의 결과물로만 우리 앞에 전시되는 것이다.

영원히 불가해한 폭발의 순간은 한편으로 영원히 기계적인 장치로는 접근이 불가능한 시의 탄생의 비밀을 담고 있는 순간이기도 하다. 시의 태생적인 신비이면서 한 시인의 시가 생성되는 비밀이기도 한 그 순간을 그렇다고 두 손 놓고 우연한 사태로만 받아들일 일은 아닌 것 같다. 그것은 말라르메식의 '주사위 던지기'처럼 전적으로 우연에 기댄 놀이와는 차원이 다른 지점에 놓인다. 그것은 놀이이되, 필연적인 규칙을 가진 놀이다. 규칙을 벗어나면 놀이 자체가 성립되지 않는 놀이. 이른바 '말놀이'로 지칭되는 일련의 말사태는 그것이 폭발하는 순간이 완강히 봉인되어 있는 만큼이나 단단한 규칙 아래서 벌어지고 또 이루어진다.

오늘도 너는 말놀이를 한다. 재잘재잘. 도중에 말이 막히면 너는 물을 마신다. 벌컥벌컥. 그리고 너는 물놀이를 한다. 첨벙첨벙. 도중에 배가 고프면 너는 미음을 먹는다. 허겁지겁. 그리고 너는 맛놀이를 한다. 우적우적. 도중에 배가 부르면 너는 몸놀이를 한다. 폴짝폴짝. 그리고 너는 망놀이를 한다. 호시탐탐. 도중에 도둑을 잡으면 너는 멋놀이를 한다. 찰랑찰랑. 그리고 너는 무(無)놀이를 한다.

놀이를 안 하는 게 지루해지면 너는 문놀이를 한다. 찰각찰각. 도중에 잠이 오면 너는 몽(夢)놀이를 한다. 꿈틀꿈틀. 그리고 꿈에서 너는 말놀이를 한다. 딸깍딸깍. 말을 타는 도중에 멀미를 하면 너는 맥놀이를 한다. 두근두근. 그리고 너는 정신을 차리기 위해 먹놀이를 한다. 어푸어푸. 도중에 머리카락이 잡히면 너는 몇놀이를 한다. 십중팔구. 그리고 너는 맘놀이를 한다. 무럭무럭. 도중에 또다시 배가 고프면 너는 맘 놓고 마음을 먹는다. 거푸거푸. 그리고 너는 못놀이를 한다.

놀이를 못 하는 게 억울해서 너는 ㅁ놀이를 한다. 입(口)으로 들어

가서 누군가가 ㅂ을 던져 줄 때까지 나오지 않는다.

—「ㅁ놀이」 전문

    어느 날 문득 한국어의 여러 자모 중 하나인 'ㅁ'이 발견되고, 'ㅁ' 으로부터 파생되는 여러 놀이들이 발견되고, 'ㅁ'을 포함하는 놀이 이면서 서로 다른 놀이인 '말놀이', '물놀이', '맛놀이' 들이 발견되고, 거기에 어울리는 '재잘재잘', '첨벙첨벙', '우적우적' 같은 의성어나 의태어가 함께 발견되고, 발견의 누적은 어느 순간 수집의 단계에 이르고, 좀 더 방대한 수집의 단계를 부르고, 방대한 수집을 거치면서 한자리에 모인 목록들의 밀도가 임계치에 이르는 순간을 기다렸다는 듯이 폭발하는 사태. 폭발하면서 흩어진 잔해들이 또 하나 수상한 건축물을 이루어 놓은 현장. "거대한 잿더미"이면서 "풍부한 건물"인 이 수상한 잔해들이 이루어 놓은 어리둥절한 질서를, "ㅁ놀이"로 받든 말놀이로 받든 말사태로 받든 상관없이 우리가 여전히 목격할 수 없는 지점은 폭발의 순간이다. 폭발 이후의 현장만 고스란히 남아서 또 다른 말의 향연장이 되어 버린 지경을 구경할 수 있을 뿐이다.

    발견과 수집과 변환의 단계를 되풀이하면서도 그 모든 단계를 폭발의 순간에 감쪽같이 감추어 놓은, 무엇보다 폭발하는 그 순간의 과정을 완벽히 덮어 놓은 "ㅁ놀이"의 현장에서, 일련의 말사태와 관련하여 한 가지 되짚고 넘어갈 대목이 있다. 말사태의 발생 조건이면서 말놀이의 성립 조건을 환기하는 그것은 「ㅁ놀이」의 맨 마지막에 심지처럼 박혀 있다. "입(ㅁ)으로 들어가서 누군가가 ㅂ을 던져 줄 때까지 나오지 않는다"는 발언은 최초 'ㅁ'의 발견에서 비롯된 말사태가 발견과 수집의 단계를 거쳐 걷잡을 수 없는 폭발을 일으키는 와중에도 결코 'ㅁ'의 영역을 벗어나지 않는다는 걸 명시한다. 폭발의 파장이 아무리 크더라도 'ㅁ'의 영역을 벗어나지 않는 한도 내에서 말사태는 벌어지며, 이는 'ㅁ'으로 시작해서 'ㅁ'으로 끝나는 "ㅁ놀이"가 성립하기 위한 대전제이자 부정할 수 없는 규칙에 해당한다. 'ㅁ'을 벗어나는 순간 "ㅁ놀이"도 끝나며, "ㅁ놀이"라는 말놀이도 함께 운명을 고하며, 'ㅁ' 때문에 벌어졌던 말사태 역시 바로 그 지점에서 종료된다. 마치 '입(ㅁ)'의 형상처럼 세계를 향해 한껏 열린 동시에 단단히 닫힌 체계를 보여 주는 말놀이의 규칙을 벗어나지 않는 궤도에서 말사태의 패턴은 이루어지고 또 완결된다.

낱낱의 말사태를 완성하면서 종결하는, 종결하면서 더욱 굳건히 다져 가는 말놀이의 규칙이 작동하는 공간은 그리하여 주사위처럼 우연에 맡겨 놓은 공간이라기보다 필연적인 연산 과정을 내포하고 있는 함수 상자에 가깝다. 거기에는 어떤 단어·소리·표기가 대입되어도 발견-수집-변환의 과정을 거쳐 마침내 폭발하는 순간에 이른다. 폭발하면서 "거대한 잿더미"와 "풍부한 건물"을 함께 펼쳐 놓는다. 그것이 무엇이든 발견되는 순간부터 단어는 숙성되고 소리는 성장하고 표기는 쉼 없이 자양분을 먹으면서 덩치를 키워 가는 곳. 스스로 폭발에 이를 때까지 부피와 밀도를 함께 키워 가는 곳. 그곳이 함수 상자라면 그 상자는 달리 말해 "되고 싶은 건 다 되어 볼 수 있"는 "엄마의 자궁"과도 같은 곳이며, 바로 거기서 파괴와 창조가 동시에 이루어지는 폭발은 태아처럼 웅크리고서 덩치를 키워 간다. "엄마의 자궁 안에서부터/엄마의 자궁 안에서까지//그러니까/엄마의 자궁 안에서만/가능"한 말놀이의 태생적인 한계는 규칙 안에서 번창하고 규칙 밖에서는 존재할 이유가 없는 말놀이의 성격을 일찌감치 규정한다.(이상 「Be」)

규칙은 물론 다른 데 있지 않다. 최초 발견된 단어·소리·표기('설'
이나 '란드'나 'ㅁ' 같은)에 그것은 이미 내장되어 있다. 말하자면 최초 발
견된 단어·소리·표기가 규칙 그 자체인 것이다. 아래는 규칙에 따
라 이루어지는 말놀이의 진행 과정을 한눈에 엿볼 수 있는 대목이
다. 매뉴얼처럼 잘 요약된 그것을 따라 읽는다.

> 혼자여서, 나는 참을 수 없다
> 혼자가 아니라서
> 나는 참을 수 없다
>
> 이 현장을 산산이 부숴야겠어
> 이 순간을 샅샅이 뒤져야겠어
>
> 원소가 집합을 뚫고 나간다
>
> 나는 백지장 위에
> 까만 성을 쌓기 시작한다
> 너무 낮아 무너질 염려가 없는
> 너무 얇아 흐너질 걱정이 없는
>
> —「도파민」 부분

장차 말사태를 초래할, 그러면서 말놀이의 규칙으로 자리 잡을 단
어·소리·표기는 저 혼자 있는 것이면서 저 혼자 있는 것이 아니다.
가령 'ㅁ'은 낱개의 음소로서 외따로 존재하지만, 동시에 다른 음소
들과 결합 가능한 존재이며, 무엇보다 'ㅁ'에서 파생 가능한 여러 단

어들 혹은 놀이들(말놀이, 물놀이, 몸놀이 등등)의 핵심 부품으로 미리 들어가 있는 존재다. 마치 동음이의어처럼 같은 꼴을 유지하며 다양한 의미체로 활용 가능한 'ㅁ'은 따라서 혼자 있되, 결코 혼자 있다고 말할 수 없는 그 무엇이다. 문제는 그 무엇의 발견에 있으며, 혼자 있으면서 결코 혼자 있을 수 없는 단어·소리·표기의 발견에 있으며, 그것이 발견된 다음에는 그것과 더불어 존재할 수밖에 없는 그것의 친구들을 불러 모으는 일이 남는다. 그러기 위해서라도 주변을 샅샅이 뒤져야 하고 때로는 현장을 산산이 부수어서 그 속에서 찾아내는 일도 마다하지 않아야 한다. 수색과 색출을 동반한 수집 작업이 극에 달하면, 최초 혼자 있는 것처럼 보였던 어떤 단어·소리·표기들이 결코 혼자 있지 않다는 걸 증명이라도 하듯 똘똘 뭉쳐서 거대한 힘을 발휘하는 순간이 찾아온다. 마치 "원소가 집합을 뚫고" 나가듯이 단수이면서 이미 복수인 어떤 단어·소리·표기(들)가 한꺼번에 폭발하듯이 뛰쳐나가는 순간을 맞이하는 것이다.

이후에 남는 것은 물론 잔해다. 너저분한 잔해이면서 기묘하게 쌓아 올린 건물이다. 우리 앞에 도착한 이 어리둥절한 건축물을 새삼 뜯어보는 일이 마지막으로 남은 것 같다. 백지장 위에 쌓아 올린 "까만 성"과도 같은 그것이 지시하는 바는 오해의 여지가 없을 정도로 명백해 보인다. 바로 언어다. 언어의 성채다. "너무 낮아 무너질 염려가 없는/너무 얇아 흐너질 걱정이 없는" 언어로 이루어진 성채. 무너질 염려도 흐너질 걱정도 할 필요가 없는 굳건한 이 성채가 결과적으로 종이 한 장보다도 못한 무게감과 존재감을 가진다는 사실을 어떻게 받아들여야 할까. 단어·소리·표기 하나의 발견에서 비롯된, 즉 언어의 발견에서 비롯된 놀이이자 사태이니, 그것이 다시 언어로 환원되는 것은 어찌 보면 당연한 일일 수도 있다. 그럼에도 "너무 많은 말을 내리쏟은 것처럼/그 말을 일일이 다시 주워 담은 것처럼/머리가 아"픈(「도파민」) 과정을 거치면서 도출한 결과물이 다시 언어가 될 수밖에 없는 상황을 대면하면서 어쩔 수 없는 허무감을 느끼는 것도 사실이다. 말 한마디 한마디에 사활을 거는 언어주의자들이 숙명적으로 맞닥뜨려야 하는 지점이기도 한 그곳에서, 당연함과 허망함이 교차하면서 간간이 찾아드는 성취감마저 한데 버무려 버리는 그 공간에서, 정작 문제가 되는 언어는 어떤 답변도 들려줄 것 같지 않다. 어떤 질문도 받지 못한 사람처럼 자신의 말을 되풀이할 뿐이다. 나는 언어라고, 그리고 언어는 언어일 뿐이라고.

허망한 가운데 당연한 듯이 존재하는 그것을, 그것의 공간을 다시 언어가 받으면서 말한다. 마치 '내'가 말하는 것처럼 받아서 '너=언어'를 말한다. "네 앞뒤에는 너밖에 없다./네 양옆에는 너밖에 없다./네 위아래에는 너밖에 없다./네 안팎에는 너밖에 없다"고. 사방에 '너'밖에 없으니 '너=언어'는 "홀로 무한한 사이가 되"는 공간일 수밖에 없으며, 사이처럼 비어 있는 공간이니 '너=언어'는 사실상 어디에도 없다. 요컨대 부재로 꽉 찬 공간 그것이 언어이며, 따라서 언어는 언제나 "전체 아니면 공(空)"인 공간으로 '우리'를 지배한다.(이상 「빔」) '우리'라는 언어로 받을 수밖에 없는 공간을 다시 지배한다. "말들이 징검다리고 밥이고 우주고 엄마고 바로 당신이었던 그 무렵, 낙오된 귀를 열어젖히는 한없이 낯선 소리, 에르호 에르호……"에서(「그 무렵, 소리들」) 애타게 '나'를 찾는 '에르호'라는 그 호명('에르호'는 '나'라는 뜻을 품고 있다고 한다)조차 결국엔 언어로 환원되는 소리일 뿐이다.

아무것도 아닌 언어가 사실상 모든 것인 언어 공간에서 언어는 모든 것을 지시할 수 있지만, 어디에도 다다를 수 없다. 심지어 '나'조차도 언어로 받으면서 '나'를 비껴간다는 점에서 언어 공간의 유일한 주체는 '내'가 아니라 명백히 '언어'다. 그리고 언어가 주체인 이상, 언어 안에서 언어를 벗어나려는 모든 노력은 다시 언어 안에서 수포로 돌아간다. 언어로, 언어를 통한 말놀이로, 언어 바깥에 다다르려는 노력이 어떤 불가능의 도정을 거치는지를 보여 주는 적절한 사례이자 의미심장한 사태로서 아래의 현장을 살펴볼 필요가 있다.

물감을 떨어뜨렸다

사방에 물이 튀었다
사방으로 감이 사라졌다

아무것도 그릴 수 없다

나는 잠시 바닥과 그윽한 사이가 된다

너는 누구인가
너는 무엇으로 구성되어 있는가

너는 섣불리 너를 드러내지 않는다

너는 선명한가
너는 말랑말랑한가

접촉 없이는 너를 파악할 수 없는가

물이 좋은가 너는
질이 나쁜가 너는

문득 나는 너를 온몸에 덕지덕지 바르고 싶어진다

손을 길게 내뻗으면
너를 만질 수 있는가

너는 사방에 너무 멀리 있다

가까이 다가가기도 겁난다

너를 감각하는 것이 가능하기는 한가

나의 방법론으론 너를 파악할 수 없는가

찬물을 한 잔 들이켜고
순순히 너를 포기해야 하는가

물감은 고집스럽게 굳고 있다

여기는 사방의 중심
나는 끈질기게 묻는다

내가 과연 감을 되찾을 수 있는가

물질은 변화할 수 있는가

나는 내가 누구인지 자신이 없다
네가 무엇인지는 더더욱

사방이 불투명해지는 지금

물감이 바닥을 박차고 일어나
내 손바닥 위에서 흐르기 시작한다면
바닥이 융기해서
나를 들뜨게 한다면

캔버스를 활짝 펼쳐

기꺼이 너를,
너로써 후원하고 싶다

—「물질」 전문

'물감'이라는 '물질'이 '물'과 '감'과 '질'로 나뉘면서 시작하는 이 말
놀이의 현장은 이제껏 보아 왔던 말사태와는 또 다른 국면을 보여
준다. 그것이 '물감'이든 '물질'이든 최초 발견된 단어가 말놀이를 지
배하는 규칙으로 자리 잡으면서 동음이의어처럼 활용되고 있는 점
은 여느 말사태와 다르지 않지만, 최초 발견된 단어가 단순히 말놀
이를 규정하는 수준을 넘어 말놀이 바깥, 그러니까 언어 바깥을 지
향한다는 점은 예사롭게 보이지 않는다.

언어 바깥의 사물을 지향하는 언어는 우선 그 사물을 '너'라고 지칭하며 호출한다. "너는 누구인가", "너는 무엇으로 구성되어 있는가", "너는 선명한가", "너는 말랑말랑한가" "접촉 없이는 너를 파악할 수 없는가" 등에 등장하는 '너'는, 그러나 그것의 호명이 반복되면 반복될수록 역설적으로 '너'를 '너 자체', 즉 '사물 자체'로 파악할 수 없다는 사실만 강박적으로 드러낼 뿐이다. '너'는 부르면 부를수록 '너'로부터 멀어진다. '너=사물'이 되는 데서 끝없이 유예되는 것이다. 그러므로 사물을 사물 자체로 만지고 감각하고 파악하려는 "나의 방법론"은 처음부터 좌절을 내장한 방법론이며, 이는 '말놀이' 혹은 '언어'를 통해 사물에 일치하려는 방식이 애초부터 불가능한 도전임을 환기한다. 바닥에서 '고집스럽게' 굳고 있는 물감과 마찬가지로 언어 역시 '고집스럽게' 자기 말을 되풀이한다. 언어는 언어일 뿐이라고.

사물에 일치하려는, 최소한 근접이라도 하려는 언어(에)의 끈질긴 욕망은 이처럼 좌절과 불가능을 머금고 회항할 수밖에 없다. 사물로서의 '너'는 물론이고 주체로서의 '나'도 언어 앞에서는, 아니 언어 안에서는 언어로 환원될 수밖에 없으며, 따라서 사물과 주체에 대한 모든 질문은 끝없이 유예되면서 무화된다. 언어의 자장 안에서 "나는 내가 누구인지 자신이 없"고 "네가 무엇인지는 더더욱" 자신이 없다. '너'도 '나'도 단지 '언어'라는 사실만 확인되는 그곳에서 "기꺼이 너를,/너로써 후원하고 싶다"는 맨 마지막의 열망 섞인 발언은 이렇게도 왜곡될 수 있는 것이다. '사물을, 사물로써 후원하고 싶다'가 아니라 '언어를, 언어로써 인정해야 한다'라고. 사물을 사물 자체로 받아들이려는 의지는 사실상 언어를 언어 자체로 받아들일 수밖에 없는 체념과 맞물려서 돌아간다. 모든 언어의 꿈이 사물에 가 있다면, 모든 사물의 종착지는 다시 언어를 향해 있다. "이것은 파이프다. 파이프는 파이프다. 파이프 말고 이것을 표현할 다른 수단을, 나는 알지 못한다"에 등장하는 '이것' 역시 '언어가 꿈꾸는 사물'과 '사물이 회귀하는 언어'가 한데 맞물린 지시어다(『이것은 파이프다』).

다시 말하지만, 언어는 사물화되면서 동시에 사물을 언어화한다. 언어와 사물, 이 둘의 극복할 수 없는 간극이 각각 사물화와 언어화라는 형질 변화를 통해 가까스로 메워지는 지점을 찾아가는 것. 메워지는 지점이 없다는 걸 알면서도 감히 찾아가는 것. 도무지 불가능하지만 가능하다고 착각하면서 찾아가는 것. 착각과 진리 사이에서 부스러기처럼 떨어지는 산물을 기록하고 또 기록하는 것. 그것이 시가 아니라면, 단어 하나, 소리 하나, 표기 하나에서 말놀이의 규칙을 발견하고 말사태의 폭발을 이끌어 내는 온갖 노력 또한 시가 될 수 없었을 것이다. 그것은 사물에 대한 애정만큼이나 단어 하나하나에 대한 애정이 깊지 않고서는 결코 일어날 수 없는 일이다.

말놀이든 말사태든 언어를 사물화하는 온갖 노력은 사물을 언어화하는 정성과 다르지 않다. 언어로써 언어의 텅 빈 공간을 채워 나가는 열정은 사물로써 사물의 꽉 찬 질서를 비워 가야 하는 심정과 다른 곳에서 연원하지 않는다. 궁극적으로 부재의 공간을 지시하는 언어가 쌓아 올린 "거대한 잿더미"이자 "풍부한 건물"은, 살아가면서 사라져 가는 모든 사물의 운명이 되풀이되는 현장이기도 하다. 그 현장에서 발견되는 단어 하나가 어느 순간 보석과도 같이 내 눈에 들어오는 날이 있다. 그 보석을, 이미 보석이 되어 버린 그 말을, 어떻게 불려 가느냐는 온전히 애정에 비례해서 달라질 것이다. 애정에 따라 얼마나 많은 말이 동원될 수 있는지는 아래의 현장에서 새삼 확인할 수 있다.

작은홍띠점박이푸른부전나비를 보고
이 이름을 너에게 말하려는 찰나,
이 영민한 생명은 우리의 테두리를 벗어났다

(중략)

너는
(중략)
보랏빛 눈물을 뚝뚝 흘리며
이름 없는 마약을 구하러 떠났지
바람에 실려 날아가는
한 마리 작은홍띠점박이푸른부전나비

(중략)

너를 찾으러 나는 클럽이란 클럽은 죄다 돌아다녔지,
배수아의 붉은 손 클럽에도
코넌 도일의 붉은 머리 클럽에도
윤대녕의 코카콜라 클럽에도
이상운의 픽션 클럽에도
너는 없었어

오프라 윈프리의 북 클럽에도
아르투로 페레스 레베르테의 뒤마 클럽에도
애거서 크리스티의 화요일 클럽에도

데이비드 핀처의 파이트 클럽에도
빔 벤더스의 브에나 비스타 소셜 클럽에도
월트 디즈니의 미키마우스 클럽에도
박민규의 삼미 슈퍼스타즈의 마지막 팬클럽에도
너의 흔적은 없었지
　　　　　　　　　—「작은홍띠점박이푸른부전나비에 관한 단상」 부분

어느 날 문득 발견된 '작은홍띠점박이푸른부전나비'라는 "영민한 생명"체는 그 이름을 '너'에게 들려주려는 찰나, 언어의 테두리를 벗어나서 날아가 버린다. 언어의 테두리 안에 사물을 가둘 수 없는 사태는 새삼스러운 일이 아니겠지만, 이 시에서 청자인 '너'와 발견의 대상인 '작은홍띠점박이푸른부전나비'가 어느 순간부터 한데 뒤섞이는 사태는 주목을 요한다. '너'는 '내' 말의 청자이면서 한순간 언어 바깥으로 사라져 버린 '작은홍띠점박이푸른부전나비'처럼 애타게 찾아야 하는 존재이다. 애타게 찾아다니지만 어디에서도 찾을 수 없는 존재이다. '네'가 있을 법한 클럽이란 클럽은 다 찾아서 헤매고 다니지만, '너'의 흔적은 어디에도 없다. 왜냐하면 '너'는 이곳에 없는 존재이기 때문이다. 이곳은 물론 언어 안쪽의 세계이며, 언어 안쪽에서 언어 바깥의 사물을 찾는 것은 좌절과 불가능을 확인하는 작업 이상이 될 수 없다.
　영원히 실재에 다다를 수 없는 언어의 숙명을 되새김질하는 듯한 이 시는 그러나 좌절의 깊이만큼이나 넓은 부산물을 양산하고 있다. '너'를 찾으러 다녔던 그 모든 클럽의 기기묘묘한 이름들은 언어로 언어 바깥을 나갈 수 없는 온갖 좌절의 역사이면서 한편으로 언어가 언어로서 수행할 수 있는 가장 최대치의 노력을 증명하는 기록이기도 하다. 언어는 언어 바깥에 결코 도달하지 못하지만, 도달하지 못하는 그 자체를 밀고 나가면서 파생되는 부산물은 이렇게도 풍부하고 또 무한할 수 있다. 그것을 증명하는 것이 이 시의 이면에 감추어진 전언이자 숨길 수 없는 매력이 아닐까.

그 매력은 물론 단어 하나에 대한 애정에서 기원한다. 가령 '클럽'이라는 단어를 곁에 두고서 오래 곱씹는 시간이 없었다면 결코 탄생하지 않았을 저 많은 클럽들, 이름들, 그리고 단어들. 단어 하나에 대한 애정에서 비롯된 말놀이는 그리고 말사태는 이처럼 많은 말들을 새로 만들어 내면서 또 하나 "놀라운 것들의 방"을 탄생시켰다(「분니캄미」). 말놀이의 규칙이 시배하는 방이자 말사태의 폭발이 보관되어 있는 그 방은 지금도 어딘가에서 또 다른 형태로 배양에 배양을 거듭하고 있을 것이다. 하나가 아니라 여러 개의 방. 여러 개를 넘어 이 세상 어딘가에 무수히 배양되고 있을 그 방을 찾아서 쉬지 않고 돌아다니는 누군가의 눈길이 있다. 발길이 있고 손길이 있다. 그 손에 닿으면 어떤 방도 외롭게 있을 수 없다. 어떤 단어도 고독하게 내버려 둘 수 없다. 단어 하나도 예사로 넘기지 않는 그 손길이 앞으로 어떤 단어를 더 건드리고 사랑하게 될지는 알 수 없다. 분명한 것은 단어는 많고 단어를 사랑할 시간은 그리 많지 않다는 사실이다. 유한한 시간을 가장 무한하게 보내는 방식으로 누군가는 다시 고독하게 단어를 건드릴 것이다. 그보다 더 지독하게 발생하는 말사태를 끝난 듯이 끝난 듯이 다시 보여 줄 것이다. "지진이 난 후/지구의 가장 뜨악한 부위에서/한 그루 소나무가 솟아나듯"(「힘」) 끈질기게 발생하는 그 말을, 그 말의 또 다른 사태를, 놀이하듯이 지켜보는 일이 우리에게 남아 있듯이.

비참하게, 아름다운, 모자이크화
—박판식 시집『나는 나와 어울리지 않는다』(민음사, 2013)

시집을 펼치기 전에 기억해야 할 시가 있다. 2004년 출간된 박판식의 첫 시집『밤의 피치카토』에 실려 있는 첫 번째 시다. 제목은「화남풍경」. 길지 않은 분량의 그 시를 다시 꺼내어 읽는 것으로 얘기를 시작해야겠다.

세상의 모든 물들이 가지고 있는 아름다운 부력, 상인은
새끼를 밴 줄도 모르고 어미 당나귀를 재촉하였다 달빛은 파랗게 빛
나고
아직 새도 깨어나지 않은 어두운 길을
온몸으로 채찍 받으며 어미는 타박타박 걸어가고 있었다
세상으로 가는 길
새끼는 눈도 뜨지 못한 채 거꾸로 누워 구름처럼 둥둥 떠가고
　　　　　　　　　　　　　　　　　　　　—「화남풍경」 전문

"세상의 모든 물들이 가지고 있는 아름다운 부력"에 실려 가는 존재는 아직 "세상으로 가는 길"을 알지 못한다. "온몸으로 채찍 받으며" "타박타박 걸어" 갈 운명이 예정된 그 길을 "새끼는 눈도 뜨지 못한 채 거꾸로 누워 구름처럼 둥둥 떠가고" 있을 뿐이다. 세상에서 가장 아늑한 곳. 너무 아늑해서 기억조차 아득한 그곳은 한번 나오면 다시는 돌아갈 수 없는 세계이자 복구할 수 없는 공간으로 우리에게 남는다. 아무리 손을 뻗어도 닿을 수 없는 그곳에서의 기억은 매번 다른 체험으로 대치되어 우리에게 온다. 이 경우엔 시적인 체험으로 우리에게 온 사례가 될 테지만, 거기엔 어쩔 수 없이 동의할 수밖에 없는 팍팍한 현실의 길이 함께 따라붙는다. 누구도 그 길을 외면할 수가 없다. 누구라도 그 길을 받아들여야 하는 때가 온다. 바로 세상 밖으로 나가는 길. 한없이 아늑하고 안온한 물로 둘러싸인 그 세계를 제 발로 박차고 나가야 하는 때가 오는 것이다. 복귀 자체가 불가능한 "아름다운 부력"의 세계는 그리하여 비정하고도 비장한 정서를 동반하면서 이렇게 온다. 너 또한 세상 밖으로 나온 존재라는 걸 새삼 일깨우며. 돌아볼수록 멀어져 가는 아득한 세계를 반추하며, 반추하며 터벅터벅 걸어가는 시.

「화남풍경」에 담긴 물(속)의 기억은 한편으로 박판식 시의 주된 정조가 담긴 풍경이기도 하다. 주된 정조를 담고 있는 물의 이미지는, 미리 말해 두지만 흐르는 물의 이미지가 아니다. 흐르는 물의 이미지라기보다 어딘가에 고이거나 담긴 이미지. 그러면서 그 속에 무언가를 품고 있는 이미지. 무엇이든 품어 안는 물의 이미지는 박판식의 첫 시집에서 지속적으로 변주되어 등장한다. 가령, 우물이나 논에 가둔 물, 혹은 웅덩이에 고인 물이거나 정화수로 받아 놓은 물, 아니면 돌아가신 주인집 할머니를 대신해 빈 장독대에 차오르는 물

등등으로. 어딘가에 담긴 물은 "조여드는 법도, 느슨하게 풀어 주는 법도 없이" "자신만의 의지를 지향"하는 방식으로 그 안의 사물을 껴안는다(『밤의 피치카토』 뒤표지 글). 사물에는 물론 '나'도 들어가 있다. '나'도 들어가서 살았던 한때의 기억을 더듬으며, 더듬으며 되살려 내는 것. 상상의 영역에서나 가능한 되살리기 작업이 박판식 시의 한 축을 이룬다면, 다른 한 축은 현실의 영역에서는 그것이 실현 불가능한 환상일 수밖에 없음을 곱씹는 데 온전히 바쳐진다. 되살리기의 일환으로 얇은 물의 막을 상정하지만, 그것은 결코 "아름다운 부력"만으로 채워지는 물의 막이 될 수 없다. 그것은 따듯하고 아늑한 것과는 거리가 먼 물이다. 차가운 물. 차가운 환상이 동반된 물의 막이 박판식 시를 둘러싸고 발생하는 것도 이 때문이 아닐까("언제부턴가 나는 인생을, 얇은 물의 막에 갇혀 있는/차가운 환상이라고 생각해 왔다", 『밤의 피치카토』 뒤표지 글). 돌아갈 수 없는 시원(始原)에 대한 뜨거운 갈구가 차가운 막에 둘러싸여 나오는 목소리. 그것이 박판식의 첫 시집을 떠받치는 동시에 관통하는 목소리이며, 뜨거움과 차가움을 동반한 물속에서의 그 목소리는 9년이 지나 발간되는 두 번째 시집에서도 어렵잖게 발견할 수 있다.

진실을 갈망하는 오해들처럼
쿰이라는 나라를 둘러싼 깃털구름은 멀다
예기치 않은 날씨의 변덕에도 불구하고 10월의 맑은 저녁이면
쿰은 동쪽 하늘에서 서쪽 하늘로 옮겨 간다
그러면 피할 수 없는 운명처럼
여름날의 물놀이는 끝나고 포플러 잎사귀들은 강으로 떨어진다
너는 쿰이라는 나라에서는 가을의 강이

잃어버리거나 자유로워지거나, 라는 뜻을 지니고 있다고 내게 말해
준다
　　나는 11월의 달력 그림을 미리 넘겨보는 너를 본다
　　너의 뒷모습은 나에게는 나락으로 떨어지는 포플러 잎사귀들의 침
묵 같다
　　쿰, 물속에 가라앉아 가을을 올려다보는 잎사귀들의 나라에서
　　　　　　　　　　　　　　　　　　　—「쿰이라는 나라의 오해」 부분

　　다분히 낭만적으로 읽히는 이 시의 화자가 거하는 장소는 "쿰이
라는 나라"와는 거리가 먼 어느 곳이겠지만, "쿰이라는 나라"를 들
려주는 데 전적으로 할애되고 있는 이 시의 목소리는 쿰을 바로 이
곳에 있는 나라처럼 끌어당긴다. 가까이 더 가까이 붙어서 나오는
목소리는 쿰의 바깥이 아니라 마치 안쪽에서 들리는 듯하다. "물속
에 가라앉아 가을을 올려다보는 잎사귀들의 나라"가 쿰인 것을 상기
하면, 그 목소리는 물의 바깥이 아니라 안쪽에서 들리는 소리로 옮
겨 간다. 분명 밖에 있으면서도 안에 있는 것처럼 들려주는 목소리.
물 밖에서도 물속에 있는 것처럼 몸을 옮겨 가고 목소리를 옮겨 가
서 나오는 상상의 산물이 어쩌면 "쿰이라는 나라"가 아닐까. 그런 점
에서 "쿰이라는 나라"는 물속의 세계를 전제할 때만 이해 가능하고
존립 가능한 나라이며, 반대로 물 밖의 세계에서는 오해되거나 존립
자체가 불투명한 나라라고 할 수 있다.
　　상상의 나라는 상상의 영역에서만 굳건하고 완전하다. '나'의 기
원이자 세계의 기원을 담고 있는 물속에 뿌리를 둔 "쿰이라는 나라"
역시 물속을 벗어나서는 그것이 존립할 근거를 잃는다. 물속에서만
세워지고 상상에서만 온전한 성채를 이룰 수 있는 나라. 박판식 시

의 일부가 진화해 온 터전이기도 한 그 나라는 어떠한 이물질의 틈입도 상상의 영역으로 포섭해 버린다. 물 밖에서 부딪혀야 하는 온갖 현실의 논리도 물속에 세워진 상상의 나라에서는 상상의 논리를 더욱 풍성하게 하는 재료일 뿐 그 이상도 그 이하도 아니다. 따라서 안으로 닫힌 체계로만 존재하는 "쿰이라는 나라"의 바깥은 사실상 없는 것과 같다. 여기에 대해 박판식 시의 일부는 충분히 이해하고 동경하는 자로서의 목소리를 낸다. 그것의 한 결과물이 위의 시다. 반면에 박판식 시의 일부는 그것을 거부하거나 오해하는 자로서의 시선도 함께 지니고 있다. 한 편의 시가 온전히 상상의 영역으로서만 채워질 수 없다는 데서 나오는 시선. 그러한 시선에 힘이 실리면서 박판식의 시는 균열을 시작한다. 물속처럼 아늑한 상상으로만 채워진 세계에서 언젠가 나와야 하고 나올 수밖에 없다는 운명을 받아들이면서 시작하는 시. 박판식 시의 균열이자 세계의 균열로서 튀어나오는 그 목소리는 "세상으로 가는 (험난한) 길"을 통과할 수밖에 없다. 이른바 통과의례로 불리는 장면이 그의 시에서 드물지 않게 목격되는 것도 이 때문일 것이다. 통과의례는 먼저 물이 주는 아늑한 이미지부터 깨부순다.

물속에 아이를 집어넣고 있는 침례교 제1목사와
곧 물 밖으로 나올 신자를 위해
마른 수건을 들고 대기 중인 제2목사
안경 쓴 흰옷의 참관인

남자 세 명의 손이 잠시 모여 만든
영성의 요람 안에서 아기는 자지러지고

차례를 기다리며 무서워 우는 남자아이

—「물벌레들의 하루」 부분

온갖 격식을 갖춘 통과의례 앞에서 아이는 울고 있다. 의례를 통과한 아기도 자지러지며 울기는 마찬가지다. 물속에 들어가기 전에도, 들어갔다 나와서도 울고 있는 영아들. 아마도 기억 저편의 어미배 속에서 느꼈던 물과는 전혀 다른 성질의 물, 아늑하기는커녕 살갗을 차갑게 파고드는 그 물이 고통스럽거나 두려운 탓일 게다. 세상에 던져져서 처음 맛보는 물의 체험은 이렇듯 출생 이전과는 판이한 느낌으로 온다. 고통과 공포를 동반한 물의 촉감에 벌벌 떠는 영아들은 그러나 세상에 정식으로 등기되기 위해서라도 의례를 통과해야 한다. 이 간단한 의례조차 통과하지 못하고 어찌 어엿한 신자가 되고 인간이 될 수 있겠는가. 앞으로 찾아올 숱하게 많은 고(苦)의 순간들을 이겨 낼 수 있겠는가. 통과의례에 담긴 이러한 전언을 아는지 모르는지 아이들은 여전히 울고 있다. 태어나면서 울었던 것과 마찬가지로 공동체의 일원으로 다시 태어나면서도 울고 있는 아이들. 울면서도 다시 태어나는 아이들이 강요받는 교훈은 다른 것이 아닐 것이다. "누구라도 태어나려면 한 번은 소중한 것과 끊어져야만 한"다는 사실(「해후」). 여기서 "소중한 것"이 지칭하는 바는 당연히 보물처럼 진귀한 것이 아니라 탯줄이나 젖줄처럼 어떤 기원을 이루는 것이며, 박판식의 시에서는 그것이 특히 물의 이미지로 집약된다. 마치 양수처럼 따뜻하고 안온한 물의 이미지는 그러나 통과의례를 거치면서 산산이 부서진다. 통과의례를 대신하는 물은 더 이상 아늑한 성질의 것이 아니다. 그것은 차갑고 무섭고 겁이 나는 무엇이다. 그것을 통과해야만 "우리는 모두 태어나는 두려움을 참은 자들"이라는(「전락」) 빤한 훈장 하나라도 달 수 있지만, 그 대가로 물의 이미지는 돌이킬 수 없이 깨졌다. 차갑고 무서운 기억으로 따라붙는 그 물을 어떻게 받아들여야 할까. 아니 어떻게 껴안고서 살아가야 할까. 대답도 하기 전에 숙명이 되어 버린 차가운 물의 이미지를, 박판식의 시는 어느 순간부터 다른 사물로 대체하여 받아들인다. 차가운 물의 이미지를 더 차갑고 단단하게 이어받는 그것은 '거울'이다.

물에서 그 기원을 찾을 수 있는 거울이 물을 대체하는 자리에 놓이는 것은 충분히 납득할 만한 일이고 자연스러운 현상이겠지만, 박판식의 시에서는 특별히 주목을 요할 만큼 비중이 큰 사건이다. 우선은, 첫 시집에서 '손거울'이라는 이름으로 단 한 번 등장했던 '거울'이 두 번째 시집에서는 거의 '물'에 맞먹을 만큼 빈번하게 등장한다는 사실부터 예사롭지 않다. 첫 시집에서 두 번째 시집이 나오기까지 9년의 시간차를 두고 그의 시에서 이렇게 많은 거울이 등장해야 했던 이유가 무얼까? 왜 하필이면 거울이 물의 빈도수를 잠식하며 등장해야 했을까? 해답은 아무래도 거울에서 찾아야 할 것 같다.

마름모꼴의 거울 앞에 서 있는 젊고 아름다운 여인 그건 바로 너였고
루비가 박힌 눈 그건 바로 나였다
거울은 세상에서 가장 아름다운 모습만 비춰 주었다
서랍장도 유리도 그 유리에 앉은 먼지도 없었다
가장 빠른 말조차 아직 달려 나가지 않은 깨끗한 거울
네가 빠져나간다, 그 거울 속에서
나는 뒷걸음질 쳐 축제의 마술거울로 세 조각 난 내 몸을 보았고
삐걱거리는 마루의 틈을 벌려 힘없이 무너져 가는 지하실의 얼룩을
보았다

인용한 시의 제목을 먼저 보자. '거울'을 받는 말이 "굴절 없는 물"
이라는 데서 박판식 시에 등장하는 '거울'의 성격을 어느 정도 유추
해 볼 수 있다. 제목대로라면 '굴절'의 유무에 따라 물과 거울이 갈라
지므로, 물에 붙어 있는 '굴절'의 성격을 배제하는 지점에서 거울이
탄생한다고 볼 수 있다. 요컨대 사물을 있는 그대로 보여 주지 않는
물의 성격을 거부하는 데서 거울이 탄생했다는 것. 그리고 그것이
박판식 시에서 가장 중요한 거울의 성격을 이룬다는 사실.

사물을 있는 그대로가 아니라 굴절시켜서 보여 주는 물의 성격은
앞서 살펴본 「쿰이라는 나라의 오해」에서 한 차례 목격한 바 있다.
물 밖의 세계로 대변되는 현실의 논리는 물속의 세계로 진입하는 순
간 상상의 논리로 포섭된다. 상상의 논리를 더욱 풍성하게 하는 재
료가 물인 셈이다. 상상의 영역에서 상상의 논리로만 굳건한 나라,
그것이 쿰이라는 물속의 나라이며, 더는 그러한 나라만을 지향하지
않는 지점에서 박판식의 시는 균열을 시작한다고 했다. 즉 현실의 논
리를 상상의 논리로 굴절시키는 물을 거부하는 지점에서 또 다른 박
판식 시의 성격이 도드라지는 것이다. 상상의 영역에서만 경험할 수
있는 따뜻하고 아늑한 물의 세계가 한 발짝 밀려나면서 차갑고 무서
운 물의 세계가 들어와 그의 시의 한 축을 담당하게 된 이유 역시 앞
서 살펴보았다. "물속에 집을 짓는 잎사귀날도래"처럼 "어른이 되지
않으면 물 밖으로 나올 수 없"는 운명은(「토르소」) 그대로 박판식 시
의 화자가 처한 숙명이며, 바로 거기서 물속에서 물 밖으로 나오는,
혹은 따뜻한 물에서 차가운 물의 세계로 진입하는 통과의례가 발생
한다. 통과의례는 비단 화자에게만 한정되는 체험이 아니다. 그것은

박판식 시 자체의 통과의례이기도 하며, 차가운 물의 세계를 더 차갑고 단단한 세계로 이어받는 곳에서 탄생한 것이 바로 거울이다.

그의 시에서 거울이 탄생하게 된 사정이 이렇다면, 거울이 복무하는 곳 또한 어렵지 않게 추측해 볼 수 있다. 그것은 차갑고 무서운 이미지, 궁극적으로 어둡고 음습한 어떤 상을 담아내기 위해 이곳에 왔다. '나'의 자화상일 수도 있고 세계의 자화상일 수도 있는 그 상을 담아내는 것이 어쩌면 있는 그대로를 보여 주는 거울, 즉 "굴절 없는 물"로서의 거울이 떠맡는 역할이 아닐까. 만약 그러한 역할에 충실한 거울이라면, 거기에는 아름다움이나 깨끗함이나 맑음의 이미지가 들어설 여지가 희박해진다. 왜냐하면 그것은 '나'의 자화상도 세계의 자화상도 아니기 때문이다. 거울은 이미 "어둡고 더러운 것들로 가득"한 세계를 있는 그대로 담아내는 일에도 벅차다(「허밍버드」). 인용한 「거울, 굴절 없는 물」에서 젊고 아름다운 여인인 '네'가 결국엔 거울 속에서 빠져나갈 수밖에 없는 것도, 그리하여 "세상에서 가장 아름다운 모습만 비춰 주"는 거울이 오래 지속될 수 없는 사정도, 아름다움과는 거리가 먼 곳에서 있는 그대로의 모습을 찾아야 하는 거울 혹은 거울 속의 임자가 있기 때문일 것이다. 거울은 "자기가 아닌 것은 끝내 자기 안에서 빠져나간다"는 뼈아픈 진실을 상기시키면서(「언제나」), 한편으로 '내'가 그토록 원했던 누군가조차 영원히 타자로 밀어내 버린다. '너'는 '내'가 아니다. 그토록 원했지만 결국엔 '너'는 타자다. 언젠가 '나'로부터 빠져나가야 하는, '나'와 분리되어야 하는 타자. 어쩌다 거울 속에 들어오더라도 '너'는 한여름 날 손에 쥐고 있는 "마름모꼴 얼음 한 조각"같이 오래 버티고 서 있을 상이 못된다(「아이리스」). 얼음이 녹듯이 거울 속에서 곧 빠져나가야 하는 '너'는 결과적으로 불안을 토대로 떠 있는 타자다. 아무리 아름답고 아늑한 세계를 대변하더라도 결국 '너'는 "혼자 앉아 있는 트램펄린 위의 아늑함"이며 "날개도 없이 하늘에 떠 있는" 불안한 존재다(「너」). 여기서 한 가지 놓치지 말아야 할 것은 '네'가 불안을 내포한 타자라면 '나'도 결국엔 타자라는 사실이다. "계란이나 사람이나 불안한 이름을 갖고 있는 것은 매한가지"이듯이 "고여 있는 액체와 흐르는 액체의 차별 정도"에 불과하듯이(「당신의 이름이 태어난 자리」), '너'도 '나'도 불안을 공유한 사이이기는 매한가지다. 불안을 공유한 타자로서 만났다가 사이좋게 불안을 나누고 헤어지는 타자. 불안을 사이에 두고 정해진 운명이 그러하다면, '나'의 거울은 결국 불안을 공유하는 자화상이며, 불안에 겨운 '너'는 거기서도 빠져나간다. 남는 것은 「거울, 굴절 없는 물」의 마지막 장면처럼 "세 조각 난 내 몸"과 "삐걱거리는 마루의 틈"으로 보이는 "힘없이 무너져 가는 지하실의 얼룩". 그것이 '나'의 자화상이며 또 세계의 자화상이다. 어쩌면 그것이 박판식의 시가 보여 주는 있는 그대로의 거울일 것이다.

"굴절 없는 물"을 대신해 들어온 '거울'은 이렇게도 참담한 광경을 함께 거느리고 들어왔다. 설령 "열두 개의 왕궁을 마음에 담아도" "무력하고 슬프다"는 인상을 지울 수 없는 거울은 파헤치면 파헤칠수록 오히려 비참한 현장만 발굴되는 유적지처럼 보인다(「파트너」). 아래는 그 발굴 현장의 단면들이다.

> 나는 거울 속에서 조용히 살고 있는 사람이다
> 나는 누군가가 바라볼 때만 나타나는 이상한 비밀이다
> 자신의 그림자가 힘겨워 쓰러진
> 이가 빠진 채로 웃는 화가다
>
> ─「언제나」 부분

자신의 진실한 모습을 비춰 준다는 거울을 얻기 위해 나는 여자의 노예가 되기를 주저하지 않았다. (중략) 나는 수염을 마저 깎고 나의 중심을 찾기 위해 벌거벗은 몸을 뒤지기 시작했다. 습기로 얼룩진 거울, 그 구멍 속에선 세 발의 병든 개가 도심 한복판을 걸어가고 있었다.

—「하이델베르크로 가는 첫 번째 여행」 부분

내 꿈의 주인은 오래전에 내가 죽인 당신이다
거울을 깨뜨리고 싶은 충동만으로도 나의 얼굴에는 충분한 도끼 자국이 생겨난다

—「A에서 A까지의 귀머거리」 부분

하나같이 어두운 광경을 간직한 거울의 면면에서 주목할 것은 그것들의 참담한 이미지에만 있지 않다. 박판식의 시에서 거울은 단순히 이미지로 활용되는 소재나 시의 정서를 환기하는 장치에 머물지 않는다. 그것은 시의 정서를 지배하고 나아가 시의 구조까지 떠받치는 수준으로 격상된다. 조각나고 어두운 거울의 이미지가 시를 지탱하는 정서를 넘어 시가 발화되는 방식에까지 침범하여 일정한 패턴을 형성하는 것이다. 이름하여 깨진 거울의 발화 방식. 혹은 패턴.

마지막 인용 시에서 "거울을 깨뜨리고 싶은 충동"과 "나의 얼굴에" 생겨난 "충분한 도끼 자국"으로 등장하는 '깨진 거울'의 이미지는, 앞서 "축제의 마술거울로 세 조각 난 내 몸"과 "삐걱거리는 마루의 틈을 벌려"(「거울, 굴절 없는 물」) 보는 장면에서 이미 한 차례 목격한 바 있다. 시집 곳곳에 산재해 있는 깨진 거울의 이미지를 짚어 보기 전에, 박판식 시의 거울이 어둡고 음습한 이미지를 넘어 깨지거나 조각나는 이미지로 나아갈 수밖에 없는 이유를 먼저 생각해 본다.

그것은 거울 자체에 들어 있는 분열과 균열의 속성 탓도 있겠지만, 더는 아늑한 물의 이미지를 대신할 수 없는 자리에 들어온 거울에 대한 원망과 불만에서 기인한 탓도 클 것이다. 그러니 "깨뜨리고 싶은 충동"이 가능한 것이고, 그러한 충동이 반복되면서 어느 순간 그것을 고통스럽게 즐기는 목소리도 충분히 튀어나올 수 있는 것이다. "거울로 흉터 난 얼굴을 들여다보는 즐거움"이나(「거울을 든 사람」) "깨진 거울로 조각난 표정을 맞추는 놀이"는(「토르소」) 깨진 거울의 상을 적극적으로 받아들일 때 가능한 발언이며, 이러한 발언이 시의 내용이 아니라 형식을 건드리는 지점까지 밀고 나갈 때, 거기서 박판식 시의 고유한 문법이 탄생하고 또 작동한다. 마치 깨진 거울을 조각 조각 이어 붙이듯이 문장과 문장을 잇대고 장면과 장면을 연결하면서 한 편의 모자이크화 같은 시적 풍경을 만들어 가는 방식. 그것이 박판식 시의 발화 방식이며 또한 문법이다. 아래는 그러한 문법이 발현된 한 사례다.

> 블루라는 술집 테이블 위에 안경을 두고 나왔다
> 10년 전의 일이다, 나는 불붙은 잎사귀들을 흘려보내지 못해
> 잎사귀와 같이 타 버린 가로수다
> 불 속에선 모든 것이 장애물, 발작
> 다리가 부러진 인형 베티도 불에 달라붙고 싶어 견딜 수가 없다
> 어디로 가는가, 최후의 러시아 황제를 태운 기차여
> 자신의 운명과 가장 먼 곳이라면 그 어디라도
> 누구든 인생을 체념하면 별것 아닌 존재가 된다
> 열풍에 타 죽은 나가사키 아이들에게 호감이 간다
> 시체나 기형의 신체를 보여 주고 나면

영악한 아이들은 더 다루기 어려워진다
이왕이면 현장 인솔자의 유니폼을 입고 죽고 싶다
나는 생활에 반론을 갖고 있다, 죽음의 근사한 파견 노동자여
세계는 왜 나에게 즐겁게 봉사하지 않는가
운명은 원하는 대로 움직여 주지 않는다, 돌이켜 보면 그게 낫다
너에게 줄 따뜻한 물 한 잔을 위하여 오늘은
굳이 셔츠를 입고 수염을 깎는다

—「결별의 불」 전문

여러 장면이 '사이좋게 어긋나' 있는 이 시의 초점은 어느 한곳으로 쉽게 모아지지 않는다. 색색의 모자이크화처럼 조각조각 난반사하는 풍경을 한데 모아 주기 위해 이 시의 화자가 존재하는 것도 아닌 것 같다. 오히려 앞 문장과 뒤 문장, 그리고 앞 장면과 뒤 장면이 교묘하게 어긋나면서 틀어지는 효과에 집중하는 듯한 화자의 시선이 돋보이는데, 환유의 원리에 기댄 이러한 시선은 첫 시집보다 두 번째 시집에서 더 두드러지는 박판식 시의 한 특징이기도 하다. 덕분에 "액체의 액체 속에 담긴 개구리 알"을 보듯이 "나의 정체"이자 (「성(聖)서울」) 기원과도 같은 물속의 세계를 겹겹이 벗겨 가면서 접근해 가는 방식, 즉 은유에 기댄 시선은 이번 시집에서 상대적으로 비중이 줄어들었다. 결과적으로 「쿰이라는 나라의 오해」 같은 낭만적인 동경과 상상을 동반한 시도 상당 부분 그 숫자가 감소하였다. 아늑하고 온전한 물의 세계를 담는 그릇으로서의 은유가 한 발짝 물러선 자리에 들어선 환유의 세계는 그 자체 깨지고 조각난 세계의 자화상이며, 박판식의 시는 그것을 있는 그대로 되비추는 데 몰두한다. 도끼 자국처럼 흠이 지고 금이 간 '내 얼굴'의 자화상이기도 한

깨진 거울의 세계는 그리하여 '나'에 대해서도 '너'에 대해서도 그리고 '우리'를 둘러싼 세계에 대해서도 일관되게 갈라지고 조각난 목소리를 들려준다. 위 시처럼 언뜻 하나의 초점으로 모으기 힘든 목소리들이 병치되어서 한 편의 모자이크화를 완성하는 것이다.

돌아갈 수도 회복할 수도 없는 세계의 불완전함을 불완전한 목소리로 극대화해서 들려주는 박판식의 모자이크화는 갈래갈래 다른 색깔로 분할되지만, 그럼에도 그 이면에 거느린 정서만큼은 일정한 톤으로 유지되는 것 같다. '동경'에서 '체념'으로 그 색조가 살짝 바뀌었을 뿐 첫 시집이나 이번 시집이나 세계를 바라보는 '불행'의 시선은 큰 틀에서 바뀌지 않았다는 밀이다. 되돌아갈 수 없는 세계에 대한 자각에서 비롯되는 불행의 시선은 그만큼 근원적이고 변하기 힘들고 따라서 불안하게, 불안하게 사유의 몸체만 이리저리 옮겨 갈 뿐이다. 이번 시집에서 발견되는 사유의 몸체는 대체로 깨진 거울의 조각들로 나타났다. 이전 시집이 물속의 막에 둘러싸인 사유의 몸체를 드러냈다면 앞으로 전개할 그의 사유의 몸체는 또 어떤 모양일까. 그것이 어떤 모양이든 세계의 균열을 인식하고 체험한 자로서의 목소리가 한동안은 깨진 거울 근처에서 떠나지 않을 것은 분명해 보인다.

그가 들여다보는 세계의 흉터는 거울처럼 자신의 흉이자 불행으로 반사되며, 조각조각 갈라지며 반사되는 부산물은 여전히 그의 말이자 시가 되어 돌아올 것이다. "까닭 없이 우산살이 부러지는 작은 파국만으로도/내 손바닥엔 흉이 생기고/떠돌이 개가 그 흉을 물고 늘어지고/입안에 침과 눈물이 고이고/문득 구(口)가 생기"는 것처럼 말이다(「口」). 깨지고 조각난 것이든 어둡고 더러운 것이든 거울이 존재하는 한 "이 세계는 혼자서 겪는 환상이 아니"며(「우아하게」), 따라서 거울의 말은 '나'의 말도 '너'의 말도 아닌 세계 자체의 말이다. 그것이 비록 슬프고 비참한 풍경일지라도 온갖 진통과 산통을 겪으며 피우는 꽃은 다른 곳이 아니라 슬프고 비참한 바로 그곳에서 탄생한다는 사실을 환기하며, 도약이 곧 전락이라면 역으로 전락 또한 도약일 수 있다는 사실을 새삼 강조하며, 무엇보다 "운명은 원하는 대로 움직여 주지 않"지만 "돌이켜 보면 그게 낫다"는 말을 스스로 증명하며 탄생한 시 한 편을 마저 읽는 것으로 글을 마친다. '비참하게 아름다운' 한 폭의 모자이크화에 나 말고도 더 많은 사람들이 매혹될 거라는 확신과 함께.

영아 속에 들어 있는 어른은 피로하다
성인이 된다는 것은 인생의 도약이 아니다
나는 홑이불을 털고 있고
고양이는 그것을 보고 있다
버려진 축구공이 충분히 공기를 흡입하고 있다

추문과 실패도 벽에게는 소중한 비밀이다
시간이 거품이든 주름이든 나는
다섯 번째 생일날 오렌지 주스 가루를 선물받았다
가루는 물속에서 녹았고
어머니는 내 입속에서 녹았다

농장에 떨어진 디스커버리호의 잔해를 사람들이 보고 있다
둥근 외계의 쇳덩어리다
기차에서 바라보는 63빌딩이
기껏해야 내 상상력의 한계다

산불이 바람을 타고 신나게 강을 건넌다

물이 흘러가는 곳에 계곡이 있고
절이 있고 고아원이 있고 술집이 있다
물은 지혜롭다, 자신이 왜 우는지도 모르는 채
사랑하는 사람은 다리 난간에 기대어 운다

고아원의 개들이 우리에게 지껄인다
너희는 이방인이다
슬픔은 진통이고 신통이다, 이상한 종밀이다
비와 추위를 견뎌 내고 비참한 꽃이 핀다

아름다운 날들이다, 늙은 교황은 잡지 속에서 보석 장식
모자에 눌려 졸고 있다

주인에게 버림받으면 개도 길을 잃는다, 병든다
개에게 도약은 어울리지 않지만 웅크림은 어울린다
오디세우스의 개, 아르고는
주인이 돌아오자 행복에 겨워 죽는다

—「카프리올」 전문

생의 반환점과 시의 전환점에서 다시 불러내는 말
─ 김현 시집 『다 먹을 때쯤 영원의 머리가 든 매운탕이 나온다』

(문학동네, 2021)

김현의 다섯 번째 시집 『다 먹을 때쯤 영원의 머리가 든 매운탕이 나온다』를 읽기 위해 몇 가지 키워드를 빌려 온다. 모두 시집의 들머리에 놓이는 「시인의 말」에서 뽑아낸 것이다. 나열하자면 연기, 가요, 영원 이렇게 셋이다. 이들 키워드가 시집에서 서로 별개의 영역을 차지하기보다는 얽히고설킨 관계에 가깝다는 점을 미리 짚어 두면서 얘기를 시작하자.

우선은 '연기'. 「시인의 말」에서도 맨 처음 나오는 문장 "연기를 시작합니다"는 한 권의 시집에 등장하는 온갖 화자가 결과적으로 한 사람의 목소리(시인의 목소리든 시적 주체의 목소리든)로 환원되는 것을 염두에 둔 표현은 아닐 것이다. 그보다는 진짜 '리얼'한 연기를 하는 화자를 비롯한 온갖 등장인물의 성격을 미리부터 설정해 두기 위한 장치로 읽힌다. 프로그래밍 언어에서 초깃값에 해당하는 명제이기도 한 저 문장에 값하듯이 시집에 등장하는 인물들 모두 제각기 다른 사연으로 제각기 다른 인격을 드러내며 출연한다. 당연히 이름도 호칭도 제각각이다. 금희, 석희, 문영, 창립, 재광, 사평, 경섭 씨, 홍훈이 형, 수환이 형, 현아 누나, 안 선생님, 공 이사, 허 부장에 응옥 찐이라는 외국인까지 일일이 거명하기 힘들 정도로 많은 인물이 등장하는데, 무엇보다 이러한 등장인물들 사이에서 화자 역시 각각의 사연에 맞춰 다른 인물로 등장한다는 점이 이채롭다. 금희를 상대로 두고 등장하는 화자와 경섭 씨나 안 선생님을 상대로 두고 등장하는 화자가 각각 다르다는 말이다.

때로는 저 등장인물 중 한 명이 화자의 자리로 들어와서 말하기도 한다. 자연히 시집에 담긴 화자의 목소리는 단일한 목소리가 아니라 이질적인 목소리로 채워진다. 이건 집필 시기상 전작에 놓이는 시집 『호시절』(창비, 2020)에 담긴 목소리와도 확연하게 구별되는 지점이기도 하다(시인의 인터뷰에 따르면 출간 시점과 별개로 『호시절』, 『다 먹을 때쯤 영원의 머리가 든 매운탕이 나온다』, 『낮의 해변에서 혼자』(현대문학, 2021) 순으로 원고를 집필했다고 한다). 『호시절』에 담긴 화자의 목소리가 비유컨대 무성 영화에 등장하는 변사와 같은 목소리에 가깝다면, 그래서 각기 다른 시적 정황에서도 동일한 시적 주체의 목소리가 일관되게 들리는 쪽이라면, 이번 시집에서는 변사처럼 들리는 목소리에 추가하여 상황에 따라 다른 목소리를 내는 화자가 빈번하게 등장한다. 이때의 화자는 변사가 아니라 배우의 위치에 선 화자이며, 당연히 목소리도 배우처럼 '리얼'하게 연기된 목소리다. 마치 무대에서 독백하듯이 혹은 편지를 읽듯이 연기하는 이 배우들의 말잔치를 따라가다 보면 이런 의문이 남는다. 왜 이토록 많은 목소리와 다양한 배역이 시집에 동원되어야 했을까?

명쾌한 답변을 내기는 쉽지 않지만, 어렴풋이 추측해 볼 수는 있다. 가령, 다양한 배역이 내는 다양한 목소리는 시가 아니라 희곡이

나 소설에 더 어울리는 양식이라는 점에서, 시라는 단일한 목소리의 장르를 넘어서거나 넓히려는 의도로 읽을 수 있다. "남 애길 꼭 지 애기처럼 쓰"고 "지 애길 꼭 남 애기처럼 쓰는" 방식으로(「형들의 나라」) 시 장르 특유의 단일한 화자의 목소리에 갇히지 않으려는 실험 으로 이해할 수 있다는 말이다. 이건 한편으로 그동안 구축해 온 심 현 시 자체의 확장이자 변화와 맞물리는 문제일 수 있다. 적어도 시 에서라도 이제껏 "살아 보지 못한" 다른 "삶들을 살아 보기로" 작정 한 이의 결심이 없었다면(「똥물 따라 돼지 떠간다」) 이렇게도 많은 화자 와 목소리가 가능했을까 하는 짐작도 조심스럽게 해 볼 수 있다.

이번 시집에서 또 하나 눈여겨보게 되는 변화의 지점은 두 번째 키워드 '가요'와 연관된다. 역시 「시인의 말」에서 두 번째로 등장하 는 문장 "다음과 같은 곡이 무대에 차례로 흐릅니다" 다음에 나오 는 목록은 하나같이 대중가요로 채워져 있다. 주현미의 「비 내리는 영동교」로 시작하여 혜은이의 「제3한강교」, 원더걸스의 「So Hot」과 PRODUCE 101의 「나야 나(Pick Me)」를 거쳐 김민기의 「봉우리」에 이 르기까지 장르 불문 대중가요로 통칭되는 곡들이 열거되는데, 실제 로 본문에서는 이와 같은 대중가요의 가사들이 불쑥불쑥 끼어들면 서 시의 한 자리를 차지하고 있다. "밤비 내리는 영동교를 홀로 걷는 이 마음/엄마 18번을 제18번으로 삼은 데는 다 이유가 있어요/엄마 도 아팠겠죠/펑 펑펑/쏟아졌지요 미련 미련 미련 때문인가 봐"(「사망 추정」), "이 시는 그 어딘가에서 멈추길 원해/원해는 두 번 말해야 원 해/꿈에 어제 꿈에 보았던/이 시는 그럴 수 있어, 하는 이 시"(「개독 박멸」), "정환 씨는 똥물에 몸을 싣고 둥둥 떠내려갔다 똥물은 흘러갑 니다 아아 제3한강교 밑을 부침개 냄새 고소한 곳 인생의 여울목으 로"처럼(「똥물 따라 돼지 떠간다」) 대중가요 가사가 원용되거나 변용되는 사례뿐만 아니라 "너구리 한 마리 몰고 가세요"나(「시원시원한 여자」) "공무원 시험 합격은 에듀윌"처럼(「춘향」) 낯익은 광고 문구까지 동원되는 사례가 허다하다(참고로 『호시절』에서도 일러두기 형식으로 "이 책에는 다음과 같은 곡이 흐르고 있다"는 문장이 등장하지만, 이번 시집만큼 전면적으로 본문에 가사가 등장하지는 않는다).

귀에 익은 광고 문구든 입에 붙은 대중가요든 하나같이 한 시절을 지나가는 이들의 정서에 영향을 끼치고 흔적을 남긴다는 점에서는 동일한 맥락을 지닌다. 지나가는 대중가요 한 대목에서, 우연히 다시 듣는 광고 문구 한 구절에서 자연스럽게 떠오르게 되는 것도 그래서 한 시절이다. 누군가의 한 시절이자 그 시절을 같이 보냈던 이들과의 한때일 것이다. 한때는 지나간다. 시절도 지나간다. 다만 그 시절이 있었다는 사실과 그 시절을 누군가와 같이 보냈다는 사실을 대중가요 한 토막에서 다시 느낄 수 있는 시간이 남아 있을 뿐이다. 지나간 시절을 다시 소환해서 일깨우는 가요는 한 번으로 그치지 않고 잊을 만하면 찾아들면서 시간을 과거로 되돌린다. 남아 있는 미래가 줄어들수록 그 과거는 점점 더 진해지고 두터워지는데, 김현의 이번 시집은 그 두텁고도 진한 향수의 시절을 인물을 바꿔 가며 장면을 바꿔 가며 무엇보다 레코드판의 노래를 바꿔 가며 들려주는 일에 적극적이고 헌신적이다.

얼마나 적극적이고 헌신적이냐 하면 "독자도 시를 물로 보는 편이 건강에 이롭습니다"라는 말에서 짐작되듯(「시인의 말」), 시절의 향수를 진하게 불러오는 시가 역으로 긴장이나 밀도 차원에서 맹물 같은 시가 될 수도 있다는 위험까지 기꺼이 감수할 것 같은 태세다. "사십 년을 몸에 힘 넣고 살았으니/사십 년은 몸에 힘 빼며 살아가도/의미가 있겠죠"(「리얼한 연기를 위해 불을 피웠다」). 덕분에 얻은 것은 시절이요 잃은 것은 시일 수도 있겠으나, 이때의 시라는 것이 시가 되기 위하여 잔뜩 힘을 줄 수밖에 없었던 이전의 시라고 한다면, 대신 얻어 낸 시절은 새롭게 건져 올린 시절의 시이기도 할 것이다. 대중가요로나 불러낼 법한 한때의 시절을 다시 불러내고 다시 부르기 위해서도 기존의 시에 대한 의식에서 자유롭게 힘을 빼는 상태가 전제되어야 함은 당연한 일이겠다.

이제 시집의 마지막 키워드인 '영원'을 불러내자. 영원은 앞서 잠깐 인용한 '사십 년' 혹은 '마흔'이라는 나이와 연결해서 살펴볼 수 있다. "우리 이제 마흔입니다"나(「궁지」) "저도 낼모레면 마흔넷입니다"에서(「실존이 통칠하고서」) 보이듯 이 시집에서는 나이, 특히 사십대에 해당하는 나이를 언급하는 일이 잦다. 현재 우리나라 인구의 기대 수명이 대략 여든 살 안팎이라고 한다면 마흔 살은 그 중간쯤에 위치하는 나이이며, 따라서 사십대는 인생의 반환점을 지나 서서히 죽음을 향해 내리막길을 걸어가는 걸 실감하는 나이대다.

탄생보다 죽음이 더 가까이 보이는 이 시기에 떠올리는 죽음은 더는 피상적이거나 낭만적인 죽음일 수 없다. 부모 세대의 죽음을 비롯하여 주변 인물의 부고를 흔하게 맞닥뜨려야 하는 시기와도 겹치면서 더없이 현실적인 조건으로 주어지는 죽음에 대해 김현 시의 화자 역시 인물을 바꿔 가며 계속 거론한다. "여보 당신이 꿈에서 죽었는지 살았는지 내가 물어보지 못했더라/무섭다/저 끝에 뭐가 있을까"(「아멘」), "현아 누나 제가/무덤 앞에 식은 돼지고기를 몇 점 남겨두고 왔을까요/정말이지 사는 게 무섭습니다"에서(「무덤」) 확인되듯, 김현 시의 화자들은 죽음에 대해서도 무섭고 삶에 대해서도 무서운 감정을 공유한다.

'무섭다'라는 말로 공유되는 삶과 죽음의 등가성은 따지고 들면 여러 가지 근거를 거느린다. 우선은 언제 어느 때고 찾아드는 "생사"의 갈림길이 실상은 "종잇장같이" 얇은 차이로 나뉘는 것에 불과하다는 사실(『청첩』). 아니면 "살아도 사는 게 아니다라는 말 대신에/죽어도 죽는 게 아니다라는 말"이 나올 만큼 삶의 곤궁과 곤경은 죽음 이후에도 주변을 통해 지속된다는 사실(『사망 추정』). 그도 아니면 "잠에서 깨어 보니/형이 옆에 누워서/살아났어?/어제 죽었습니까/어제 죽었지/죽어서 어디까지 갔다 왔습니까/저승 너머까지 갔다"에서 보이는 것처럼 꿈을 통해서든 환상을 통해서든 삶의 곳곳에 죽음의 그림자가 들어와 있다는 사실(『형들의 나라』).

이런 사실들로 인해 죽음은 죽음만으로 분리되지 않고 삶의 현장에 끝없이 간섭해서 들어온다. "형, 이곳은 봄기운이 완연합니다/사람이 하나둘 죽어 나가고/꽃이 천지사방으로 번져 나가고/그곳도 그런가요/그곳은 죽음뿐이겠죠"처럼(『춘양』), 그곳이 죽음의 공간이라면 이곳 또한 온통 죽음으로 만연한 삶의 현장일 수밖에 없음을 절감하는 곳에서, 삶은 죽음으로 통하고 죽음은 죽지 않고 새삼 영원으로 통하는 길을 마련한다. 삶과 죽음이 맞붙어 있는 곳에서 영원의 순간이 기거할 자리를 마련한다고 해도 좋겠다. 이는 "다 먹을 때쯤 영원의 머리가 든 매운탕이 나온다"는 시집의 제목이 새삼 음미되는 지점이기도 하다.

'죽음=삶=영원'이 한 세트처럼 묶이는 저와 같은 공간에서는 "여보세요, 스님/저승엘 좀 다녀와야겠습니다"(『죽음을 데리고 다니는 여인의 입에서 나온 말』), "만날까요/경섭 씨, 저는 죽었고 재봉 일을 합니다//찾지 마세요"와(『궁지』) 같은 농 섞인 발언도 그다지 이상할 것이 없다. "방탄보다 소찬휘에게 정이 가는" 것과 "눈 깜짝하면 저승 땅을 밟는다는 생각"이 똑같이 "나이 탓"으로 돌려지는 이에게 "밤낮으로/먼 산 먼 바다 먼 사람을 자주 생각"하는 일이 벌어지는 사태 역시 그리 어색한 일이 아니다(「춘양」). 어찌 보면 지극히 자연스러운 사태에 기대어 한 권 분량의 발화가 이루어진 곳이 김현의 이번 시집일 것이다.

문제는 다음이겠다. 삶의 어느 대목에서든 속설없이 낮낙뜨려야 하는 죽음의 순간을 제아무리 영원이라는 말로 되받더라도 죽음이 달라지는 것은 아니다. 삶이라고 해서 얼마나 달라지겠는가. 남는 것은 다가오는 운명의 시간을 거스름 없이, 다만 "돼지 멱따는 소리를 내며" "계속 떠내려가"거나(「똥물 따라 돼지 떠간다」) "끝에서 끝을 갔군요/보았습니까/보았지/뭐가 보이더랍니까/아무것도 보이지 않는 게 보였지/그것이 님의 인생/일어나, 밥 먹자"에서처럼(「형들의 나라」) 아무것도 특별할 것이 없는 종말의 순간을 애써 지연하며 밥이나 열심히 챙겨 먹는 일밖에. 생의 반환점에서 시의 전환점을 모색하는 시기에 나온 시집에서 얻어 낸 전언치고는 너무 공소하다 싶지만, 저 공소하다 못해 허망한 결론을 뒤집을 만한 반론 역시 현재 시점에서는 갖추고 있지 못함을 부득불 고백하게 하는 힘이 김현의 시집에는 있다. 예나 지금이나 마찬가지로 있는 그것. 읽는 이를 끝까지 붙잡고서 수긍하게 만드는 그 힘 말이다.

행진하라, 기억이여
―신해욱의 근작 시

신해욱의 시 「투어」에 등장하는 "열외의 가로수"는 여러모로 음미할 구석을 남긴다. 말 그대로 가로수는 가로수인데, 열외에 놓인 가로수를 지칭하는 저 말은 신해욱과 동 세대에 놓였던 2000년대 젊은 시인들의 시 세계와 묘하게도 통하는 구석이 있다. 가로수 대신 인간으로 그러니까 인간은 인간이되 열외에 놓인 인간으로 바꿔 읽으면, 기존의 인간 중심적인 시각에서 벗어나는 방식으로 시 세계를 펼쳐 보이고자 했던 2000년대 젊은 시인들의 면면이 함께 떠오른다. 여기서 인간 중심적인 시각의 탈피는 인간적인 시각으로 점철된 정상성의 범주를 의심하는 시적 주체들의 탄생과 맞물린다. 이른바 '비성년'으로 집약할 수 있는 이들 시적 주체의 목소리는 저마다 색깔을 달리하면서도 정상적인 어른의 세계를 심문하거나 부정하는 세계관을 공유한다.

2005년 첫 시집 『간결한 배치』(민음사)를 출간한 신해욱 역시 비성년·비인간·비정상(성)에 대한 탐구를 시와 산문 양쪽에서 적극적으로 개진해 온 시인이다. 2012년 출간한 『비성년열전』(현대문학)은 2000년대를 통과하면서 시인 자신이 어떤 인간형, 어떤 목소리, 어떤 세계관에 관심과 애정을 두고서 시 세계를 구축해 왔는지를 우회적으로 증명한다. "열외의 가로수"로도 호명할 수 있는 그의 시는 그러나 비성년의 세계관을 공유하는 동 세대 시인들 사이에서도 한번 더 예외가 되고 열외가 되는 가로수의 길을 택한다. 또래의 시인들 대부분이 한마디라도 '더' 하려는 방식의 화법을 보이는 반면에 신해욱은 거의 유일하게 한마디라도 '덜' 하려는 방식의 시를 제출했던 것이다.

이른바 간결한 배치와 단정한 미감으로 특징지어지는 그의 시적 화법은 두 번째 시집 『생물성』(문학과지성사, 2009)을 거쳐 세 번째 시집 『syzygy』(문학과지성사, 2014)까지 유효하게 이어지다가 네 번째 시집 『무족영원』(문학과지성사, 2019)을 기점으로 확연하게 달라진 모습을 보인다. 간결한 배치와도 배치되고 단정한 미감과도 단절되는 듯한 화법상의 변화가 워낙에 크다 보니, 이를 두고 신선한 시도로 받아들이는 독자가 있는가 하면 '잘 빚어진 항아리'가 "산산조각"난 것처럼(「레닌은 겨울에 죽었다」) 당혹스러워하는 독자도 있을 것이다. 문제는 파편화된 문장과 장면 앞에서 어떤 감상에 젖든 상관없이 이전 신해욱 시의 독법으로는 온전한 접근이 불가능한 시가 되었다는 사실이다. 이 점을 염두에 두고 변화된 화법에 어울리는 독법이 무엇일까를 고민하면서 글을 시작한다. 「투어」를 비롯한 시와 함께 발표된 산문에서 먼저 도움을 구한다.

백색소음 같은 글을 쓰고 싶다. (중략) 언제부턴가 나는 이 백색의 공책을 읽어야 한다는 생각에 사로잡혀 있다. 노트로서의 공책이 아닌. 책으로서의 빈 책인 듯이. 포화 상태의 백색소음을 해독하겠다는 듯이.

"백색소음 같은 글"이 우선 눈에 띈다. 있으되 없는 것 같은 소리. 들리되 들리지 않는 것처럼 들리는 소리. 그러면서 다른 모든 소리를 흡수하듯이 가라앉히는 소리. 백색소음의 성격이 이러하다면, "백색소음 같은 글"이 함의하는 바도 대략 짐작이 간다. 무언가 적혀 있으되 아무것도 없는 것 같은 글. 아니면 무언가를 적어 나가는 동시에 지워 나가는 글쓰기. 그도 아니면 아무것도 적지 않는 방식으로 끊임없이 무언가를 적어 나가는 글쓰기……. 백색소음에서 연상되는 이러한 글쓰기는 한편으로 그에 준하는 읽기를 전제로 한다. "백색의 공책" 읽기가 그것이다. "노트로서의 공책"이 아니라 "책으로서의 빈 책" 읽기와 맞물리는 저 이상한 책 읽기는 "포화 상태의 백색소음을 해독"하는 것과 다시 맞물린다. 정리하면 백색소음으로서의 책 읽기 혹은 글쓰기. 빈 책으로 써 나가는 글이자 백지상태로 읽어 나가는 책. 언뜻 막연하게 들릴 수도 있는 개념을 구체화한 곳에 아래의 시가 있다.

할머니! 누가 할머니를 찾고 있었다.

우리는 벽에 귀를 대고. 흰 벽에 바람벽에. 숨을 죽인다. 소리는 멀어진다. 멀어지다가 다가온다. 할머니!

아랫목의 이불 속에는 술빵이 부풀고 있다.

희다. 할머니의 흰 것이다. 숨을 쉰다. 새 생명이 태어날 것 같다. 검버섯이 필 것 같다. 울음이 터질 것 같다.

우리는 병이 든 것일까. 참선에 든 것일까. 마법에 걸린 것일까.

우리는 버릇이 없었는데. 부끄럼을 몰랐는데. 내색을 할 수 없다. 살
갗에 갇혀 있다. 표리부동이야. 겉과 속이 딴판이다. 입을 막아야 한다.
기다려야 한다. 피골이 상접해야 한다.

우리는 꾀를 써야 한다. 잇몸으로 빵조각을 오물거리고. 민물로 입
을 헹구고. 맛있다. 맛있어. 입맛을 다시는 시늉을 해야 한다. 벽이 떨
린다. 할머니! 술빵이 부풀고 있다.

할머니의 집은 깊다. 속이 깊다. 벽은 얇다. 복도는 길다. 메아리가
배어 있다. 할머니!

뼈는 튼튼했다. 골수에 사무치는. 흰 것들. 간절한 것들.

거죽만 남은 환상에. 우리는 루즈를 발랐다.

거울을 보았다. 차도가 있었다. 말년이었다. 유구한 기분이었다.

—「속이 깊은 집」 전문

앞서 언급한 대로 『무족영원』 이후에 발표된 이 시 역시 간결함이
나 단정함과는 거리가 먼 미감을 보여 준다. 그보다는 조각조각 파
편화된 장면과 문장이 먼저 들어오는데, 와중에도 되풀이해서 등장

하는 이미지가 눈에 띈다. 할머니, 술빵, 그리고 흰빛을 띠는 사물들, 장면들. 이 중에서 흰빛의 이미지가 가장 먼저 등장하는 "흰 벽"은 멀어지는 소리와 다가오는 소리를 동시에 품는다는 점에서("소리는 멀어진다. 멀어지다가 다가온다") 그 자체 백색소음의 성격을 내장한다. 그런데 "흰 벽"은 "바람벽"이면서 어렸을 적 "할머니의 집"에서 느꼈던 벽이다. "할머니의 집"은 어떤 집인가? 시의 제목처럼 "속이 깊은 집"이고, "벽은 얇"은 집이며, "복도는 길"어서 "메아리가 배어 있"는 집이다. 그렇게 "골수에 사무치는" 집이면서, 흰 것으로 표상되는 어떤 간절한 것들이 녹아 있는 집이다. "거죽만 남은 환상"의 그 집을, 한 번씩 루즈를 바르면서 놀았던 어린 시절의 그 집을 떠올리면, 어김없이 달려 올라오는 사물이 있다. 생김새도 어린 시절의 그 집을 닮은 듯한 술빵이다. "아랫목의 이불 속에"서 아직도 부풀고 있을 것 같은 술빵은 "새 생명이 태어날 것 같"은 사물인가 하면 금방이라도 "검버섯이 필 것 같"은 사물이다. 생명과 죽음의 이미지를 한데 품고 있는 이 술빵은 그럼에도 굳이 빛깔로 얘기하자면 흰빛이다. "할머니의 흰 것"인 것이다. 할머니와 할머니의 집을 받는 이미지가 이토록 흰 것이라면 술빵으로 표상되는 기억 역시 도리 없이 흰빛이다. 흰빛으로 쉼 없이 부풀어 오르는 술빵과도 같은 기억이 아래 시에서는 다른 이름을 거느리며 등장한다.

즉자야.

즉흥의 즉. 즉자야. 우리는 즉자를 불렀다.

즉자야. 이리 온.

우리는 가만히 손짓을 했다.

이상하지. 쑥대밭이었는데. 우리는 쑥을 뜯고 있었는데. 쑥떡을 빚을까. 쑥국을 끓일까. 쑥뜸을 떠볼까. 쑥을 뜯다 쑥 냄새에 취해 잠이 들었는데.

우리는 모래밭에 주저앉아. 즉자야. 이리 온. 모래는 곱다. 모래는 따뜻하다. 흘러내린다. 기억이 난다. 기억은 동색이다. 즉자야.

우리는 손바닥을 폈다.

펼치면 사라지는 것. 만지면 부서지는 것. 손바닥은 크다. 따뜻한 채로 남아 있다. 쑥물이 들어 있다. 기억을 덮을 수 있다. 기억은 쑥색이다. 즉자야.

우리는 쑥을 뜯고 있었는데. 쑥대밭이었는데.

이리 온. 즉자야. 기억은 잘못된 돌이야.

불가촉이래. 기억은.

구르지 않는대. 부서질 것이 없대.

—「즉자의 돌」 전문

앞선 시에서 '술빵', '할머니(의 집)', '흰 것'의 이미지로 표출되었던 기억이 이 시에 와서는 '즉자'라는 이름으로 돌출된다.("기억은 동색이다. 즉자야.") 시에 나와 있는 대로 '즉자'가 "즉흥의 즉"을 담고 있는 이름이라면, 기억은 새삼 즉흥적으로 솟아오르는 무엇이다. 즉흥적이기에 기억은 이곳저곳에서 정신없이 솟아오르는 '쑥'과 같은 것이자 '쑥떡'이나 '쑥국'이나 '쑥뜸'으로 달리 불리면서도 계속 소환되는 무엇이다. 즉흥적으로 기억을 소환하는 공간인 '쑥대밭'은 '쑥대밭'대로 금방 '모래밭'으로 형상을 바꾸어, 펼치는 순간 사라지고 만지는 순간 부서지는 '모래' 같은 이미지로 기억을 물들인다. 마치 '쑥물'처럼 물들인 데 또 물들이는 방식으로, 아니면 '모래'처럼 덮은 곳을 또 덮는 방식으로 어떤 고정된 의미 부여를 거부한다. 그렇다면 '기억= 즉자'는 철학적인 함의 그대로 '의식 없이 충만한 무엇'이기도 하다. 만지는 순간 부서지고 펼치는 순간 사라지는 형상으로 태어나는 기억이 마지막에 가서 "잘못된 돌"이자 '불가촉'으로 지칭되는 것은 그래서 충분히 자연스럽다. 의식을 가진 대자적 입장에서는 만지는 순간 부서지기만 하는 돌이라는 기억이, 기억이라는 돌이 실상은 부서진 것도 부서질 것도 없는 즉자적 존재임을 환기하는 이 시의 마지막 문장도 충분히 수긍이 간다. 결과적으로 아무것도 붙잡을 수 없는 상태로 존재하면서 그때그때 즉흥적으로 불려 나와서 그때그때 다른 이름으로 만져지는 이 기억을, 이 기억이라는 '즉자'를 계속해서 소환하는 방식으로 더듬는 것. 더듬으면서 펼쳐 보이는 것. 그것이 신해욱 시의 근작을 관통하는 발화 방식이지 않을까 짐작한다.

기억에 대한 시인의 관심사가 일회적이지 않다는 것은 앞서 살펴본 두 편의 시 말고 다른 시편들을 통해서도 어렵지 않게 확인할 수 있다. 실제로 "자루"(「투어」), "회상"(「자연의 가장자리와 자연사」), "주마

등"(「카메라 루시다」), "할머니의 손"(「귀부인과 할머니」) 같은 기억의 상관물·상관어가 시편마다 꼬박꼬박 들어가서 제 역할을 하고 있는데, 가령 「투어」에서는 "비밀"이 담긴 "자루"를 쥐고 가는 길이 제 뜻과 상관없이 결코 멈출 수 없는 길임을 환기한다. 이곳저곳 즉흥적으로 불려 다니듯 끌려가는 그 길은 언제든지 중단될 수 있는 길이면서 또 언제까지 이어질 것만 같은 길이다. 그때그때 즉흥적으로 소환되는 기억도 마찬가지 성격을 가진다. 살아 있는 한 기억은 결코 멈출 수 없는 길과 함께 펼쳐질 것이다.

기억은 계속 태어난다. 쑥대밭처럼 뒤죽박죽 태어난다. 때와 장소를 가리지 않고 즉흥적으로 솟아나는 기억은 「투어」에서처럼 아주 구체적인 대상("종묘", "서오릉", "석재 조경", "황금맨숀")을 거느리고 등장하기도 하지만, 정반대로 불투명한 누군가·무언가를 동반하기도 한다("누가 울고 있다/누가 나를 모르겠다고 했다/누가 나를 안다고 했다"). 이처럼 고유성과 익명성이 혼재된 채로 소환되는 기억은 「카메라 루시다」로 넘어와서는 "소실된 소실점의 장면"으로, 그리고 "주마등"처럼 "흰 벽에 바람벽에//한꺼번에 쏟아지는 무수한 마지막의 장면"으로 변환되면서, 앞서 "백색의 공책"이자 백색소음의 이미지로 등장했던 기억의 성격을 다시 곱씹게 한다. "의미값이 0으로 수렴되는" "편재함으로써 부재하는" 백색소음과 기억이 이토록 질긴 관계에 놓인다면, "백색소음은 감각의 대상이 아니다. 감각의 조건이다"라는 문장 역시 이렇게 변환해서 읽을 수 있겠다(산문 「空冊」). 기억은 감각의 대상이 아니라 감각의 조건이라고. 상상의 원천이 기억이듯이, 감각의 조건 또한 기억이라면 기억은 그 자체 인간 존재의 생성 조건이라고 해도 과언이 아니겠다.

죽을 때까지 기억은 생성을 멈추지 않는다. 죽을 때까지 기억은 행진을 멈추지 않고 나아간다. 마치 끝나지 않는 퍼레이드처럼. 언제 끝날지 알 수 없는 퍼레이드처럼. 근작 시 「레닌은 겨울에 죽었다」에 등장하는 "레닌의 넓은 땅"과 "레닌의 먼 하늘"이 도무지 끝을 모르겠는 기억의 광활한 영토성과 연결된다면, 본문 중간중간에 반복해서 등장하는 "퍼레이드는 길었다"는 언제 끝날지 알 수 없는 기억의 지속성을 강박적으로 일깨운다. 행진하듯이 행진하듯이 끝을 모르고 지속되는 기억의 속성은 난장판 속에서도 난장판을 헤집으며 행진에 행진을 거듭하는 신해욱 시의 운동성과 그대로 맞아떨어진다. 이 운동성을 뭐라고 명명하든 상관없이 "아름다운 회전목마에 앉아 하니씩 앉아 한꺼번에 하나씩 돌림노래를 부르며 끄덕끄덕 돌림병을 앓았다……"거나 "단두대 익스프레스에 몸을 싣고 머리도 싣고 한꺼번에 하나씩 꺅꺅꺅 하나씩 즐거운 비명을 질렀다……"는 난장판 같은 퍼레이드가 꽤 오래갈 것 같은 예감이 든다(「레닌은 겨울에 죽었다」). 간결한 배치나 단정한 미감과 결별하는 대가로, 아니 선물로 신해욱의 시는 이 난장판의 행진을 얻었다. 비록 "짝짝의 스텝"과 "장군멍군의 춤"일지라도(「할머니와 하모니카」) 그 또한 춤이고 스텝이기에 무대는 뜨겁고 하모니카 소리는 신나고 갈채가 갈채를 부르는 카니발적 풍경이 한동안 계속될 것 같다. 앞서 그의 시를 두고 '산산조각'이라고 했던 말은 기억과 함께 신나게 행진하는 길 앞에서 자연스럽게 취소될 것이다.

최소의 이미지와 심연의 리듬
—이원의 근작 시

> 부분이라는 순간, 순간이라는 시간의 파편이 계속 나타난다는 것
> (중략) 이어지는 것이 아니라 나타난다는 것
> —이원, 「기계-무당(2)」(『최소의 발견』, 민음사, 2017)

우리는 모든 것을 다 볼 수 없다. 모든 것을 다 볼 수 없기에 모든 것을 다 알 수 없고 당연히 모든 것을 다 말할 수 없는 상태로 무언가를 말한다. 눈앞에 놓인 대상부터 보이지 않는 대상에 이르기까지 우리는 무엇이라도 말할 수 있지만, 그 말은 언제나 부족한 말이다. 전부가 될 수 없는 말이다. 전체가 될 수도 없는 말이다. 그 말은 늘 일부로서 일부를 말한다. 세계의 일부를 말하고 세상의 일부를 말하며 눈앞에 놓인 사과 하나에 대해서도 늘 부족한 채로 탄생하는 말. 말은 언제나 부분으로서의 말이다. 인식이 부분적인 인식일 수밖에 없는 것과 마찬가지로 말은 탄생하는 순간부터 부분이다.

어찌해도 전부가 될 수 없는 말이 그럼에도 끊임없이 생성되는 이유. 멀리서 찾을 것이 아니라 모든 것을 다 볼 수 없는 바로 그 시선에서 찾을 수 있다. 우리는 다 볼 수 없기 때문에 말한다. 다 볼 수 없기 때문에 끊임없이 말이 필요해지는 것이다. 모조리 다 볼 수 있고 다 알 수 있는 지경에서는 모조리 다 말한 것과 같은 상태만 남기

때문이다. 그런 점에서 말이 없는 세계는 완벽한 무지의 세계이거나 완벽히 전지적인 세계와 다르지 않다. 다 알지도 다 모르지도 않기 때문에 다시 동원되는 말이, 동원될 수밖에 없는 말이, 누군가의 시로 넘어와서는, 새삼 '부분'이라는 개념과 연결된다. '최소'라는 용어와 결합한다. 그러면서 이상한 언어 공간으로 돌변한다. 돌출하듯이 튀어나오는 그 공간의 언어를 이해하기 위해서도 부분에 대해, 최소에 대해 음미하는 시간이 필요해 보인다.

이원의 시(론)에서 '부분'은 일차적으로 '한계'의 다른 말이다. 시각의 한계, 인식의 한계, 언어의 한계를 한 덩어리로 받아 주는 말이 곧 부분이다. '전체'의 상대어 자리에서 빛나는 부분은 그러나 한계의 관계어로만 만족할 수 없다. 부분은 한계이기도 하지만 가능성이기도 하다. 시각의 한계로 인해 이만큼밖에 못 본다는 한계는, 앞으로 더 볼 수 있다는, 더 다르게 볼 수 있다는 여지를 내장한다. 여지는 물론 가능성이다. 여기서 한 가지 흥미로운 사실을 짚어 볼 수 있다. 한계가 분명할수록 가능성도 분명해진다는 사실. 한계가 불분명할수록 가능성도 희미해진다는 사실. 경계선이 분명해야 경계선 너머를 꿈꿀 수 있다면, 경계선이 불투명한 곳에서는 그 너머를 상정하는 일도 요원해진다. 이원의 시가 그토록 경계에 대해, 한계에 대해, 부분에 대해 몰두하는 이유를 이 대목에서 어렴풋이 짐작할 수 있다.

한 가지 사실을 더 짚어 둬야겠다. 부분의 영역과 맞물리는 한계의 경계를 분명히 한다는 것은 한계의 조건을 강화한다는 말과 같다. 한계의 조건을 까다롭게 추가할수록 조건들을 만족하는 부분은 축소된다. 이때 축소되는 부분을 극한으로 보내면 점으로 수렴된다. 이 '점'의 자리를, 좀 더 엄밀하게는 이 '점'의 가능성을, 이원의 시(론)에서는 '최소'라는 용어로 받아서 사유한다. 즉 한계를 이루는 온

갖 조건의 합집합이자 전체집합을 만족하는 자리에 '최소'라는 불가
능한 가능성의 점을 상정하고 있는 것이다. 한계를 이루는 모든 조
건을 만족시키는 점과 같은 존재. 그것이 최소라면, 최소는 역으로
전체를 감당하면서 최대를 지탱할 수 있는 가능성을 지닌 존재이기
도 하다. 물론 이러한 의미의 최소는 현실에서는 실현 불가능한 개
념이다. 실현 불가능하기에 무한정 그것·그곳이 되는 지점을 향해
가는 긴 여정의 시가 또한 이원의 시일 것이다.

　2021년 상반기에 만나는 그의 신작 시도 긴 여정의 한 토막으로
서 이해할 수 있다. 긴 여정의 이정표 역할을 하는 '부분'과 지향점
역할을 하는 '최소'라는 두 개념을 염두에 두고 신작 시를 읽어 나간
다. 먼저 상대적으로 수월하게 읽히는 시 한 편.

애야 나는 너무 오래 붕대에 갇혀 있었구나

엄마가 얼굴을 부드럽게 풀고 있었다
엄마의 손은 연주 같았다
내가 알던 엄마 얼굴이 점점 사라졌고
모르는 얼굴이 나타났다

애야 나는 어디로도 가지 않는단다

얼굴을 풀어도 풀어도 붕대는 끝나지 않았다

나는 엄마가 맨 처음 푼 자리를 찾아 연두색 물 한 잔을
그 옆에는 하늘색 물 한 잔을

또 그 옆에는 살구색 물 한 잔을 부었다
연한 색이었는데 진해졌다

점점 엄마와 멀어지는 곳에 있게 되었다
나는 큰 소리로 외쳤다

엄마 나는 흰 붕대에 색을 입혀 드리고 싶었을 뿐이라고요

섞여서 아무 색도 보이지 않잖니
어찌된 일인지 잠기지도 않잖니

엄마는 작은 소리로 말했는데 다 들렸다
내게서 흐느끼는 목소리가 나왔다

엄마
색은 이 안에 다 있어요
그만 풀어요 엄마 얼굴은 끝나지 않아요
　　　　　　　　—「엄마와 내가 흘러가는 밤을 펴 들었을 때」 전문

　엄마의 얼굴은 붕대에 갇혀 있다. 그것도 오랜 시간. 그럼 붕대를 풀면 얼굴이 보이는가? 적어도 이 시에서는 기대할 수 없는 일이다. 붕대를 풀면 또 다른 붕대가 나오는 얼굴. 붕대를 풀면 풀수록 붕대만이 계속되는 얼굴. 사실상 붕대와 다름없는 얼굴. 얼굴이 붕대가 되어 버린 것과 마찬가지로 붕대 역시 얼굴의 이미지를 뒤집어쓰면서 도무지 어디가 끝인지 알 수 없는 붕대의 최종 상태를 보여 준다.

최종의 순간을 끝없이 유예하는 붕대의 상태는 무수한 표정으로 점철된 얼굴과 정확히 등가를 이룬다. 얼굴은 보면 볼수록 심연이다. 타인의 얼굴은 일차적으로 우리에게 현시(顯示)되는 무엇이지만, 현시되는 만큼 뒤로 물러나는 심연이기도 하다. 설령 그것이 '나'와 가장 가까운 관계에 놓인 타인일지라도, 타인은 타인이다. 얼굴은 얼굴이다. 드러나는 만큼 다시 뒤로 물러나는 심연이다. 풀면 풀수록 풀리지 않는 신비를 껴안고 등장하는 붕대와 같은 얼굴. 아니 심연.

심연이 되는 얼굴 앞에서, 붕대와도 같은 그 얼굴에 대해, 판단의 색을 입힌다면 어떤 색이 좋을까? 어떤 색이든 상관없을지도 모른다. 그것은 우리 앞에 펼쳐지는 타인의 면면에서도 가장 끄트머리 자락을 물들이는 색일 것이다. 연두색이든 하늘색이든 살구색이든 상관없이, 저 깊은 곳의 심연에서 보자면, 맨 처음 풀려나간 얼굴이면서 맨 끄트머리에 풀려 있는 붕대의 한 자락일 뿐이다. 기껏 타인을 손댄다고 손대는 것이 타인에게서도 가장 먼 끝자락을 손대고 마는 형국이다. 당연히 타인에게 어떤 판단의 색깔을 입히더라도 그것은 표피에 그치는 색이며, 더 중요한 것은 그러한 판단의 색깔을 아무리 많이, 아무리 오래 누적해서 입히더라도 결과는 다시 검은색과 같은 심연만 남는다는 사실이다.

타인은 판단할수록 더 멀어진다. 색깔을 입힐수록 붕대는 더 검어진다. 붕대는 애초에 흰색 아니면 검은색의 여지밖에 없었다. 아무것도 없는 심연의 상태인 흰색에 아무리 색다른 색깔을 입히더라도 종국에는 검은색이라는 또 다른 심연이 기다리고 있을 뿐이다. 마지막에 가서 "엄마/색은 이 안에 다 있어요/그만 풀어요 엄마 얼굴은 끝나지 않아요"라고 내뱉는 화자의 발언은, 타인의 얼굴에서 백지 아니면 무지로 귀결되는 심연의 색깔 말고는 아무것도 발견할 수 없음을 역설하는 동시에, 그러한 심연의 상태가 타인뿐만 아니라 자기 자신의 얼굴을 향해서도 마찬가지로 적용될 수 있음을 내포한다. 타인의 얼굴이 심연인 만큼 그것을 보는 '나'의 얼굴도 심연인 것이다. 어쩌면 타인보다 더 모르겠는 얼굴이 바로 자기 얼굴일 것이다.

따라서 얼굴은 그 자체 '부분'으로만 드러나는 표면이며, 당연히 인식의 한계를 담고 있는 대상이다. 어찌해도 다 파악할 수 없는 얼굴의 면면을 이 시에서는 붕대라는 '최소'의 이미지로 감당하면서, 결과적으로 심연의 의미를 건드리는 단계로 나아간다. 부분의 한계를 극명하게 드러내는 동시에 최소의 이미지로 의미의 극대화를 꾀하는 사례는 아래 시에서도 확인된다.

어느 날 그는 목이 꺾어지도록 하늘을 올려다보았다 특별한 의도는 없었다 횡단보도를 건너려다 휙 하고 사라지는 구름을 보게 되었는데 휙 그 구름을 따라가게 되었는데 구름이 머리 위로 순식간에 사라지는 것이다 그래서 구름을 따라 목을 꺾었는데 얼마 못 가 그의 목은 더는 꺾어지지 않았다 차지할 수 있는 공간이 이것뿐이던가 내다볼 수 있는 반경이 이것뿐이던가 그릴 수 있는 도형이 없다는 말인가 목은 고작 머리만 떠받치고 있었다는 말인가 목을 더 꺾으려고 하니 입이 벌어졌고 어찌 된 일인지 휙휙 옮겨 다니던 구름은 꺾인 목 위에서 사라지지 않았다 벌린 입이 다물어지지 않았고 구름을 재갈처럼 물게 되면 어쩌나 휙 저 유령이 몸 안까지 전속력으로 달려오면 어쩌나 꺾인 목이 문제가 아니라 입을 다물려는 입이 다물어지지 않았고 눈을 껌뻑껌뻑 코를 벌름벌름 골상학을 연구하기 시작한 것처럼 목이 꺾인 채로 흠흠 목구멍에서 소리를 내 보기도 하는데 왜 입을 다물어 이빨을 부딪칠 수는 없는 것인지 꺾어진 목이 곧 부러질 것 같은 이 와중에 아침마다

20층에서 내려다보는 많은 옥상들이 생각났고 옥상은 허공과의 대치
라는 것을 이제야 깨닫는 것인데 꺾인 목이 곧 부러질 것 같은 이 와중
에도 이 대치를 허투루 끝내지 않겠다 그러면서 눈에 힘을 주고 보니
구름은 온데간데없고 파란 하늘은 신중한 밥그릇 속 같고 그는 적잖게
낭황하고 말았는네

　　　　　　　　　　　　　—「구름이여, 우리는 내일 이동한다」 전문

구도는 단순하다. 구름을 쫓기 위해 "목이 꺾어지도록 하늘을 올
려다보"지만 한계가 있다. 일정 이상 꺾어지지 않는 목의 한계는 그
대로 인간 시야의 한계이다. 그것은 또한 "차지할 수 있는 공간",
"내다볼 수 있는 반경", "그릴 수 있는 도형"의 한계를 절감하는 순
간과 맞물린다. 한계를 절감하고서야 휙휙 달아나던 구름이 정지한
다. 한계를 절감하고서야 한껏 꺾은 목 때문에 다물어지지 않는 입
을 인지하고, 그 입속으로 구름이 전속력으로 달려들까 봐 겁을 먹
기도 한다. 갑작스러운 변화다.
　물론 한계를 절감한다고 해서 외부 환경이 바뀌는 것은 아니다.
바뀌는 것은 내면이다. 한계를 절감한 내면의 풍경이 바뀔 뿐이다.
한순간도 정지할 리 없는 구름이 한순간 정지하는 것처럼 보이는 것
도, 그것에 위협을 느끼고 공포를 느끼는 것도 모두 내면의 일이다.
내면의 풍경이 변화하면서 생기는 일은 이 정도로 그치지 않는다.
지금까지 생각해 보지 못했던 입장 하나를 다시 생각해 보게 되는
지경으로 나아간다. 그것은 늘상 보아 오면서도 눈에 담지 못했던
광경이 다시 보이는 순간이기도 하다. 아침마다 20층에서 내려다보
는 많은 옥상들이 다시 보이면서, 문득 "옥상은 허공과의 대치"라는
사실을 깨우치는 것이다. 옥상의 입장에서 제시된 저 문장은 무엇보

다 한 사람의 목이 꺾어지지 않는, 그래서 더는 시야를 넓힐 수 없는 한계를 절감한 데서 튀어나온 말이다. 한계를 절감하고서야 한계에 봉착한 또 다른 대상이 눈에 들어올 수 있다. 마찬가지로 대치하는 입장이 되어서야 대치하는 입장이 눈에 보이고, 그 입장에 서는 순간 세계는 대치하는 세계로 돌변한다.

설령 그것이 한순간에만 국한된 변화일지라도, 그런 변화를 위해 잠시 희생되는 것이 있다. 좀처럼 깨질 것 같지 않던 일상의 견고함이 그것이다. 밥그릇으로 표상되는 일상의 생활 감각은, 밥그릇으로 표출되는 누군가의 절실한 입장에 서면서 새삼 흔들리고 깨진다. 흔들리기 위해서도 깨지기 위해서도 필요한 것이 다시 한계의 절감이다. 감각의 한계이자 인식의 한계를 통과하면서 이전에는 미처 생각지 못했던 입장과 관점에 서는 과정이 이 시의 대강을 이룰 때, '목'은 감각과 인식의 한계를 표상하는 부위(부분)이고, '밥그릇'은 각각의 입장과 한계를 응축해 놓은 최소의 사물이며, '옥상'은 한계를 절감하면서 새삼 발견하게 되는 타자의 입장과 그로 인한 주체의 확장을 담고 있다.

그러나 타자의 입장에 서 보는 것, 타자의 관점 자체가 되는 것은, 순간 정지하는 듯했다가 다시 달아나 버리는 구름처럼 한시적인 일이다. 순간적인 사건이며, 다시 돌아오지 않을 수도 있는 일시적인 현상에 더 가깝다. 타자는 아직도, 여전히, 보일 듯 보이지 않는 심연에 숨어 있다. 여전히 심연으로 남아 있는 타자에 대해, 타인에 대해 사유하고 있는 시 한 편을 더 읽는다.

승객으로 가득한 내부는 장엄한 분위기를 풍긴다 비행기는 조금 전
수직으로 솟아올랐다 뒤통수들은 누군가에게서 돌린 얼굴들 같다 의

자가 가린 뒤통수는 누군가를 두고 영영 떠난 얼굴 같다 통로로 튀어
나온 뒤통수는 수평선으로 넘어가지 못하고 있는 해 같다 침묵에 모든
것이 묻히고 머리가 파묻힐 차례라는 느낌에 사로잡힐 때 혼자 비행기
에 탄 사람이 있었다 하자 두 사람이 나란히 앉는 좌석이었다 하자 혼
자 비행기에 탄 사람은 조금 전 부음을 들은 사람이있다 하자 도착하
자마자 출발했던 곳으로 다시 돌아가는 비행기를 탔다고 하자 모르는
사람은 창가석에 부음을 들은 사람은 복도석이었다고 하자 모자를 쓴
복도석 사람은 운다 창가석 사람은 어느 순간 눈을 감는다 잠을 자는
것인지 우는 기척을 느꼈는지는 눈을 감은 사람만 안다 눈을 감은 사
람이 가린 창은 흰 구름 속을 통과하고 있고 허공 아래 풍경은 미니어
처로 보인다는 것을 우는 사람은 안다 우는 사람은 두 시간 전 창가에
앉아 있었다 우는 사람은 울지 않으려고 한다 그럴수록 훌쩍이는 소리
가 난다 눈물은 목을 타고 주룩주룩 흘러내린다 눈물은 소리가 없다
우는 사람은 손으로 눈물을 훔친다 얼굴로 목으로 손으로 눈물은 번진
다 착륙 사인이 켜지자 눈을 감고 온 사람은 선반에서 가방을 꺼낸다
모르는 사람에게 모르는 가방을 건넨다 같은 칸이어서 그랬는지 우는
것을 알았는지는 가방을 건넨 사람만 안다 천천히 가방을 꺼내야겠다
며 뒤로 물러섰던 눈물을 쉴 새 없이 흘리던 사람은 알 수 없는 감정을
느낀다 알 수 없는 장면을 떠올린다 바다가 끝나는 곳에 모여 있는 물
들 수평으로 반대편으로 날아온 새들의 행렬 막 열린 문으로 용광로처
럼 밀려드는 햇빛

—「수평으로」 전문

제목에도 들어 있는 '수평'이라는 말에 주목하자. 앞의 시가 구름
과 목, 허공과 옥상처럼 위아래의 수직적인 구도를 축으로 삼고 있

다면, 이 시는 지극히 수평적인 축을 중심에 두고 있다. 비행기가 수직으로 솟아올랐다는 초반부의 한 대목을 제외하고는 대부분 수평적인 구도에서 수평적인 이미지를 거느리며 장면이 전개되고 있다. 좌석 옆 "통로로 튀어나온 뒤통수"조차 "수평선으로 넘어가지 못하고 있는 해 같다"고 인식하는 대목을 비롯하여, 비행기의 이동, 새들의 행렬, 나란히 앉아서 가는 두 사람의 배치, 이 모두가 수평적인 구도를 강화하는 데 이바지한다.

수평적인 구도는 시에 등장하는 두 사람의 관계성뿐만 아니라 이 둘을 주시하는 화자의 시선에도 적용된다. 시각 주체라고도 바꿔 부를 수 있는 이 시의 화자는 등장인물로 나타나지 않는다는 점에서 언뜻 전지적 시점을 보유한 주체처럼 보인다. 그런데 전지적 시점에서 진술되고 묘사되는 두 명의 등장인물(창가석과 복도석에 앉은 두 사람)의 외면은 지나치게 상세하게 드러나는 데 비해, 내면은 상당 부분 판단을 보류한 채 제시된다. 창가석에 앉은 사람을 두고 "잠을 자는 것인지 우는 기척을 느꼈는지는 눈을 감은 사람만 안다", "같은 칸이어서 그랬는지 우는 것을 알았는지는 가방을 건넨 사람만 안다"라고 묘사하는 대목에서 판단 보류의 시선이 도드라지는데, 상대적으로 조금 더 내면을 열어젖혀서 보여 주는 듯한 복도석에 앉은 사람도 속을 훤히 꿰뚫듯이 묘사하고 있지는 않다("알 수 없는 감정을 느낀다 알 수 없는 장면을 떠올린다").

복도석에 앉은 사람이 두 시간 전에는 창가석에 앉아서 비행기를 타고 있었고, 비행기에서 내리자마자 부음을 듣고서 다시 왔던 곳으로 급히 돌아가는 비행기를 타고 있다는 부연 정보가 전지적 시점에서 제공되는 것과 달리, 그의 내면은 여전히 알 듯 모를 듯한 상태로 처리하고 있는 점이 특이하다. 마치 한 사람의 일거수일투족을 속속들이 파악하고 있는 정보기관이 그 사람의 내면만큼은 들여다볼 수 없는 것과 마찬가지로, 인물의 외면적인 정보는 자세하게 제시되는 데 비해 내면은 소략한 내용으로 채워지고 있다. 행동에 대한 정보력과 내면에 대한 투시력이 별개의 문제임을 환기하는 이 대목에서, 우리는 다시 타인의 심연을 본다. 타인이라는 심연을 재차 확인하는 것이다.

적어도 이 시에서는 화자도, 시각 주체도 타인의 심연을 압도할 만한 힘을 가지지 못한다. 타인의 심연 앞에서는 그 누구의 시선도 수평적인 구도를 벗어날 수 없음을 웅변하는 사례라고 봐도 좋겠다. 수평적인 관계에서 타자를 대하는 시선으로 일관하는 이 시는 마지막에 가서 "수평으로 반대편으로 날아온 새들의 행렬"과 함께 "막 열린 문으로 용광로처럼 밀려드는 햇빛"을 받으며 장엄하게 끝난다. 이때의 햇빛은 물론 수평으로 밀려드는 빛이다. 저 빛은 또한 타인의 심연이라는 분명한 한계 앞에서, '수평'이라는 단순화된(최소화된) 구도를 잡아서 밀고 나간 끝에 발견한 또 다른 심연의 빛이기도 할 것이다.

앞서 「엄마와 내가 흘러가는 밤을 펴 들었을 때」에서, 타인의 심연은 흰색이기도 했지만 검은색이기도 했다. 마찬가지로 심연은 빛이기도 하면서 지극한 어둠이기도 할 것이다. 이 어둠이 이원의 시에서는 종종 밤으로 표상되는데, 아래의 사례도 그중 하나다.

유리에 피부들이 달라붙어 더 캄캄한 밤이었다
앰뷸런스 소리가 나다 뚝 끊어진 밤이었다

피가 쏟아지는지 비명을 지르는 입을 틀어막는지 밤은 더 검어졌다

발소리는 없었다 길은 진득진득했다

이제 중간쯤 왔을 뿐이야 그러니까 미지근해지자

잠결에 손들을 움직여 얼굴에 댔다
공포가 만들어 내는 동작이라고 하기에는 여유가 있어 보였지만
구멍이란 구멍은 모두 수축했다

우체국 은행 조명가게가 들어 있는 길이 밤 너머로 뻗고 있었다

이것이 전부 몸 안에서 이루어지는 이동이라면
몸 밖에 달린 손에 도구부터 쥐여 준 것은 누구였는지

검은 발 깊은 밤
빠지는 바닥이 있었다

검은 발 깊은 밤
번지는 리듬이 있었다

검은 발 깊은 밤
건반은 눌러지면 음을 더는 파고들 수 없다

검은 발은 피의 빨강을 지나 가시덤불을 지나 굳은 종소리가 되는
것이다

—「검은 발 깊은 밤」 부분

시를 이루는 배경이 온통 검은색과 밤으로 채워지면서 그 자체 심연이 되고 있다. 배경뿐인가. 등장하는 사물도, 그걸 바라보는 시선도 모두 심연에 빠진 것처럼 허우적대고 있다. 당연히 일차적인 독해가 쉽지 않은데, 그도 그럴 것이 캄캄한 밤에 언뜻언뜻 눈에 띄는 장면처럼, 언뜻언뜻 들리는 소리처럼 대상을 저리하고 있기 때문이다. 파편적으로 부려 놓은 시각적인 장면과 청각적인 인상 둘 다 온전한 세계 파악과는 거리가 먼 상태를 환기하는 가운데, 한 가지 눈여겨볼 대목이 있다. "이것이 전부 몸 안에서 이루어지는 이동이라면"에서, 시각으로도 청각으로도 온전히 파악할 수 없는 밤의 풍경이자 바깥 풍경이 그대로 심연과도 같은 한 사람의 내면과 연동할 수 있음에 주목하자. 깊은 밤의 풍경을 검은 발로 건너가듯이, 혹은 검은 밤의 풍경에 깊은 발이 푹푹 빠지듯이, 겨우겨우 헤쳐 가는 길이 한 사람의 내면에서 흘러나오는 길과 이어지고 있는 셈이다.

밤의 풍경과 내면의 심연이 연동하는 그 길에서는 청각도 시각도 제대로 감각적인 기능을 수행하지 못한다. 청각적인 것도 시각적인 것도 모두 파편화된 이미지로 흘러가는 도중에 그럼에도 간신히 남아서 박동하는 것이 있으니, 바로 리듬이다. 시의 후반부에서 반복해서 등장하는 "검은 발 깊은 밤"과 거기에 달라붙는 문장의 변주는, 이 시에서 유일하게 선명한 초점을 만드는 동시에 유일하게 떠내려가지 않고 고정되는 이미지를 제공한다. 반복과 변주를 거치면서 생성되는 리듬이 한편으로 "굳은 종소리"처럼 단단히 붙박이는 이미지를 창출하는 것이다. 다른 모든 것은 떠내려가더라도, 심장박동 같은 리듬만은 살아남아서 굳은 종소리를 울려 주는 밤. 밖에서 보면 전혀 느끼지 못할 수도 있는 그 리듬이, "검은 발 깊은 밤"의 바닥에서 올라오는 그 리듬이, 심연의 리듬이 아니면 또 무엇이라고 부를

까? 온갖 감각과 인식이 한계를 가질 수밖에 없는 상황에서도, 마지막까지 박동을 멈추지 않는 심연의 리듬은 존재를 이루는 최소의 조건이기도 하다. 그것을 박제하듯이 붙들어 놓는 동시에 번져 나가게 하려는 의지가 "굳은 종소리"로 남아서 떠도는 밤이 또한 이 시의 마지막 풍경이다.

한 편의 시는 여기서 끝나지만, "굳은 종소리"도 이쯤에서 그치거나 흩어지겠지만, 한 편의 시로 끝날 수 없는 그 리듬은 계속해서 다음 시로, 다음 시로 옮겨 갈 것이다. 인식의 한계이자 부분의 한계를 더 극단으로 밀어붙인 곳에서 발견되는 최소의 소리이자 이미지이기도 한 이원 시의 리듬이, 또 어떤 극한의 의미를 창출할지는 다른 여정에서 만나는 시를 통해 확인해 볼 일이다.

끝없는 흐름과 멈춤의 양가감정
―안태운의 근작 시

안태운의 시를 얘기하자면 '유동성'이라는 단어가 먼저 떠오른다. 첫 시집 『감은 눈이 내 얼굴을』(민음사, 2016)과 두 번째 시집 『산책하는 사람에게』(문학과지성사, 2020)에서 공히 감지되는 것이 어떤 유동성의 세계이기 때문이다. "고인 물은 멈추지 않고 있다. (중략) 물은 멈추지 않고 있었고 탕은 그런 물을 보존하고 있었다. 그러자 시간은 흘러가고 있었다."에서 엿보이듯(「탕으로」), 첫 시집에서는 '물'과 '탕'으로 대변되는 액체성과 고체성, 운동성과 고정성이 맞물리면서 뒤섞이는 세계를 보여 준다면, 두 번째 시집에서는 제목에서 이미 짐작되듯이 '산책'이라는 키워드로 풍경의 흐름과 머무름, 의식의 걸음과 멈춤, 언어의 연속성과 단속성이 교차하는 동시에 합류되는 세계를 보여 준다. 상반되는 이미지가 뒤섞이면서 결과적으로 유동하는 세계의 한가운데를 지나는 동시에 벗어날 수 없는 화자의 목소리가 첫 시집에 이어 두 번째 시집에서도 도드라지는 특징을 보인다면, 이후에 발표되는 시 역시 이러한 목소리의 연장선에서 살펴볼 수 있겠다.

눈석임물. 눈이 흐를 때 녹아서 물. 물이 흐를 때 다시 겨울. 너는 머
루를 쥐고 가는 사람. 너는 머루를 흘리는 사람. 눈석임물. 눈이 녹을
때 너는 이미지를 흘려보내는 사람. 이미지를 흘려보내면 물. 물이 녹
으면 무엇이 되나. 물속의 물과 같이. 물속의 여름. 눈석임물. 물이 녹
는다는 느낌을 간직한 채 너는 휘도는 사람인가. 너는 점점 맑아지는
사람인가. 눈석임물. 눈과 물 사이 망설임과 가다듬음. 여름. 대문 앞
에 서성일 때. 가까이서 멀리 멀리서 가까이 가닿을 때. 눈석임물. 너
는 머루를 건지는 사람. 너는 눈시울을 붉히는 사람. 윤슬이 비치며 흐
를 때. 눈시울이 엷게 펴질 때. 너는 머루를 바라보는 사람. 너는 머루
속에 있는 사람.

—「눈석임물」 전문

시의 제목이기도 한 '눈석임물'은 사전적인 의미대로라면 "쌓인
눈이 속으로 녹아서 흐르는 물"이다(『표준국어대사전』). 더 간략히는
'눈이 녹아서 흐르는 물'이라고 할 수 있는데, 인용한 시에서는 이를
통사적으로 살짝 비틀어서 받는다. "눈이 흐를 때 녹아서 물"이라는
어색한 구문으로 완성된 눈석임물에 대한 설명은, 문장 단위에서 자
주 굴절을 보여 온 안태운식의 발화에 익숙한 독자라면 그리 새삼스
러울 일은 아니다. 오히려 익숙하게 눈여겨볼 것이 있다. '눈석임물'
에 스며 있는 '눈'과 '물'이라는 두 사물의 연속성과 단절성이다. 눈
은 일단 고체이다. 고체이되 무거움과 가벼움, 차가움과 따뜻함(들판
에 하얀 이불처럼 덮인 눈을 떠올리자), 편안함과 불안함(들판의 그 하얀 이불
은 또 언제 사라질지 모를 눈이기도 하다)이 공존하는 고체. 그렇다면 물은?

물 역시 눈만큼이나 안정감을 주는 동시에 불안감을 주며, 평화로움과 함께 난폭함을 숨기고 있는 사물이다. 눈과 물에 스며 있는 동시에 상충하고 있는 각각의 속성들이 또 한데 섞여서 흐르는 것이 '눈석임물'이라면, 눈에 대해서도 물에 대해서도 나아가 눈석임물에 대해서도 이 시의 화자는 "여러 양가감정"으로 말할 수밖에 없다(「인간의 어떤 감정과 장면」). 단순히 고체성과 액체성, 운동성과 고정성으로 이분화되는 세계가 아니라 서로가 서로를 잠식하면서 하나도 둘도 아닌 상태로 흐르는 세계. 그것이 「눈석임물」에 담긴 세계이자 안태운의 시가 진작부터 심화해 온 세계라고 할 때, 그러한 세계의 끝에는 뭐가 있을까? 어떤 궁극의 상태가 기다리고 있을까? 이런 질문이 남는다.

눈석임물이 눈에서 물로 옮겨 가는 과정에 놓인다면 "물이 녹으면 무엇이 되나"('물이 마르면 무엇이 되나'가 아니다)를 동반하는 물에서 물 이후로 이행하는 과정은 결과적으로 "물속의 물"이라는 동어반복적인 상태를 벗어나기 힘들다. 기껏해야 "물속의 여름"이라는 색다른 계절감을 동반하는 정도에 그치는 동어반복이 안태운의 시에서는 드물지 않게 발견된다. "살아가며 살아가게 하는/살아가게 하면서 살아가는" 동어반복적 세계에서 "계속 다짐을 다짐하고" "움직임을 계속 움직여" 보는 동어반복적 행위는 필연적이다. 도무지 "혜량"할 수 없는 세계에서 도무지 혜량할 수 없는 인식과 언어가 뒤따르는 것과 같은 이치에서 필연적이다.(「생물 종 다양성 낭독용 시」) 함부로 혜량할 수도 계량화할 수도 없는 시공간에서 주체와 대상과 언어가 한 무더기로 섞여서 전진하는 그 끝에는 과연 뭐가 있을까? 어떤 종말의 상태가 기다리고 있을까? "물속의 물"이 동어반복이라면, 그러한 동어반복을 휘돌아서 빠져나가는 곳에는 "물속의 물"조차도 희미해지는 어떤 상태가 있지 않을까. 그 상태는 함부로 지칭할 수 없지만, 이미지에 기대어서 상상할 수는 있다. 가령 "점점 묽어지는 사람"과도 같은 상태. 그래서 "들판은 점점 넓어져 가고 나도 점점 퍼져 나가는 느낌"으로 "내 몸을 떠나나, 설마 내 몸을 떠나나" 싶은 생각이 실현되는 상태(「경주」). 주체도 대상도, 시간도 공간도 모두 희미해지다가 끝내는 사라지는 상태가 안태운 시의 화자가 내다보는 유동적인 세계의 끝을 이룬다면, 남는 질문은 하나가 더 있다. 바로 '지금'이다.

이 순간의 '나'와 '너'와 '우리'를 이루는 현실의 장면 하나하나가 곧바로 현재를 이루고 곧이어 과거를 이루고 또 언젠가 기억을 이룰 테지만, '나'는 물론이고 누구도 쉼 없이 흘러가는 중인 지금을 붙잡을 수는 없다. 뿐인가. 쉼 없이 흘러가는 대상인 건 '나'도 마찬가지이므로, '나' 역시 포착할 수 없는 무언가가 되어 끝없이 달아나는 중이다. "나는 여기 있"지만 "흐르는 일부로서" 있으며, "성긴 그물을 던지자며 성긴 그물 속에서 포획되자며" 발버둥 쳐 봤자 남는 것은 "여기 있다는 건 어떤 느낌인지, 문득 낯설어하며/주위를 둘러보"는 한 사람의 어리둥절한 표정이다. 이런 표정 앞에선 "인간으로서 잘 살아간다는 게 무엇인지"와(「인간의 어떤 감정과 장면」) 같은 윤리적인 질문도, "나는 어떻게 될까, 나는 어떻게……"와 같은 실존적인 질문도 모두 부질없어지거나 대책 없어지는 지경에 놓인다. 다만 "무언가를 그냥 따라간다는 느낌으로" 따라가고 흘러가는 상태만 남아 간신히 주체를 이루고 대상을 이룬다(「경주」). 와중에도 주체는 대상을 본다. 주체는 대상을 보면서 대상을 떠나고 대상을 떠나면서 대상에 갇히는 운동을 쉼 없이 반복한다. "너는 머루를 바라보는 사람. 너는 머루 속에 있는 사람"처럼 세계를 바라보는 동시에 세계에 속해 있는 자의 무수한 "망설임과 가다듬음"을 정치하게 설명하기 위해서도, 안태운 시의 화자가 당면해 왔던 운동성과 고정성이 교차하는 '양가감정'의 발원지를 조금 더 들여다볼 필요가 있다. 연속성과 단속성을 함께 지니는 언어에 대한 궁극적인 질문과도 연동하는 그 문제에 대해서는 차후의 숙제로 남겨 둔다.

내가 모르는 내 얼굴이 짓는 표정
—이현승의 근작 시

2021년 출간된 이현승의 네 번째 시집 『대답이고 부탁인 말』(문학동네)에서 「시인의 말」을 보면 이런 대목이 나온다.

> 그리하여 자신이 누구인지 찾고 있는 사람은
> 삼나무 숲에서 삼나무를 찾고 있는 사람과 같다.
> 삼나무 숲에 들어섰으니 삼나무는 찾은 것이나 진배없다고 안심하
> 겠지만
> 눈앞에 두고 찾지 못하는 맹목이 가장 어둡다.
> 물론 나는 수년 전 어느 밤 혜화역에서 택시를 잡아탄 취객이
> "대학로 갑시다"라고 큰 소리로 말한 것을 기억한다.
> 우리는 모두 진심으로 그의 행선지가 궁금했지만

"자신이 누구인지 찾고 있는 사람"은 어떤 근원적인 질문을 동반한 사람이다. 그런데 이 질문에 상응하는 근원적인 답변은 멀리 있

는 것이 아니라 바로 그 질문을 던지는 곳에 있다는 사실. 당연히 질문 근처에 널려 있는 것들이 온갖 답변이겠지만, 우리는 그것을 보지 못한다. 눈앞에 두고서도 찾지 못하는 맹목이 있어 답변의 자리는 늘 어둡다. 가장 어둡다고 해도 틀리지 않을 그 자리를 눈 밝히고 들여다보는 사람 중에 시인이 빠질 수 없을 터, 이현승 시인도 그중 일인으로 빠지지 않고 거론되는 시인이다.

그의 시는 현실의 자질구레한 구석에서 질문을 던지고 그에 상응하는 답변 역시 자잘한 생활의 현장에서 건져 올리는 태도를 진작부터 견지해 왔다. 삼나무 숲에 들어서도 삼나무를 보지 못하는 맹목을 걷어 내는 작업으로 생활을 들여다보고 현실을 되짚어 보는 사유를 계속해 가는 일. 그것이 이현승에겐 또 시의 일일 것이다. 어떤 초월적인 질문도 그의 시에 가서는 생활 밀착형 언어로 변환된다. 생활에서 구할 수 있는 질문이자 대답이 될 때까지 그의 시는 사유하고 또 사유하는 방식으로 이 세계를 보고 이 세계를 산다. 아무리 답답하고 갑갑하고 지긋지긋한 현실일지라도 거기서 질문하고 대답하는 자세를 견지하는 삶. 그 삶이 행여 너무 무겁지는 않을까, 혹은 그 삶을 담아내는 언어가 너무 버겁지는 않을까 염려할 필요는 없다. 무거운 사유의 짐을 가볍게 부려 놓는 장치가 이현승의 시에는 진작부터 예비되어 있으니 바로 위트다. 혜화역에서 택시를 잡으면서 대학로로 가자고 떠드는 취객에게서도 한 토막의 위트를 얻어 내는 솜씨와 미덕이 그의 시에는 진작부터 장착되어 왔다.

근자에 발표된 시에서도 어떤 근원적인 사유와 생활 밀착형 감각과 아이러니한 위트가 빠짐없이 발견되는데, 여기에 한 가지 더 주목해서 읽어 볼 지점이 있다. 바로 '표정'이다.

옥수역 지하철 스크린도어 앞에서 생각한다. 영원은 창밖 하늘 끝 멀리 있지 않고 번지점프대의 낭떠러지처럼 발끝 바로 앞에 있다. 뛰어내리면 바로 도착한다. 그래서 스크린도어가 설치됐지. 영원이란 무엇인가? 로드킬 당한 고라니가 달려오는 트럭의 헤드라이트에서 본 것? 에스컬레이터에서 내리자마자 문득 멈춰 뒷사람들을 도미노처럼 넘어뜨린 아주머니가 주머니에서 찾던 교통카드 같은 것? 그것이 무엇이든 영원에는 어떤 정지의 이미지가 있다. 급격하게 정지하는 열차 바퀴의 마찰음이 있다. 떨어지는 단풍잎이 팔랑 몸을 뒤집을 때 나던 빛의 신음 같은 것이, 몸이 없어서 시도 때도 없이 재생되는 망자의 음성 같은 것이, 삶이 끊긴 계단처럼 눈앞에 버티고 있을 때 나갈 수도 멈출 수도 없이 밀리고 있을 때 불쑥 들이닥치는 무엇이 있다. 운동력을 급격히 잃을 때의 관성과 쏠림이 있다. 수술 후 마취 깰 때 이 악물고 참아 보려 했지만 참을 수 없었던 한 시간 같았던 십 분처럼, 혹은 십 분처럼 흘려보낸 하루. 영원에는 표정이 없다.

　　　　　　　　　　　　　　　　　　　　　─「지상에서 영원으로」 전문

　그의 시에 익숙한 독자라면, '영원'이 "창밖 하늘 끝 멀리" 어딘가에 있는 것이 아니라 지하철 승강대에 선 "발끝 바로 앞"에 있다는 전언이 새삼스럽지 않다. 지하철이 들어오는 순간 뛰어내리면 곧장 도달할 것 같은 곳에 영원이 있다면 그것은 죽음의 이미지로 물들어 있는 것이겠지만, 영원은 그렇게 극단적인 사례로만 드러나는 것이 아니다. 겨우 교통카드 하나 찾으려고 "에스컬레이터에서 내리자마자 문득 멈춰 뒷사람들을 도미노처럼 넘어뜨린" 어느 아주머니의 볼썽사나운 행동에서도 영원은 묻어날 수 있다. 죽음이든 멈춰 섬이든 영원에는 역설적이게도 아니 당연하게도 정지의 이미지가 묻어 있다. 이때의 정지는 그전에 운동을 전제로 한 정지라는 점에서 이제까지 끌고 왔던 온갖 삶의 운동력을 거스르는 정지다. 갑작스럽게 솟구치는 정지 앞에서 동반되는 감각은 그래서 고통이다. 갑작스럽게 정지할 때 체감되는 관성과 쏠림으로 인한 고통. 이 고통을 못 이겨 십 분을 한 시간처럼 느끼는 사의 표정은 고동 그 자체이지만, 정작 영원에는 표정이 없다는 사실. 영원은 아무렇지 않게 찾아와서 온갖 운동으로 점철된 삶을 또 아무렇지 않게 정지시킨다. 갑작스러운 정지로 인해 고통스러운 것은 여전히 살아 있는 자의 몫이다. 아직 완전히 정지하지 못한 자의 몫이다.

매 순간을 정지하지 못하고 살아가는 자의 얼굴은 살아 있기 때문에 익혀야 하는 표정이 있다. 직장에서 가져야 하는 표정, 가정에서 지녀야 하는 표정, 친구들을 만났을 때의 표정. 편하고 어려운 자리를 떠나서 인간이라면 마땅히 갖추어야 하는 표정이 얼굴을 만든다. 어엿한 어른으로서의 표정. 적어도 최소한의 인간됨을 갖춘 표정. 이런 표정을 익히느라 우리는 일생을 허비한다. 허비라는 말이 거슬린다면 소비라는 말로 순화하자. 허비든 소비든 우리가 익히기 바쁜 저 표정들이 한 사람의 얼굴을 형성해 갈 때, 그 얼굴이 빠뜨리고 있는 얼굴. 혹은 표정. 어쩌면 사회화된 얼굴로는 다 장악이 되지 않는 어떤 표정이 우리에게는 여전히 남아서 얼굴로 튀어나온다. "단체 사진 속 움직이다 찍힌 심령사진 같은 얼굴"이 문득 튀어나오는 것이다. "맹렬하게 손톱 끝을 갈거나 물어뜯는 얼굴 무의식적인 표정의 얼굴 남들은 다 아는 얼굴인데 나에게만 낯설고 생소한 얼굴 내가 모르는 내 얼굴 웃음기를 걷어 낸 표정이 아니라 완전한 무표정인 얼굴 필라멘트가 나가 버린 전구 같은 얼굴"(이상 「도리언 그레이의 초상」). 이런 얼굴들이 평소에는 어디에 숨어 있다가 나오는 것일까?

거기가 어딘지는 모르겠으나 잘 보이지 않는 구석의 이미지를 떠올릴 수는 있다. 청소할 때 문득 발견되는 "머리카락과 몽당연필과 동전과 머리 고무줄과 레고 블록 같은 것들"이 숨어 있는 구석, "먼지와 검불들의, 불 꺼진 곳을 찾아 헤매는 자들의 안식처" 같은 구석 말이다. 갑자기 "끌려 나온 검불들"이 "뭉쳐진 채 잔뜩 뾰로통"한 표정을 짓든 당황스러운 표정을 짓든 상관없이 그들이 거하는 곳은 언제나 구석이다.(이상 「청소하는 사람의 세 질문」) 구석처럼 외지고 어두운 곳이 어울리는 그 표정을 애써 외면하거나 덮어 두는 것이 성실 유능한 생활인의 미덕이라면, 마음에서도 한쪽 모서리에 해당하는 어둡디어두운 구석의 그 표정을 누군가는 계속 들여다보며 말을 건넬 것이다. 저 또한 나의 표정이며, 숨길 수 없는 우리의 얼굴이며, 그것을 놓칠 수 없는 운명을 타고난 사람 중에 또 시인이 있다는 사실을, 이현승의 시를 읽으면서 다시 확인한다. "갑작스레 답을 궁리할 때의 순수하게 골몰한 자의 저 얼굴"을(「도리언 그레이의 초상」) 그의 시는 끝내 외면하지 못할 것 같다.

삶의 온갖 엇갈림을 풀어내는 시
—정재학의 근작 시

정재학 시인 하면, 그로테스크한 상상력과 환상적인 서사를 먼저 떠올리는 독자들이 있을 것이다. 특히 1990년대부터 시를 읽어 온 독자에게는 더 선명하게 각인되어 있을 것이다. 우리 시단에서 환상 시의 계보를 논할 때 빠지지 않고 들어가는 정재학 시인의 독특한 시적 성취는, 시절이 한참 지나 2020년대에 접어들어서도 여전히 탐독할 만한 매력과 가치가 있다.

이와 별개로 근래에 발표되는 시인의 신작 시를 살펴보면, 과거 정재학의 전매특허인 그로테스크한 환상시와는 많은 거리감이 있어 보인다. 단적으로 말해 환상을 대신하여 현실이 전면에 등장하는 시로 옮겨 간 느낌이다. 이러한 변화는 세 번째 시집 『모음들이 쏟아진다』(창비, 2014) 무렵부터 서서히 감지되다가 최근작으로 오면서 더 두드러진다. 물론 환상과 현실은 서로 무관한 관계가 아니다. 오히려 역상을 이루면서 긴밀한 관계에 놓이는 경우가 많다. 환상에서 가장 눈부신 지점이 현실에서 가장 어두운 지점과 역상으로 연결된다고 할 때, 정재학의 최근 시는 현실의 역상으로서 환상을 드러내는 것이 아니라 현실 자체를 응시하는 쪽으로 무게중심을 옮겨 온 것으로 읽힌다.

당연히 시에 등장하는 인물도 가상의 인물보다는 아버지, 아내, 아들, 친구처럼 현실의 주변 인물로 채워지고 있다. 그리고 그들과 나눈 대화나 그들과 겪은 일화에서 시를 끄집어내고 있다. 때로는 가볍고 소소한 이야기로, 때로는 견디기 힘든 삶의 무게를 담은 이야기로 풀어내는 시의 화법은 담담하고도 솔직하다. 예전의 정재학 시에서 보았던 그로테스크한 화풍과는 상당한 거리감을 주는 이 시풍에 대해 누군가는 꽤 친숙한 느낌을 받을 것이고, 누군가는 역으로 꽤 낯선 감정을 느낄 것이다.

친숙하다면 친숙하고 낯설다면 낯선 이 변화의 이유를 짐작하자면, 가령 이런 것이 아닐까. 한때는 "분풀이로 쓰던 시절도 있었고 쓸쓸해서 쓰기도 했지만 결국 유희였다는 생각. 어둠과 유희가 앞서거니 뒤서거니 나를 위한 경주를 했다는 생각"에 접어들면서 시 역시 변화를 겪은 것으로 짐작된다. 그래서 "심장 근처의 분노 창고가 터지"던 시절의 시가 "비에 씻기고 흘러가고 증발하"면서 "건망증처럼 편하"게 말하는 방식의 시로 옮겨 온 것으로 보인다.(「반시(反詩)」) 현실의 역상으로 눈부시던 환상이 그렇다고 완전히 자취를 감춘 것은 아니다. 현실에 밀착한 시에서도 어둡고 무겁고 괴로운 장면을 담아낼 때는 환상의 잔영처럼 비상하는 존재가 등장한다.

오랫동안 고통을 받은 사람들은 눈두덩만 보인다. "웃어 주는 포근한 아가리로 떨어지고 싶다네. 그 어디에서도 쉴 수가 없었다네." 친구는 우울감과 우울증은 다르다며 소주잔을 내려놓는다. 친구 목소리

의 주파수에 맞추어 발 없는 새가 날갯짓을 한다. 술집 전등 주위를 빙
빙 돈다. 아주 오래전 우리는 그 새에 대한 이야기를 한 적이 있다. 우
리의 눈두덩이 서로 마주치자 우리의 눈동자는 제자리로 돌아왔다. 발
없는 새가 술잔으로 추락한다.

　　　　　　　　　　　　　　　　　—「알코올, 발 없는 새」 부분

　술에 기대어서만 토로할 수 있는 현실의 답답함은, 그 무게감에
반하여 훨훨 비상할 수 있는 존재("발 없는 새")를 불러내지만 끝내 날
아오르는 환상까지 나아가지는 못한다. 환상의 입구에서 추락하고
마는 새를 기다리고 있는 것은 여전히 현실이다. 고통과 우울로 점
철된 현실에서는 또 다른 고향별을 상상하고 동경하는 환상도 그다
지 힘을 받지 못한다. 이 지구와 마찬가지로 "다른 지구들에서도 나
는 쓸쓸하다"는 것을 선험적으로 알아 버린 자의 한숨만이 길게 남
는다. 가슴에 "슬픔저금통"을 품은 채(「정지한 시간을 고정시키기 위한 각
주 3」), 지상에서 먼저 떠나보내야 하는 이들을 애도하는 시간만이 기
다리고 있는 삶. 혹은 현실.
　이미 꽉 차 버린 "슬픔저금통"을 품고 사는 와중에도 간간이 웃음
을 주는 일이 끼어들면서 숨통을 틔워 주는데, 정재학의 시에서는
그것이 대체로 '아들'을 비롯한 아이들의 시선을 통해서 구현된다.
"저 꽃들 좀 봐! 했더니 벚꽃길을 함께 걷던 여덟 살 아들이 꽃들은
나무들이 힘들게 응가를 한 거라고 우긴다. 개나리를 보더니 금똥!
벚꽃은 공주님똥! 멀리 있는 저 나무는 설사했네!라며 눈을 못 뜰
정도로 자지러지게 웃는다."(「지 맘대로 생각하긴」) 아이들은 다 자라기
전까지 매일 새롭게 말을 배운다. 매일 새롭게 사물을 익히고 매일
새롭게 사고하고 상상할 수 있는 시간은 아이 때만 전적으로 누릴

수 있는 특권이다. 이 특권을 조금이라도 더 오래 간직하기 위해 애쓰는 이들이 또한 시인일 것이다.

그러나 시인도 늙는다. 원하지 않더라도 늙는 순간이 언젠가는 온다. 하루하루 늙어 가고 죽어 가는 시간을 시인이라고 해서 거부할 수 있는 특권은 없다. 어느 날 문득 눈을 떠 보니 한없이 늙어 버린 존재가 바로 자기 자신이라는 것을 목격할 때, 영원히 지속될 것 같은 청춘의 장르로서의 시도 더는 힘을 쓰지 못하고 같이 늙는다. "어둠과 유희가 앞서거니 뒤서거니 나를 위한 경주"를 해 주던 한때의 시도 결국 "비에 씻기고 흘러가고 증발하"는 운명을 못 벗어난다면, 남는 것은 한 가지다. 아니 두 가지다. 하나는 숨 막히는 현실의 무게감을 있는 그대로 담아내는 시선. 다른 하나는 그럼에도 숨통을 틔우듯이 다른 생각과 다른 언어와 다른 웃음을 안기는 아이들을 바라보는 시선.

두 시선은 언뜻 엇갈리는 위치에 있는 것처럼 보인다. 그러나 "아무 엇갈림 없이도 시를 쓸 수 있"는 지경을 꿈꾸는 시인에게는 여덟 살짜리 아들이 들려주는 엉터리 같은 말 한마디도 예사로 넘기지 않고 오래 곱씹을 것 같다(「정지한 시간을 고정시키기 위한 각주 3」). "시는 진실해야지. 거짓이어도 되지만"(「반시(反詩)」). 시에 대해서 아는 척한답시고 툭 던져 놓은 아이의 저 말 한마디가 이상하게 진실 같고 이상하게 화두 같다는 생각을 나만 혼자서 하지는 않을 것 같다. 정재학의 시 역시 그런 생각을 통과하면서 온갖 엇갈림으로 점철된 삶의 순간순간을 소박하면서도 단순한 언어로 풀어내는 일에 한동안 헌신할 것으로 보인다.

이 세계가 조금 흔들리는 소리
―유계영의 근작 시

2019년 출간된 유계영 시인의 세 번째 시집 『이런 얘기는 좀 어지러운가』에는 이런 대목이 나온다. "같이 바다에 갈까? 약속하면 바다로 향하는 도중에 깨어납니다/내일도 바다로 향하는 도중에 깨어나 첨벙거리며 혼자서 두 번씩 첨벙첨벙하면서/해변의 커다란 바위를 향해 뿔을 흘리고 있습니다"(「웃는 돌」). 여기서 뿔 달린 염소처럼 처리되고 있는 화자는 바다로 향하는 도중에 깨어나 버리는 상황을 반복해서 맞이한다. 마치 꿈에서 깨듯이 깨어나는 통에 바다로 향하는 길이 계속해서 중단되는 사태를 타개할 만한 묘책이 있어 보이지는 않는다. 하기야 내 뜻과 무관하게 진행되는 꿈에서 바다에 도착할 묘수를 기대한다는 게 어불성설일 수도 있겠다. 그래서 바다에 도착하느냐 마느냐, 어떻게 하면 도착할 수 있는가와 같은 질문은 적어도 저 시에서는 무의미해 보인다. 그보다 눈여겨볼 것은 저와 같은 상황이 벌어지는 세계 자체다. 맥락상 꿈의 세계에 더 가까워 보이지만, 한편으로 내 뜻대로 제어되지 않는다는 점에서 이쪽의 현실과도 상통한다. 현실 역시 언제 어디서 끝나 버릴지 알 수 없기는 마찬가지이므로, 두렵고 막막한 도중에 놓인 심경은 꿈에도 현실에도 똑같이 적용된다.

끝없이 건너가는 도중에 놓인 한 사람의 막막한 내면은 『이런 얘기는 좀 어지러운가』 이후에 발표된 시에서도 드물지 않게 확인된다. 가령, 「잠이 우리에게 그렇게 하듯이」에 등장하는 화자 역시 어떤 도중에 놓여 있는 상태로 말을 걸고, 어떤 와중에 처해진 상태로 바다 한가운데를 건너간다. 어떤 도중이고 와중이냐 하면, 우선은 건너가는 바다가 어느 바다인지도 모른 채 건너가는 중이고, 그럴듯한 배가 아니라 일엽편주 같은 나무토막에 의지하여 건너가는 중이며, 당연히 땡볕이나 비바람을 막아 줄 변변한 뚜껑도 없이 건너가는 중이다. 이런 상황에서는 괜찮다고 말하는 것이 더 이상해 보이는데("나만 멀미합니까? 왜 괜찮아요?"), 그럼에도 "끝까지 살고 싶은 마음"과 "건너편에 도착하자마자 하고 싶은 것"이 남아서 바다를 이루고 항해를 이룬다.

어디서부터 시작되는지 언제 끝나는지 알 수가 없는 "인간의 바다". '구덩이' 같은 미래는 오지 않고 '웅덩이' 같은 오늘은 가 버리기만 하는 항해의 바다. 막막한 이의 막막한 심경이 투영된 이 바다는 다른 시로 넘어가서, 빠져나갈 수 없는 '맨홀'의 이미지로(「눈딱부리 새의 관점」), 아무것도 없는 '허공'이나 얼룩밖에 없는 '거울'의 이미지로(「거울에게 전하는 말」), 월화수목금토일 반복되는 일상처럼 좁아터진 내부를 거느린 '꿈'의 이미지로(「호애친」), 완전히 북새통에 갇힌 이미지로(「셔터스피드!」) 계속 변주된다. 흔들리면서 막막하게 건너가는 이 바다가 어느 바다인지 모르겠는 심경 역시 다른 시로 넘어가서, "여기는 어디일까", "다시 이곳은 어디일까"와 같은 질문으로 되살아난다(「거울에게 전하는 말」).

'나'를 둘러싼 세상이 이토록 막막하거나 답답하기만 하다면, 거기
에 갇힌 '나'의 존재감은 두드려지려야 두드러질 수가 없다. 기껏해
야 '점'과 같은 존재감으로 '나'의 정체성을 드러낼 수밖에 없는데, 점
의 정체성이라고 해 봐야 벗기면 벗길수록 사라지는 투명 인간의 몸
과 별다르지 않다("한 점은 거리에서 외투를 벗고 티셔츠를 벗고 속옷을 벗고 한
겹만 더 벗으면 살 것 같았다", 「눈딱부리 새의 관점」). 이처럼 정체성도 존재
감도 불분명한 화자가 출발점도 도착점도 불확실한 상황을 끝없이
건너가는 도중에 놓인 것이 유계영 시의 일부를 차지한다면, 나머지
일부는 그러한 상황을 비집고 솟는 소리에 바쳐진다. 가령 다음과
같은 소리가 있어서 망망대해를 건너는 와중에도 끊임없이 우리의
귀를 살려 놓아야 하는지도 모르겠다.

> 너머의 육지.
> 한 사람이 먼지 쌓인 피아노 뚜껑을 열었습니다.
> 여든여덟 개의 건반 중에서
> 이 옥타브 '솔'만 치고 다시 닫는 곳.
> 그 소리가 바다의 우리를 조금 흔들었습니다.
>
> 지금 막 흔들렸습니다.
>
> 머리 위엔 구름이 붐빕니다.
>
> —「잠이 우리에게 그렇게 하듯이」 부분

"먼지 쌓인 피아노 뚜껑을 열"고 "여든여덟 개의 건반 중에서/이

옥타브 '솔'만 치고 다시 닫는" 소리는 한순간의 소리에 불과할지라도 그 순간의 바다를 다르게 울린다. 다르게 울리는 소리는 다르게 흔들리는 사물을 만들고 사람을 만든다. 당연히 다르게 흔들리는 바다가 있고 "바다의 우리"가 있을 것이다. 우리의 영혼을 흔든다고 해도 과언이 아닌 그 소리의 일부는 분명 시일 것이다. 그 소리가 지나고 다시 머리 위에서 구름이 붐비는 북새통의 세상이 이어질지라도 한 번의 소리는 한 번의 소리로 끝나지 않는다. 누군가는 계속해서 그 소리를 기다리고, 또 누군가는 끝내 그 소리를 내고자 의지를 다질 것이다.

"어지러워"서 "어지러워하는" 세상에서(「눈딱부리 새의 관점」) 어지러운 방식으로 정교하게 얘기를 풀어 나가는 유계영 시의 미덕은 표면적으로 어지러움의 정교한 구현에 있는 듯하지만, 이면에서 흐르는 순정한 의지를 감지한다면 그의 시가 궁극적으로 지향하는 바도 다르게 읽힌다. 그것은 섣부른 '너머'도 아니고 막연한 '꿈'도 아니며 지리멸렬한 '북새통'도 아니다. 어쩌면 이 모든 것을 아우르고서야 낼 수 있는 소리, 그러니까 진창과도 같은 북새통을 통과할 대로 통과한 뒤에야 겨우 말할 수 있는 너머의 한마디. 꿈의 한 토막. 통과 자체가 요원해 보이는 현실과 도달 자체가 불가능해 보이는 너머를 한꺼번에 들려주는 얘기는 지난한 여정에 놓이지만, 그 와중에도 듣고 싶어 하는 귀는 여전히 있을 것이다. 시가 "우리에게 그렇게 하듯이", 유계영의 언어 역시 듣고 싶은 귀와 열리고 싶은 귀를 향해 계속 어떤 소리를 낼 것이다. 우리를 조금 흔드는 소리이자 이 세계가 조금 흔들리는 소리 말이다.

발표 지면

왜 다시 빛인가? 빛이어야 했는가?: 『문학동네』, 2022.가을.

나는 왜 '좋은 곳'을 믿을 수 없었나?: 『계간 파란』, 2022.여름.

우리는 언제 시인이 되는 것일까?: 『딩아돌하』, 2021.봄.

낭독이든 슬램이든 일단은 들려야 한다: 『현대시』, 2022.7.

'기술창작시대'의 문학과 인공지능: 『계간 파란』, 2022.겨울.

서울 시 감상기: 『쓺』, 2016.하반기.

전쟁터에서 놀이터로 이행하는 시의 아이들: 『문학동네』, 2012.가을.

'한 사람'의 시와 '아직'의 시간: 『문학과 사회』, 2011.가을.

폭력과 매력의 글쓰기를 넘어: 『문학과 사회』, 2017.가을.

부자연이 자연이 될 때까지: 『문학과 사회』, 2017.가을.

환멸의 페이크와 소실점의 마음: 『문학과 사회』, 2020.가을.

말할 수 없는 슬픔에서 말할 수밖에 없는 슬픔으로: 정현우, 『나는 천사에게 말을 배웠지』, 창비, 2021.

하지 않은 상태로 하는 말의 심연: 『21세기문학』, 2014.가을.

'기린 없는 그림'은 어떻게 '기린 그린 그림'이 되었나?: 송기영, 『.zip』, 민음사, 2013.